UNA NOTEVOLE OMISSIONE

UN ROMANZO GIALLO DI JANIE JUKE

ISABELLA MUIR

OUTSET PUBLISHING LTD

Pubblicato in Gran Bretagna

Da Outset Publishing Ltd

Prima edizione in italiano pubblicata maggio 2023

Prima edizione in inglese pubblicata dicembre 2022

ISBN: 978-1-872889-52-8

www.isabellamuir.com

CONTENTS

PREFAZIONE

Pasqua, 1970. Poche settimane dopo la prima conferenza del Movimento di Liberazione delle Donne, tenutasi all'Università di Oxford, un gruppo di persone si riuniscono, nell'Università del Sussex, per discutere di uguaglianza e diritti delle donne...

I

È STATA UNA SORTA di fuga per entrambe. Due amiche che si lasciano alle spalle i loro problemi, dirette verso nuove prospettive.

Per Janie c'erano problemi in casa, alcuni dei quali non voleva condividere con la sua amica. Per Libby, la vita familiare era facile. Nessuno a cui dover dar conto, nessuno da dover accontentare. Il problema per Libby era, che anche la vita lavorativa era piatta. Aveva bisogno di una sfida per scrollarsi di dosso il banale, e questa conferenza del fine settimana all'Università del Sussex le offriva la possibilità. Il guaio era, che per arrivarci doveva superare la vera paura. Il viaggio di cinquanta chilometri fino alla periferia di Brighton la riempiva di terrore. Un terrore che l'aveva presa da quando aveva messo piede giù dal letto quel giovedì mattina.

Il suo normale tragitto in macchina; la breve distanza da Tamarisk Bay agli uffici del giornale a Tidehaven, andava bene; poco più di otto o nove chilometri. Un percorso di cui conosceva ogni curva della strada, ogni punto di riferimento.

Poco più di un anno prima si era trasferita da Falmouth, era tornata nella casa della sua infanzia, si era assicurata un lavoro migliore e aveva comprato la sua prima auto. La decisione di tornare a Tamarisk Bay era stata giusta, così come il lavoro, ma la macchina? Era necessaria. Il suo editore si aspettava che fosse la prima sulla scena di qualsiasi evento che potesse sfociare in un articolo da prima pagina. Ma non stava facendo questo viaggio come giornalista. Stava andando all'Università del Sussex nel suo tempo libero.

Sarebbe potuta restare a casa, ed in quel momento desiderava di averlo fatto.

Viaggiando verso ovest da Tamarisk Bay, passando per la vicina città di Brightport, proseguirono sulla Marsh Road che conduceva alla periferia di Eastbourne. Il traffico era scarso, cosa di cui Libby era silenziosamente lieta. Nonostante fosse il periodo delle vacanze pasquali, sembrava che la gente fosse ancora a letto, probabilmente riprendendosi dalle fatiche del giorno precedente. Con i quattro giorni di ferie, per le imprese e due settimane di pausa scolastica, la Pasqua aveva rappresentato, per le persone, la prima opportunità dell'anno di evadere. Ogni primavera le località balneari lungo questo tratto di costa si svegliavano dal loro sonno invernale per diventare vibranti, brulicanti di folla. Il tempo era spesso freddo e umido, non si riscaldava prima della fine di aprile o maggio, ma non sembrava importare ai vacanzieri. Erano al mare decisi a goderselo. Anche quando soffiava il peggior vento costiero, li potevi trovare seduti sul lungomare o anche sulla spiaggia di ciottoli, avvolti in cappotti, maglioni e sciarpe, sgranocchiando pesce pescato localmente e patatine appena fritte. Per Libby, era una costante sorpresa che anche i furgoni dei gelati facessero dei buoni affari.

Dopo un'ora di viaggio le facevano male le mani per aver tenuto troppo stretto il volante, mentre Janie si rilassava accanto a lei. Erano sulla circonvallazione, altri quindici chilometri circa prima di raggiungere il campus universitario. Un Maggiolino Volkswagen le sorpassò improvvisamente, stringendo la Mini di Libby che dovette sterzare per evitare una collisione, accostando sul lato sinistro finendo quasi sul ciglio della strada.

"Idiota," gridò. Ma in una fredda giornata di primavera con i finestrini dell'auto chiusi, l'unica persona a sentirla esclamare fu Janie, che si era lamentata più volte durante il viaggio.

"Sai quanto odio arrivare in ritardo. Arriveremo proprio nel mezzo di tutto. Dici che guidi lentamente per essere cauta, ma ti ricordo ancora una volta che non è cautela quando sei sempre in ritardo per tutto.”

“Non incolpare me per i conducenti ai quali non dovrebbero rilasciare la patente. Vuoi che ci uccidiamo entrambe?”

“Libby, stai ancora con la terza marcia ingranata. Si rovinerà la scatola del cambio.”

“È quando corri che ti scordi di fare le cose,” fu la risposta di Libby. “Tu più di tutti dovresti apprezzare l’importanza di essere attenta. Comunque, non è che dobbiamo preoccuparci di accaparrarci i posti migliori, non andiamo al cinema.”

“Ancora non so perché mi sono lasciata convincere a venire.”

“Non hai avuto bisogno di molte persuasioni, volevi venire tanto quanto me.”

Quando Libby aveva letto l’articolo sul *The Guardian* che annunciava la prima conferenza del Movimento di Liberazione delle Donne, era rimasta incuriosita. L’argomento sembrava affascinante. Inoltre lo stile di scrittura era incisivo, spiritoso, qualcosa sul quale Libby avrebbe potuto facilmente scrivere. L’articolo era di un giornalista che aveva una firma in un quotidiano nazionale. Al contrario, il meglio che Libby poteva ottenere era l’occasionale prima pagina sul *Tidehaven Observer*, un settimanale locale con una tiratura che a malapena era paragonabile a quella di un quotidiano nazionale.

Aveva presentato a Janie l’idea come un fatto compiuto. “La conferenza di Oxford è stata la prima del suo genere, ma ne stanno organizzando altre in tutto il paese,” aveva detto all’amica. “Ce n’è un’altra questo fine settimana all’Università del Sussex. Io e te ci andiamo.”

Pochi giorni per fare programmi, per decidere quali vestiti mettere in valigia, per ottenere dal suo editore il permesso di poter avere due giorni di permesso. È solo un fine settimana, gli aveva detto. Se qualcosa scaturisse dall’evento lo avrebbe potuto usare, come e quando ne avesse visto l’opportunità. Un suo proprio progetto, scoperto nel suo tempo libero.

“Siamo arrivate, finalmente,” disse Libby, ignorando i lamenti e i sospiri dell'amica.

Se la sua guida era lenta e ponderata, l'approccio di Libby al parcheggio non lo era. Il parcheggio dell'università era pieno per più della metà, segno della popolarità dell'evento. Fece scivolare la macchina nello spazio accanto a una Ford Capri, le gomme sfiorarono il basso marciapiede. Lanciò un'occhiata alla Capri ammirandone la forma slanciata, la carrozzeria arancione e il tetto nero. Un'auto adatta al guidatore che ne era sceso. I suoi pantaloni a campana marrone scuro, camicia di Paisley in tutte le sfumature dell'arancione, le ricordava un articolo di giornale di moda maschile sul quale si era recentemente meravigliata. John Stephens, stava dettando la tendenza per la moda maschile, come Mary Quant per quella femminile. Alcuni avevano detto che le idee erano 'pericolose', 'rompevano gli schemi, 'ma Libby era assolutamente d'accordo.

Mentre continuava a studiarlo, l'uomo si voltò un momento guardando in direzione di Libby, la lunga frangia che gli ricadeva sugli occhi. Pochi secondi dopo era visibile solo di schiena mentre si allontanava dirigendosi verso l'edificio principale dell'università.

Una volta scesa dall'auto aveva afferrato entrambe le valigie dal bagagliaio.

"Ecco, prendi la tua. Ci dobbiamo sbrigare," disse Libby, spingendo la valigia più piccola ,verso Janie.

"Ora decide di sbrigarsi."

"Non abbiamo tempo per scaricare i bagagli. Andiamo direttamente alla sala conferenze," disse Libby, ignorando l'osservazione acuta della sua amica.

Tutte le informazioni che erano riuscite ad avere, in anticipo, sulla conferenza del fine settimana erano scarse. La conferenza di Oxford aveva avuto diverse centinaia di partecipanti, ma dal numero di auto parcheggiate, sembrava che questo evento sarebbe stato molto più piccolo. Aveva scritto per prenotare un posto per lei e Janie e aveva ricevuto una risposta con pochi dettagli. Dovevano arrivare non più tardi delle quattordici e dirigersi verso l'edificio principale dell'università.

"Ci aspetteranno all'arrivo, immagino," disse a Janie, sembrando più speranzosa di quanto lo fosse. Invece se un'accoglienza del genere era stata programmata, il loro arrivo in ritardo aveva fatto sì che non ce ne fosse traccia.

La palazzina Falmer era dall'altra parte del parcheggio principale. L'edificio di quattro piani, prevalentemente di mattoni e vetrate bloccava quel poco di sole che c'era, proiettando un'ombra scura su Libby e Janie mentre si avvicinavano. Una volta entrate le accolse il silenzio insieme a una sequenza di frecce da seguire. Le frecce erano state grossolanamente disegnate su carta e attaccate alle pareti lungo due corridoi e su per una rampa di scale. Ai piedi delle scale Libby sentì una mano toccarle il braccio.

"Posso aiutare?" Era il conducente della Ford Capri, mentre si muoveva emanava un odore inebriante di dopobarba. "Comunque, sono John."

"Non mi sembra che stiamo chiedendo aiuto, no?" rispose Libby.

L'uomo non apparve minimamente turbato. "La tua valigia sembra pesante, mi sono solo offerto di portarla in cima alle scale. Non è un grosso problema. Ma se preferisci non lo faccio?"

"È solo che siamo qui per parlare dell'importanza che le donne vengano trattate alla pari. Immagino che questo voglia dire che dovrei essere in grado di gestire qualsiasi bagaglio."

"Non lo dirò a nessuno, se vuoi," disse John mentre, con un minimo di movimento di mano, Libby lasciava andare la valigia, facendo sì che fosse John a portarla in cima alle scale.

Pochi istanti dopo erano all'interno dell'aula magna. Una stanza ampia, soffitti alti e finestre panoramiche che correvano lungo una parete. Sulle altre pareti, una manciata di manifesti e avvisi. La scritta era troppo piccola perché Libby potesse leggerla da lontano, ma poteva vedere che uno pubblicizzava il gruppo, Cream. L'altro Chuck Berry.

Molti dei partecipanti avevano preso posto tra le gradinate. Altri stavano in piedi in piccoli gruppi, il brusio di chiacchiere sommesse sembrava più forte perché riecheggiava nell'ampio salone.

Nella parte anteriore della sala c'era una pedana rialzata dove erano diverse donne, la più giovane delle quali teneva entrambe le mani sul microfono. La donna sembrava insicura. Batteva sul lato del microfono diverse volte e sembrava parlarci dentro, dai suoi tentativi non veniva prodotto nessun suono. E poi, come sollevata dal fatto che il dispositivo poteva essere abbandonato, lo posò sul pavimento e batté le mani, con l'obbiettivo di attirare l'attenzione del pubblico.

"Benvenuti a tutti. Sono Clem Richmond, una delle organizzatrici del dibattito di questo fine settimana. Siamo liete di vedervi così numerosi qui. Ci aspetta un fine settimana impegnativo con un'agenda fitta. E per assicurarci che tutti abbiate la possibilità di far sentire la propria voce, intendiamo dividervi in piccoli gruppi con me e le mie colleghe qui presenti a guidare ciascuno dei sottogruppi. Sarete nei vostri piccoli gruppi oggi, domani e sabato, poi domenica torneremo insieme per condividere i nostri pensieri e si spera per fare un piano d'azione. Ricordatevi ,non siamo qui solo per discutere di ciò che è possibile, ma per fare in modo di realizzarlo. Cosa vuol dire? 'Il male trionferà quando gli uomini buoni non faranno nulla', o qualcosa del genere. Potreste obiettare che gran parte di ciò che le donne hanno dovuto subire nel corso delle generazioni difficilmente può essere definito 'male' ma ci sono altre che ti diranno che è esattamente così che ci si sente ad essere costantemente considerate fanalini di coda. Spero che saremo tutti d'accordo sul fatto che il cambiamento è necessario e che è necessario ora, quindi iniziamo."

Seguì un chiacchiericcio sommesso, presto interrotto da un'altra delle organizzatrici battendo le mani e chiedendo silenzio.

"Tralasciamo le formalità, va bene? Dividetevi in gruppi di otto o dieci e uno di noi si unirà a voi per agevolarvi. Andremo in una delle aule al piano terra."

Tutti quelli che erano seduti, in precedenza, si alzarono subito raccogliendo borse e cappotti dirigendosi verso il corridoio centrale. C'è stata un po' di confusione quando alcuni partecipanti si erano diretti verso il palco mentre altri si erano diretti verso la porta. Poi Clem Richmond, l'unica organizzatrice che si era presentata, prese il comando. Dirigendosi verso le doppie porte alzò una mano come se fosse un direttore d'orchestra che cerca l'attenzione di un'orchestra.

Non ci furono commenti. Cinque partecipanti seguirono Clem fuori dall'aula magna, l'ultimo dei quali era John. Libby aveva notato diversi uomini tra i partecipanti, il che le stava causando un po' di confusione. Non doveva essere una conferenza per l'emancipazione delle donne? Tuttavia prese la mano di Janie tirandola in direzione di Clem.

Giù al pianterreno, Clem condusse il suo gruppetto lungo il corridoio e dentro una delle aule. Appoggiò, su una delle scrivanie, la sua borsa di pelle sbrindellata e tirò fuori una cartellina manilla piena zeppa di fogli.

"Prendete una sedia." Fece cenno verso una pila di sedie di plastica e ,pochi istanti dopo Libby e Janie e il resto del gruppo erano seduti in semicerchio, guardando con ansia Clem, aspettando che lei aprisse la discussione.

Libby non aveva pensato molto a chi poteva aver organizzato il fine settimana. Tuttavia era letteralmente sorpresa che Clem sembrava avere la stessa età di lei e Janie, poco più che ventenne forse. Alta e magra, il maglione fatto a mano di Clem le pendeva dalle spalle, facendola sembrare ancora più magra. Quel che si poteva vedere dei suoi capelli, da sotto il berretto, cadevano in onde indisciplinate, fermandosi proprio sotto le orecchie.

"Cominciamo con una breve introduzione, va bene?" Clem fece un cenno a una delle donne sedute all'estremità destra del semicerchio, che si alzò prontamente.

"Olivia Blythe," disse, tornando subito a sedersi.

Il tono di voce di Olivia, i vestiti eleganti e l'acconciatura fatta sapientemente, facevano pensare che avrebbe potuto sentirsi più a suo agio con un bicchiere di sherry secco in mano, mentre festeggiava una vittoria nel doppio misto a Wimbledon. Raffinata, a suo agio nella propria pelle. Sicuramente faceva parte delle istituzioni contro le quali erano tutti lì per inveire.

In netto contrasto, la persona successiva a parlare dovette ripetere il suo nome più volte prima che qualcuno potesse capirlo. Il suo nome, Bryony, e il suo rifiuto di alzare la testa, combinato con i suoi lunghi capelli sciolti sul viso, avevano fatto sì che la sua voce scomparisse nella sua camicetta. Una camicetta, che Libby notò, era più che sporca intorno al colletto.

Clem presentò Alison Newman, spiegando che Alison avrebbe condiviso preziose intuizioni sull'uguaglianza durante il fine settimana. Il tono di Clem faceva intuire che il gruppo era fortunato ad avere Alison in mezzo a loro. Nel frattempo, Alison sorrideva e sembrava vagamente imbarazzata. Mentre Clem considerava il gruppo fortunato, forse Alison si sentiva meno fortunata.

Libby aveva deciso di presentare sé stessa e Janie, senza lasciare nulla da poter dire a Janie. "Siamo qui per ascoltare e imparare," disse Libby. "Io sono Libby Frobisher e questa è la mia amica Janie Juke. Io scrivo parole e lei le legge. Non sono stata esatta, è una bibliotecaria, quindi i libri sono davvero la sua passione."

Dopo aver pronunciato il suo impreparato riassunto , che descriveva a malapena le loro occupazioni, Libby si guardò intorno nel gruppo in cerca di una sorta di riconoscimento. Quando non ne arrivò nessuno si girò verso Janie e scrollò le spalle.

I restanti membri del gruppo che dovevano ancora presentarsi erano uomini. Prima che parlassero, Libby pensò che gli uomini si fossero intrufolati nella stanza sbagliata. Durante le vacanze pasquali, le strutture universitarie dovevano essere utilizzate per altri eventi. Eventi più consoni per attirare l'attenzione degli uomini.

Il primo dei due uomini a parlare rimase seduto e, sebbene la sua voce fosse sicura, non sostenne lo sguardo di nessuno, scegliendo di guardare i suoi piedi. Piedi nudi dentro sandali di cuoio consumati.

"Will," disse, fermandosi non appena ebbe iniziato.

"Pensavo che fossimo qui per parlare di essere liberate dagli uomini? Dovrebbero anche essere inclusi?" disse Libby lanciando un'occhiata a Will, e poi a Clem.

"Se non facciamo sapere agli uomini ciò che speriamo di ottenere, ci sono poche possibilità che lo realizzeremo, vero?" fu la risposta di Clem con una palese vittoria nella voce.

Tutti nella stanza rimasero in silenzio e poi, "Noi siamo qui per provare a capire." Era il turno di John per giustificare la loro presenza.

"Capire cosa, esattamente?" disse Libby. "Sicuramente non c'erano uomini alla conferenza di Oxford? Non è questa un'opportunità per le donne di trasmettere le loro opinioni senza uomini che sgomitino dietro? Dobbiamo sopportarli abbastanza per il resto del tempo non è vero, Janie?"

"Ti sbagli, gli uomini hanno partecipato alla conferenza di Oxford. Alcuni hanno partecipato al dibattito e altri hanno gestito l'asilo nido. Sarai sorpresa di apprendere che non tutti gli uomini sono della stessa opinione," disse Clem. Un tentativo di umorismo o una battuta sarcastica? La sua espressione non rivelava nulla.

"C'è da vedere da che parte sta la ragione," disse Libby.

"Ho una certa esperienza con che avete a che fare voi donne," disse John, rivolgendo le sue parole a Libby." Mia madre voleva davvero unirsi alla carovana della pace delle donne, ma con me piccolo, beh questo l'ha fermata. Gli uomini non si fanno questi problemi, se vogliono fare qualcosa, vanno avanti e lo fanno."

"La carovana della pace? di cosa si tratta?" chiese Libby.

"Un gruppo di donne sono andate con un vecchio camion e un autobus dell'esercito dirette nella Russia sovietica, chiedendo il disarmo nucleare," spiegò Clem. "Così coraggiose. Un merito alla femminilità."

Clem fece una pausa, poi scelse di riportare l'ordine nella stanza. "Ora che le presentazioni sono state fatte, faremo meglio a iniziare." Prendendo un pennarello, scrisse rapidamente su una lavagna i quattro dibattiti per il fine settimana. "Abbiamo molto da affrontare e ricordare, ed è importante che tutti abbiano la possibilità di parlare. Inizieremo condividendo le nostre opinioni sugli argomenti più in generale. Rimarremo nei nostri piccoli gruppi domani e sabato e parleremo in dettaglio di ciascuna delle questioni. Quindi domenica ci uniremo al resto dei partecipanti e avremo l'opportunità di delineare le nostre raccomandazioni per il cambiamento."

Forse Clem aveva sperato che la fine della introduzione portasse direttamente a piacevoli chiacchiere. Se era così sarebbe rimasta delusa. Sembrava che nessuno avesse un'opinione o se l'avessero erano restii a darle voce.

"Parità retributiva." Clem indicò il primo elemento dell'elenco della lavagna. "Se una donna fa lo stesso lavoro di un uomo dovrebbe ricevere lo stesso salario. Non ci può essere niente di più intuitivo."

"Assolutamente," disse Olivia.

"Non riesco a immaginare che abbia mai lavorato un giorno nella sua vita," sussurrò Libby a Janie.

Janie fece tacere la sua amica.

"Discuteremo l'importanza delle pari opportunità educative e lavorative in modo più dettagliato," disse Clem, indicando i due punti successivi della lista. "Sappiamo tutti che c'è un uguale talento tra le donne e gli uomini. In effetti alcuni sosterrebbero che le donne hanno cervelli più acuti, ma di volta in volta le vie per il successo sono bloccate. Prendete la squadra che questa università ha messo in piedi per l'University Challenge l'anno scorso. Tre uomini e una sola donna." Battendo il pugno sulla lavagna per dare enfasi, si fermò per massaggiarsi la mano, per curarsi il livido che presto sarebbe apparso.

"Ma hanno vinto, no? L'anno scorso e tre anni fa. Sono stati piuttosto bravi." Le parole erano uscite prima che Janie avesse la possibilità di fermarle. Aveva detto abbastanza spesso a Libby quanto amava l'University Challenge e come aveva tifato per la squadra del Sussex.

"Penso che sia fantastico che le donne vogliano più uguaglianza," disse John, in direzione di Libby facendo il suo miglior sorriso.

"Non si tratta di 'più uguaglianza'. Qualcosa o è uguale o non lo è. E in questo momento non c'è niente che sia uguale per noi," disse Clem. "Dobbiamo gridare forte e a lungo fino a quando non lo rettificheremo."

"Hai ragione, Clem, e siamo nel posto giusto per queste discussioni," propose Alison. "Questa università ha aperto la strada, prendendo posizione sulle questioni che ci stanno a cuore. Quando la Sussex University ha aperto alcuni anni fa, c'erano il doppio delle studentesse rispetto agli uomini."

"Sì, bene. Certo, è stato fatto qualche passo che ci portano nella giusta direzione, ma c'è ancora molta strada da fare prima di vedere un vasto cambiamento. La persuasione gentile e le spiegazioni non sono più sufficienti." Clem rimase indifferente. "Non dimentichiamo gli altri punti all'ordine del giorno. Contraccezione e aborto gratuiti su richiesta, e asili nido gratuiti 24 ore su 24. Finché non riusciremo a liberarci dall'occultamento delle gravidanze indesiderate, non saremo mai veramente libere. E per le mamme tra noi... beh, se siamo incatenate alle faccende domestiche e all'educazione dei bambini, come potremo mai intraprendere una carriera?"

"Caspita," disse Libby, rivolgendosi a Clem. "Sembra che tu abbia in mente di capovolgere il mondo intero. Janie è una mamma, ma dubito che si consideri una schiava o una domestica?" Ponendola come una domanda Libby aspettò che la sua amica rispondesse, ma lei rimase in silenzio.

Invece, il primo intervento di Will alla discussione ebbe come risultato che tutti si voltano a guardarlo. "Penso che le comunità sono i posti dove andare."

"Amore libero, lasciare tutto alla spontaneità, quel genere di cose?" disse John.

"Intendo tutti condividendo le responsabilità." Will rispose in modo permaloso mentre difendeva la sua opinione. "Prendersi cura dei bambini, produrre il cibo, fornire riparo. L'ho visto funzionare davvero bene."

"Hippy?" disse Olivia. "Va bene a condizione che non si lascino alle spalle il loro casino quando se ne vanno."

"Credo che ti stia confondendo con i viandanti," intervenne Alison.

"Allora è da lì che ha appreso il gusto nel vestire," Libby sussurrò a Janie, con un cenno del capo indicando Will, i suoi piedi nudi, la camicia grezza, e i pantaloni di cotone indiano chiaramente incontravano la sua disapprovazione. "E quei sandali? Non è che sia estate."

Un colpo sul tavolo di Clem pose fine alla conversazione generale, poiché era ora di rivedere alcuni accordi organizzativi per il fine settimana.

"Un paio di punti generali da evocare. Tutti i nostri partecipanti in visita hanno stanze nel blocco A del Park Village. Sono una studentessa qui e ho tenuto la mia stanza anche per le vacanze. Quindi se avete bisogno di trovarmi al di fuori delle nostre sessioni di discussione, allora mi troverete alla stanza 14 blocco B. Se non ci sono mettete un biglietto sotto la porta e vi contatterò se necessario. E per quelli di voi che hanno il cappotto," Clem guardò in direzione di Will, "potreste indossarlo perché anche se il sole splende, qui dentro non cambierà la temperatura; niente di così lussuoso come una stufa a olio per fare la differenza," disse Clem.

"Forse gli uomini che gestiscono questa università stanno cercando di dirci qualcosa," disse Olivia, rivolgendo le sue parole a John e Will.

"Non guardare noi," disse Will. "Non siamo noi a stabilire le regole."

"Dopo cena ci sarà del tempo libero per esplorare il campus universitario e per chiacchierare con gli altri partecipanti. Il dibattito inizierà precisamente subito dopo la colazione del mattino, in questa classe. Quindi per favore non indugiate, proviamo a iniziare entro le nove. Ricordatevi abbiamo una reale opportunità di influenzare. La conferenza di Oxford è stata definita come uno dei più grandi punti di riferimento nella storia delle donne britanniche. Se gridiamo abbastanza forte, faremo sicuramente la differenza." Clem alzò la voce per fornire un esempio.

"C'erano circa seicento partecipanti alla conferenza di Oxford. Pensiamo davvero che tutto ciò che raggiungiamo qui possa essere ascoltato?" disse Libby.

"Ogni voce è importante," rispose Alison, intervenendo prima che Clem avesse avuto la possibilità di rispondere.

"Dobbiamo prendere appunti?" Per la prima volta, dalla sua presentazione iniziale, parlò Bryony.

"Dipende interamente da te," disse Clem. "Non sono qui per dirti cosa fare o cosa pensare. Questo è il punto centrale del dibattito. L'opinione di ognuno è valida quanto quella della persona successiva."

Per circa un'ora continuarono le discussioni, concentrate sulla parità salariale per le donne.

"Sapete di quelle donne della Dagenham che erano pagate meno degli uomini che spazzavano il pavimento della fabbrica? E loro erano esperte a fare i coprisedili perché gli uomini ci mettessero le loro natiche." Il tono di Olivia era veemente come se stesse difendendo un parente.

"Sembra che in madama Olivia ci sia qualcosa in più di quanto sembri a prima vista," sussurrò Libby a Janie.

"Dobbiamo seguire l'esempio di quelle donne in sciopero," disse Alison.

"Giusto, giusto," disse Clem scrutando con lo sguardo gli altri intorno nella stanza come per sfidarli a non essere d'accordo.

In quel momento, John si avvicinò a Libby e le sussurrò all'orecchio. Lei si aspettava che condividesse un commento sulle donne in sciopero. Invece le disse, "Prendimi un posto accanto a te per la cena e ti dirò di più sulla campagna di mia madre, se vuoi. Credo che tu abbia carattere, proprio quello che serve per ottenere il cambiamento."

"OK, lo farò."

Libby osservò John che lasciava la stanza, intuendo che già avevano stabilito una connessione.

2

Terminata la sessione pomeridiana, Janie e Libby avevano avuto la possibilità di individuare la loro camera da letto per la prima volta. Avevano trascinato le loro valigie attraverso il campus, seguendo le frecce tracciate approssimativamente che le indirizzavano agli alloggi degli studenti nel Park Village: una disposizione di tre edifici a tre piani, disposti intorno a un'area erbosa centrale. Come indicato, si diressero verso l'edificio più lontano da Falmer House; blocco studenti A. Tutte le stanze erano occupate durante il periodo scolastico, la maggior parte degli studenti aveva liberato le proprie stanze durante il periodo delle vacanze, lasciandole libere per i visitatori.

Avevano solo una rampa di scale da affrontare prima di trovare la loro stanza, a metà corridoio. Una volta dentro, Janie osservò la disposizione spartana della stanza. Due letti singoli con sopra le più sottili coperte; gli unici altri mobili, un paio di sedie e un tavolino, con sopra una lampada a cui mancava una lampadina. Senza discutere, Libby aveva scelto il letto a sinistra del tavolo, che si trovava sotto la finestra, sospirando mentre posava la valigia sul letto. Poi si era accomodata accanto ad essa ed aveva dato la sua opinione su ciò che era accaduto fino a quel momento. "Sembra tutto molto intenso, vero? So che questi problemi sono importanti, ma non è come se tutti gli uomini odiano le donne. Prendi John, per esempio."

Anche mentre parlava, Libby conosceva già la disapprovazione di Janie. "Solo un rapido promemoria. Siamo qui per discutere di problemi seri delle donne, non siamo qui per sbattere gli occhi a qualsiasi uomo disponibile. Ricorda, sei già impegnata. Come sta Ray?"

"Smettila di fare la guastafeste e tienimi questa." Libby aveva aperto la valigia tirando fuori, nascosta tra i suoi vestiti, una bottiglia di Sauterne spagnolo e due boccali di plastica.

"Ci è consentito l'alcol?"

"Quello che facciamo nella nostra stanza non è affare di nessuno. Siamo donne libere, ricorda. Ottimo lavoro, mi sono ricordata del cavatappi. Non potevo rischiare i bicchieri di vetro, quindi dovrai adattarti a bere da questi. Dopo il primo bicchiere non ci farai più caso." Riempite entrambe le tazze Libby ne porse una a Janie.

"Bicchieri per spazzolino da denti?"

"Non preoccuparti il sapore di menta aggiungerà un non so che. Salute e brindiamo a questi giorni selvaggi."

"Io brinderò anche se rimango in dubbio su quanto sarà selvaggio." Janie alzò il suo boccale vuoto. "Lo riabbocco?"

"Accidenti, lo riprendi."

"Ho una buona scusa. È la prima volta da molto tempo, che non devo essere responsabile."

"Io non ho bisogno di una scusa. Non sono mai stata responsabile."

"Mai parola più vera. E per favore dimmi perché hai portato così tanti vestiti?"

Libby aveva steso il contenuto della sua valigia sul letto e stava riflettendo sul modo migliore per appenderli dato che non c'era un armadio e c'era solo un doppio gancio dietro la porta.

"Una ragazza deve apparire al meglio anche a una festa di liberazione delle donne."

"La chiave è nel nome di questo fine settimana - libertà delle donne - si suppone che dovremmo liberarci da idee obsolete. L'idea di vestirsi per impressionare un uomo viene direttamente da un romanzo di Jane Austen.”

“Vedo che non hai intenzione di impressionare nessuno, dato che hai poco più di una camicia da notte in quella tua valigia.”

Quando un'ora dopo presero posto intorno al tavolo da pranzo la bottiglia del Sauterne spagnolo era quasi vuota, il risultato fu il travolgente bisogno di ridere di Janie, che riuscì a sopprimere facendo dei profondi respiri.

Tutti i tavoli erano stati apparecchiati con posate, bicchieri e brocche d'acqua. Molti dei partecipanti erano già seduti, scegliendo di rimanere con i loro compagni di sottogruppo della sessione pomeridiana. Janie e Libby individuarono Clem a uno dei tavoli e si diressero verso di lei. Bryony e Olivia sedevano ai lati di Clem con Will accanto a Bryony. Janie prese posto alla destra di Libby mentre Alison stava per sedersi alla sua sinistra.

“Lo sto tenendo per John,” disse Libby appoggiando una mano sulla sedia. Mentre pronunciava quelle parole, si rese conto di quanto suonassero infantili, come se fosse tornata a scuola, sperando di ingraziarsi la ragazza più popolare della classe.

“Oh,” disse Alison, spostandosi sulla sedia accanto.

“È solo che ha detto che mi avrebbe raccontato di più su sua madre. Riguardo alla carovana della pace.” Le scuse non aiutarono ad evitare l'imbarazzo.

Un lungo bancone correva per tutta una parete del refettorio con una vecchia donna e un ragazzo adolescente in attesa di servire. Ogni tavolo a turno formava una fila al bancone prendendo un piatto sul quale venivano adagiate fettine di carne in scatola ricoperte di pangrattato, per lo più carbonizzato, insieme a un cucchiaio di patate lesse.

Quando venne il loro turno, Libby e Janie si misero in fila dietro a Clem.

“John dovrà subirsi le fettine fritte fredde almeno che non si dia una mossa,” disse Clem.

“Se ci avessero detto che avremmo ricevuto razioni militari avrei portato più di un Kit-Kat a testa,” sussurrò Libby guardando nel suo piatto.

Olivia aveva preso il suo piatto e poi sembrava avere avuto un ripensamento. "Penso che ne faccio a meno, comunque non ho tanta fame." Posò il piatto vuoto sul bancone e tornò al tavolo. "Dobbiamo stare attente alla linea, ragazze, vero?" disse mentre tornavano gli altri.

Sembrava che nessuno fosse d'accordo, o almeno avessero scelto di non esprimere il loro accordo.

"Siamo qui per un dibattito serio, ricordatevi, non per la cucina," disse Clem in tono pratico.

"E non ci lascerai dimenticarlo, vero?" disse Olivia, il suo sguardo non passò inosservato a Libby.

Il silenzio che seguì fu interrotto dalle chiacchiere tra Alison e Janie, lei chiedeva ad Alison di più sulla sua esperienza con i diritti delle donne.

"Clem ha esagerato. Mi sono unita a lei a un paio di marce di protesta, niente di veramente radicale. Lei è la vera attivista."

Molto più tardi, quel fine settimana, Janie aveva ripensato alle parole di Alison, ma proprio in quel momento il discorso sull'attivismo era stato a malapena incamerato. Aveva letto di recenti iniziative in cui centinaia, a volte migliaia, si scagliavano contro gli armamenti nucleari, o la guerra in Vietnam. La sua amica Zara aveva parlato spesso dell'ingiustizia nel mondo e di come tutti avessero bisogno di alzarsi in piedi ed essere contati. Sembra che Alison e Clem avessero fatto proprio questo.

"Da quanto tempo vi conoscete?"

"Dai tempi della scuola. Ma ci siamo rimesse in contatto solo di recente. Sai com'è..."

Janie annuì intuendo che Alison avrebbe potuto dire di più se non ci fossero stati gli altri ad ascoltare.

Con la maggior parte dei piatti sgomberati era tempo di tornare al bancone per il dessert ,una scelta tra una banana o una mela. Alcuni degli altri partecipanti avevano già mangiato ed erano usciti dal refettorio. Ogni volta che le porte si aprivano Libby si voltava in attesa. Il posto vuoto accanto a lei sembrava un affronto, come se le avessero dato buca al primo appuntamento.

"Dove ha detto John che andava? Te ne ha parlato a te, Will?" chiese Clem.

"Non ne ho idea. Ma tu conosci John. Se vuoi vado a controllare la sua stanza," disse uscendo dal refettorio senza aspettare la risposta.

"Se ha trovato un posto decente dove mangiare o meglio ancora un pub locale, almeno avrebbe potuto dirlo anche a tutti noi," sussurrò Libby a Janie. "Un paio di bicchieri in più potrebbero aiutarci a dormire su quei letti di cemento. E faresti meglio a dirmi la verità quando tu dici che non russi."

"Io non russo," disse Janie, abbastanza forte da attirare l'attenzione degli altri. "Comunque dormirò come una bambina nonostante i letti di cemento," continuò abbassando la voce. "Ho passato due notti sul letto pieghevole prima di venire via, ricordati."

"Dopo la tua lite con Greg?" chiese Libby.

"Non era una lite più un disaccordo."

"Forse trarrebbe vantaggio dall'unirsi al dibattito di questo fine settimana," disse Libby ricevendo uno sguardo interrogativo da Janie. "Uguaglianza e tutto il resto. Liberarti dalle catene della maternità."

"Non desidero essere liberata da niente, specialmente non da Michelle. Greg ed io abbiamo punti di vista diversi su certe cose, questo è tutto."

"Il matrimonio? Il ruolo delle donne?"

"Lasciamo perdere, va bene?" rispose Janie.

"Sto solo dicendo."

"Che cosa stai dicendo, esattamente?" Janie si alzò in piedi spingendo indietro la sedia con più forza del previsto facendola volare all'indietro.

"Forse voi due potreste conservare il vostro fervore per la discussione di domani," disse Clem mordendo la sua mela.

"Per curiosità, Clem, quale è il tuo nome?" Libby si rivolse a Clem "È il diminutivo di...?"

"Clementina. Sono nata a dicembre. I miei genitori avevano chiaramente il senso dell'umorismo." La sua risposta era stata diretta e impassibile. "Ci vediamo a colazione. Otto in punto." E con ciò uscì dal refettorio.

Janie e Libby rimasero per un po' al tavolo, Libby sperava silenziosamente che Will tornasse con qualche notizia di John. Quando Will rientrò, tutti gli altri se n'erano andati e anche il personale di cucina stava ripulendo il bancone di servizio.

"Non è nella sua stanza," disse Will.

"È andato a cercare un pub, scommetto," disse Libby. "Che ne dici di fare la stessa cosa? Sei d'accordo Will? Potremmo prendere un piatto di patatine per compensare quella carne fritta."

"Siamo un po' distanti dai pub più vicini, ho solo la mia bicicletta," disse Will.

"Prendiamo la mia macchina," disse Libby "Aspetta mentre prendiamo qualcosa dalla nostra stanza e ci vediamo di sotto."

Presero le giacche dallo schienale delle sedie e attraversarono il campus fino al Park Village. Le prime serate di aprile raramente promettevano calore, e quella sera era già calato il freddo ancor prima che il sole fosse svanito all'orizzonte. Janie aveva tirato fuori dalla valigia una sciarpa di lana, consigliando a Libby di fare lo stesso.

"Non ne ho portata una. Le sciarpe sono più la tua passione che la mia."

"Per l'amore del cielo. Abbiamo in programma di andare al pub locale, non di sfilare lungo Carnaby Street. Non ci sarà nessuno minimamente interessato al tuo abbigliamento. Come ci saranno solo alcuni vecchi appoggiati al bancone, alcuni operai che bighellonano davanti a una pinta per evitare di dover leggere al figlio o alla figlia una favola della buona notte."

"Parli come una madre scontenta?"

Janie era ben consapevole della linea sottile che stava calpestando. Non solo tra il suo ruolo di moglie e madre e il suo lavoro di bibliotecaria. Le sue recenti scorribande nell'investigazione amatoriale avevano ulteriormente complicato le cose e spesso avevano lasciato lei e Greg su fronti opposti.

Oltre a sentirsi in conflitto per il suo matrimonio questa era la sua prima volta lontana da sua figlia. La prima notte che non sarebbe stata lì per tenerla mentre faceva l'ultima poppata, per rimboccarle le coperte nel lettino e cantare la sua filastrocca preferita. Questo fine settimana era un test per Janie per decidere cosa voleva dalla vita e capire come ottenerlo al meglio.

Quando si unirono a Will, era chiaro che alla fine, aveva ceduto al tempo aggiungendo un poncho di lana marrone sopra la camicia sottile. I tre rappresentavano un insieme insolito di compagni. Visto da dietro Will avrebbe potuto essere facilmente scambiato per una ragazza, i suoi capelli biondi lunghi e sciolti sulla schiena, i suoi pantaloni di cotone tinti nelle sfumature del rosa e del viola. Janie aveva preferito la comodità allo stile, con il suo montgomery e la calda sciarpa adatta per una passeggiata in campagna. Libby in giacca pied de poule, sopra la sua polo e minigonna preferite. Le lunghezze delle gonne erano un fascino costante per Libby con nuovi stili midi e maxi che abbellivano le passerelle di Parigi e Londra. Una volta che le mode degli stilisti fossero arrivate alla boutique locale a un prezzo che poteva permettersi le avrebbe prese in seria considerazione.

La strada dal parcheggio portava a nord del campus. Per circa un chilometro era poco più di una corsia unica, senza spazio nemmeno per il passaggio di due auto piccole. Su entrambi i lati della strada il terreno era scosceso. Era sceso il crepuscolo e Libby faceva affidamento sui fari dell'auto per guidare, per evitare di sterzare ed avvicinarsi troppo al bordo. Di tanto in tanto borbottava sottovoce rallentando ogni volta che c'era la minima curva sulla strada.

"Forse dopotutto non è stata una buona idea." disse Janie. "Hai già bevuto mezza bottiglia di vino, ricordi?"

I commenti di Janie fecero stringere di più il volante a Libby. Will sedeva dietro con gli occhi chiusi canticchiando una melodia.

"*Bridge over Troubled Water*?" disse Janie.

"Sì, non riesco a togliermelo dalla testa. Ho quasi trovato gli accordi azzeccati."

"Chitarra?"

"Sì, suono da un po' ormai."

"Spero che più tardi ci dà una dimostrazione?"

La conversazione sembrò non toccare Libby che rimase concentrata sullo stretto sentiero davanti a sé.

Superato un bivio, la strada si allargava, delimitata su entrambi i lati da un ciglio erboso e da campi aperti, che ben presto lasciarono il posto a fitti boschi. Rami di alberi, per lo più faggi e betulle argentate apparivano dall'ombra quando i fari delle auto spazzavano via temporaneamente l'oscurità.

Al calare della sera, il vento si era alzato ed i rami degli alberi vicini si piegavano abbastanza da sfiorare l'auto di Libby.

"Siamo già vicino al pub?" chiese Libby, le prime parole che pronunciava dopo tanto tempo. "In caso contrario, preferirei voltare e tornare indietro."

"Non è molto distante. Una volta attraversato il bosco ci vorrà ancora un altro chilometro e mezzo e raggiungeremo *The Royal Oak*," disse Will.

"Guidare è il passatempo meno preferito di Libby," spiegò Janie. "Quindi offrendosi di accompagnarci al pub dà l'idea delle priorità nella sua vita."

"Alcol e patatine?" chiese Will.

"E ragazzi di bell'aspetto." Rispose Janie sul punto di dare una gomitata a Libby, prima di ricordare che la totale concentrazione della sua amica sulla strada da percorrere voleva dire che era sorda alle prese in giro di Janie.

"È un vero peccato che tu non riesca a vedere questi boschi alla luce del giorno," continuò Will. "Da bambino ho passato alcuni dei miei giorni più felici qui. Ci veniva sempre detto di starne alla larga, ma lo sai se a un ragazzino viene detto di non fare qualcosa ti viene voglia di farlo ancora di più."

"Sei cresciuto qui vicino?" chiese Janie.

"Sì, il posto è molto bello per tutta la primavera e l'estate. Il verde chiaro delle foglie dei faggi che luccicano al sole proiettando ombre sulla corteccia delle betulle argentate, è come una pittura."

"Poeta oltre che musicista?" disse Janie.

Will fece una risatina. "I canadesi avevano una base qui, durante la guerra. Ci sono ancora avvisi di pericolo, 'Danger Keep Out. MOD property,' il che lo rende un po' inquietante. Tra un mese circa ci saranno migliaia di campanule, un fitto tappeto, poi vedi gli avvisi e sembra impossibile immaginare che la guerra sia mai esistita qui."

Mentre si avvicinavano a un tornante Libby rallentò fino quasi a fermarsi. Affrontando la curva i fari dell'auto illuminarono momentaneamente una radura tra gli alberi.

"Libby, ferma la macchina. Credo di aver appena visto qualcosa," Janie sbirciò attraverso il parabrezza nell'oscurità mentre Libby accostava l'auto sul ciglio erboso, tirando il freno a mano.

"Che cosa? Io non riesco a vedere niente, solo alberi."

"Mentre superavamo la curva, sono sicura di aver visto qualcosa nella radura laggiù." Janie indicò in lontananza, aprì la portiera dell'auto, e scese, seguita da Libby e Will.

"Non mi sento sicura, Janie. Will ci stava giusto dicendo che questo è un vecchio sito MOD. Non mi piace molto vagare nel buio, correndo il rischio di calpestare una bomba inesplosa." Dopotutto era chiaro che Libby aveva ascoltato.

Mentre il vento gelido sferzava gli alberi, Janie si avvolse la sciarpa intorno alle spalle, rimboccando le estremità sotto il colletto della giacca.

"Guardati, stai tremando," disse Janie prendendo a braccetto Libby.

"Non è per il freddo, più per la paura di essere spazzata via in pezzi. Chi ha detto che questa fosse una buona idea, comunque?" disse Libby.

Will era davanti a loro, camminando con cautela sul terreno irregolare. "Attenta, il sentiero non è molto agevole. Non inciampare o rimarremo davvero bloccati. Non posso guidare, quindi sarà un lungo viaggio di ritorno per trovare aiuto."

Aggrappandosi saldamente a Janie, Libby si fece avanti tenendosi a pochi passi da Will. Solo Janie aveva calzature adatte al terreno dei boschi. Ma non erano solo le foglie a impigliarsi nei sandali di pelle aperti di Will, ma anche qualche ramoscello appuntito, che lo costringeva a fermarsi di tanto in tanto per rimuovere l'oggetto incriminato. Gli amati stivali go-go di Libby rendevano abbastanza facile camminare su un terreno irregolare, ma era improbabile che rimanessero bianchi quando sarebbe tornata in macchina. Di tanto in tanto li guardava, ansiosa che con il muschio e l'erba umida si macchiassero e si rovinassero.

"Avremmo dovuto portare una torcia. Suppongo che tu non ne tenga una in quella tua macchina?" gli urlò Will.

Avanzando nella radura, Janie intravide una sagoma scura davanti a sé, ma faticava a identificarla. Poi passò un'altra macchina sulla strada dietro di loro, puntando brevemente i fari sulla scena.

"Laggiù, guardate. Contro quell'albero. È un posto strano per parcheggiare un'auto?"

Avanzarono più velocemente dimenticando il terreno insidioso sotto i loro piedi. La parte anteriore dell'auto era contro il tronco di uno dei faggi, la portiera del conducente era aperta, il paraurti anteriore dell'auto di traverso. Anche nell'oscurità potevano vedere solchi nel terreno dove l'auto era uscita di strada, fermandosi solo quando ha sbattuto contro l'albero.

"Quella è la macchina di John," disse Libby, in piedi accanto alla porta aperta e guardando nello spazio buio e vuoto all'interno.

"Come fai a saperlo?" chiese Janie.

"Perché l'ho visto uscirne nel parcheggio. Quando siamo arrivate, era proprio davanti a noi."

"Ne sei sicura? Non ricordo di averlo visto."

"Carrozzeria arancione tettino nero. Può essere buio, ma posso vedere abbastanza per dirti per certo che è la sua. Sono pagata per essere un'osservatrice, ricordi?" Non era irritazione che Janie poteva sentire nella voce della sua amica, ma ansia. "Ha avuto un incidente, vero? Ecco perché non è tornato per cena. Probabilmente giace da qualche parte dissanguato e nessuno si è preso la briga di cercarlo."

"Calmati e non saltare a delle conclusioni," disse Will. "Non è qui, quindi deve essere stato abbastanza bene da scendere dalla machina e andare via."

"Se fosse andato via, dov'è? Sarebbe tornato al campus, no? Ma non è tornato quindi rimangono solo due possibilità o giace da qualche parte privo di sensi o è morto."

3

Quando Janie, Libby e Will rientrarono a Falmouth House, dopo aver trovato l'auto di John abbandonata, Janie stava già riflettendo sul perché e sul percome dell'evento.

Erano rimasti accanto alla macchina per un po', gridando il nome di John, intuendo che era altamente improbabile che sarebbe uscito fuori all'improvviso. Era troppo buio per una ricerca approfondita, nelle immediate vicinanze; quindi, fu presa la decisione comune di tornare all'università per allertare gli altri. Per l'intero viaggio di ritorno Libby aveva posto domande sulla scomparsa di John a cui né Janie né Will avevano saputo rispondere.

Janie aveva capito che Libby aveva sviluppato un interesse per John, nonostante il breve tempo che avevano trascorso insieme. Conosceva abbastanza bene la sua amica da riconoscerne i segni. E una volta che le emozioni erano nel mix, qualsiasi conversazione seria sull'incidente era destinata ad essere difficile. In passato Libby l'aveva aiutata a svelare le circostanze dietro l'incidente di una persona scomparsa. La scomparsa di John potrebbe non essere niente del genere, ma se lo era, allora l'obiettività era fondamentale.

A metà viaggio di ritorno, Janie decise di provare a far cambiare stato d'animo a Libby. "Sai che è sposato, hai visto l'anello nunziale, vero?"

"Mi deludi, Janie, non hai proprio afferrato il concetto di uguaglianza. Perché non posso avere un'amicizia con un uomo senza che la gente pensi che ci sia qualcos'altro? John mi sembra qualcuno con cui avrei delle cose in comune, con cui sarebbe interessante parlare di moda, probabilmente anche di musica."

"E lo sai dalla mezza dozzina di parole che ti ha detto?"

"Janie, puoi essere anche sposata, ma non dirmi che non lo hai notato che è un bel ragazzo. E che ne dici di Davy Jones dei Monkees?"

"Non è reale però, no? Voglio dire che non è qualcuno con cui mi imbatterò mai o con cui converserò. È una pop star per l'amor del cielo."

"Cerca solo di mantenere la mente lucida. Sto solo dicendo questo."

Will sembrava ignaro della conversazione in corso tra conducente e passeggero, poiché era rimasto in silenzio per tutto il tempo. Janie non riusciva a vedere la sua espressione, ma aveva la sensazione che qualcosa lo preoccupasse più dell'aver ritrovato l'auto di John.

Quando entrarono in Falmouth House, la reception era illuminata, ma il refettorio era buio. Aprendo le doppie porte Will fece scattare l'interruttore della luce portando una fredda luminosità fluorescente nella stanza vuota.

"Sembra che se ne siano andati tutti a letto," disse.

"Dovremmo svegliarli," commentò Libby con insistenza nella voce.

"Almeno Clem. Ci sarà da chiamare la polizia, e una volta che avranno coinvolto Clem dovrà dichiarare finito il progetto del fine settimana. Non possiamo andare avanti come se non fosse successo niente."

Janie fece strada lungo il marciapiede attraverso il campus fino agli alloggi degli studenti. Ricordava che Clem aveva dato l'ubicazione della sua camera da letto, se avessero avuto bisogno di trovarla. Determinata a portare avanti la cosa, Libby avanzò e bussò alla porta della camera da letto di Clem. Un secondo o due dopo, la porta si aprì. Clem indossava una vestaglia affusolata, su una lunga camicia da notte rosa. Le pantofole ai suoi piedi ricordavano a Janie le pantofole che indossava sua madre rosa e foderate di pelliccia. Il modo in cui Clem si vestiva per andare a letto era così in contrasto con la persona che, prima quel giorno si era rivolta al gruppo, che tutti e tre rimasero in silenzio.

Poi Libby disse, "Si tratta di John."

"Cosa gli è successo?" chiese Clem.

"Abbiamo trovato la sua macchina abbandonata nei boschi a nord di qui. Will conosce la zona, spiegherà esattamente dove." Libby allungò le braccia come per implorare delle risposte.

"Non sappiamo se è ferito," spiegò Janie. "Ma sembra anche che in qualche modo sia uscito di strada e la macchina si è schiantata contro un albero..."

"E nessuna traccia di lui?" disse Clem, tenendo leggermente aperta la porta mentre lei era sulla soglia. Gli altri erano rimasti fianco a fianco nel corridoio.

"Ma le chiavi sono ancora nel quadro dell'accensione," specificò Libby "Quindi non sembra che vada bene, comunque la si guardi."

"Non saltiamo alle conclusioni," disse Clem.

"Abbiamo chiamato nel caso fosse stato nelle vicinanze," affermò Janie. "Ma era buio, e non avevamo una torcia..."

"Direi che è una cosa positiva," disse Clem. "Voglio dire se fosse stato ferito gravemente non sarebbe stato in grado di andare lontano. Se non siete riusciti a trovarlo, doveva stare abbastanza bene da allontanarsi. Probabilmente lo troverete che è ritornato qui. Guardate è meglio che entriate nella mia stanza, non possiamo stare tutti in piedi in corridoio."

Entrarono nella camera da letto di Clem, una stanza identica a quella che dividevano Janie e Libby ma con un letto invece che due. Anche la lampada sulla scrivania era spenta forse anche a quella mancava una lampadina. Sulla scrivania erano sparpagliati fogli scritti a mano accanto a due pile di libri, Janie diede una scorsa ad alcuni titoli. *La Rivendicazione dei Diritti della Donna*, era in cima a una pila di libri di testo che sembravano sostenere gli argomenti di cui Clem era appassionata. L'altra pila includeva Jane Eyre e diversi libri di Virginia Woolf. Nonostante avesse familiarità con i titoli di fantasia, nel suo lavoro in biblioteca, non aveva mai letto niente della Woolf. Tuttavia sapeva abbastanza della tragica vita dell'autrice per apprezzare la sua lotta contro la depressione, in contrasto con il suo grande talento letterario. Le abitudini di lettura di una persona forniscono un'idea del suo carattere? Una domanda che Janie poteva porre a stessa e ai suoi amici più intimi e alla sua famiglia e tutti potrebbero avere una risposta diversa.

"Ditemi di nuovo esattamente cosa avete trovato," disse Clem.

Janie ripeté i dettagli, mentre gli altri restarono in silenzio. Libby rimase sulla soglia come se avesse bisogno di essere pronta a entrare in azione.

"E le chiavi erano ancora nel quadro di accensione?"

"Sì," fu l'unico intervento di Will nella conversazione. Anche se silenzioso, l'espressione di Will faceva pensare che stesse avendo una sorta di discussione interna con sé stesso.

"Beh, non vedo il motivo di avvisare la polizia in questa fase. Sarà una perdita di tempo per loro e non ci ringrazieranno per questo."

"Cosa te lo fa dire?" disse Janie.

"La polizia ha la sua agenda. Ci vedono come donne fastidiose, niente di più," disse Clem. "Mi sono già scontrata con loro. Lo so come sono."

"È scomparso un uomo, potrebbe essere ferito." Janie faticava a pensare a un motivo per non avvisare la polizia. "Almeno dovremmo chiamare gli ospedali locali. Qualcuno potrebbe averlo preso e portato lì."

"Sarà il County Hospital in Brighton ovunque sia stato preso. Ma quello che penso è che l'alcol può lasciare le persone disorientate, confuse. Scommetto che è andato al pub, ne ha bevuti parecchi di troppo, è finito fuori strada e si è schiantato contro l'albero. Qualcuno sarà passato e lo avrà preso. È del posto, conosce tanta gente da queste parti. Datemi retta, in questo momento sarà a casa, curandosi il mal di testa."

Janie notò che Will diventava sempre più angosciato. Poteva sentire il suo respiro affannato.

"No," disse scuotendo la testa. "Abbiamo trovato l'auto di John al bosco di Barcombe. Non ci sono pub tra qui e lì. Lui è uscito di strada prima di poter aver bevuto. Tuttavia perché avrebbe lasciato le chiavi in macchina? Questo non ha senso."

Le parole caddero pesantemente nella stanza. Era come se ognuno di loro stesse aspettando che qualcun altro suggerisse i passi successivi da fare.

Clem fu la prima a parlare. "Chi ha parlato con John ieri sera? Will, ti ha detto che sarebbe tornato a casa?"

"Non mi ha detto niente," disse Will. "Penso che fosse più interessato a chiacchierare con Libby."

Tutti gli occhi erano puntati su Libby.

"Ve l'ho già detto, mi ha solo detto che doveva andare a prendere qualcosa in macchina. Niente di più. Almeno chiamiamo l'ospedale. Se qualcuno lo troverà ferirà dovrà aver chiamato sicuramente un'ambulanza, no?'"

"Non dovremmo chiamare sua moglie?" disse Will. Janie poteva vedere che era ancora nervoso.

"È tardi," disse Clem. "Se chiamiamo sua moglie e non è a casa la faremo preoccupare e forse senza motivo. È altrettanto probabile che stia dormendo sul divano di un amico. Avrà un sacco di persone nelle vicinanze a cui rivolgersi."

"Va bene," disse Janie. "Adesso telefonerò all'ospedale e se questo non fornisce risposte e se non ci sono notizie entro domattina, chiamerò la polizia."

"Sono certa che questo si rivelerà niente altro che un piccolo pasticcio e John starà benissimo," disse Clem. "Adesso se non vi dispiace vi do la buonanotte. Domani ci attende una giornata impegnativa." Tenne la porta aperta aspettando che se ne andassero.

Una volta fuori nel corridoio Janie fu tentata di interrogare Will nella speranza che la sua intuizione fosse giusta, che ci fosse qualcosa che lo preoccupava riguardo alla scomparsa di John di cui aveva scelto di non parlare.

"Pensi che Clem abbia ragione?" chiese.

"A proposito di John?"

"Che non dovremmo preoccuparci per lui, che starà bene?"

L'unica risposa di Will fu di scrollare le spalle e poi, "Me ne vado a letto. Se hai notizie dall'ospedale me lo potresti far sapere? La mia stanza è sullo stesso piano a tre passi dalla vostra." Era in fondo al corridoio e fuori dall'ingresso principale prima che potessero rispondere.

"Quanti spiccioli hai?" chiese a Libby una volta tornate nella loro camera da letto.

Svuotarono i borsellini su uno dei letti in modo che Janie raccogliesse le monete giuste, che infilò nella tasca del cappotto.

"Posso venire con te?" chiese Libby

"Non ha senso che andiamo entrambe. Non so se sarà peggio se è stato ferito, o se dicono di non avere traccia di lui, il che non ci aiuterebbe ad andare avanti."

La cabina telefonica si trovava a lato del cortile centrale del Park Village. Sfogliando le Pagine Gialle trovò il numero del pronto soccorso del principale ospedale della contea di Brighton e telefonò, venendo a sapere che nessuno a nome di John Bramber era stato ricoverato. Era tentata di chiamare lì per lì la polizia, ma decise di non farlo. C'era qualcosa che non andava. Era come se le fosse stato presentato un gomitolo di lana aggrovigliato e dovesse decidere quale filo tirare per sbrogliarlo. Forse la mattina avrebbe portato una soluzione.

Janie si era svegliata presto, tirando indietro le persiane per lasciare che il sole lattiginoso del mattino inondasse la stanza. Rimase seduta sul letto per un po' ascoltando il leggero respiro di Libby. Se avesse svegliato la sua amica ora, forse ci sarebbe stato il tempo di andare al bosco di Barcombe per dare un'occhiata alla macchina di John alla luce del giorno. Controllò l'orologio. Clem aveva detto loro che la colazione sarebbe stata servita alle otto in punto. Una volta che si fossero lavate, vestite e andate lì avrebbero avuto poco tempo per fare una ricerca approfondita della zona. Forse era meglio andare più tardi, dopo la prima seduta mattutina. Anche se continuava a sperare che John entrasse a colazione, pronto a spiegare la sua strana sparizione a chiunque fosse disposto ad ascoltare.

Ma quando si unirono agli altri attorno al tavolo della colazione di John non c'era traccia. A parte l'assenza di John poco era cambiato rispetto alla sera prima. Era quasi come se la relativa normalità della conferenza del fine settimana fosse stata appena interrotta dalla scomparsa di uno del loro gruppo. Olivia era l'unica tra loro che sembrava volesse comunicare qualcosa con il suo ultimo abbigliamento, forse sperando in qualche parola di ammirazione, persino invidia. Il vestito di maglia verde mela e il cappotto lungo abbinato che aveva indossato il giorno prima era stato sostituito da una camicetta pesca, una minigonna in camoscio con le frange e stivali al ginocchio. In un altro luogo, e differenti circostanze Janie non aveva dubbi che Libby si sarebbe rivolta a Olivia per i consigli di moda, dove aveva fatto acquisti e quanto fosse costoso. Ma questo non era il momento per queste cose.

Bryony, Olivia e Alison erano rimaste all'oscuro degli eventi della notte precedete. Fu solo quando Olivia fece cenno verso la sedia vuota di John, che Clem spiegò.

"Dorme dopo una notte movimentata, vero?" disse Olivia.

"Loro hanno trovato l'auto di John abbandonata nel bosco di Barcombe," disse Clem. Olivia stava per prendere una cucchiaiata di cornflakes, ma si era fermata a metà strada. "Dio, davvero? Chi l'ha trovata?" Tutto nei suoi atteggiamenti la faceva somigliare a qualcuno in prima fila a una rappresentazione teatrale, parte del pubblico in attesa dello svolgimento della trama.

"Abbiamo trovato la macchina di John," disse Janie, "Libby, Will, ed io. Siamo andati in giro dopo cena."

"E John?" disse Olivia. "Sta bene?"

"Starà bene," disse Clem. "Molto probabilmente è a casa." La sua dichiarazione di fatto era un segnale che per il momento l'argomento era chiuso. "Il nostro primo dibattito inizierà tra dieci minuti, quindi, spicciatevi a mangiare e ci vediamo nella stanza in cui eravamo ieri." Si alzò allontanò la sedia dal tavolo e lasciò il refettorio, lasciando la maggior parte della sua colazione non consumata.

"Ce l'ha con me." disse Libby.

Per tutto il tempo in cui erano rimasti seduti intorno al tavolo della colazione, Janie aveva notato che ogni volta che c'era un rumore Libby si girava a guardare in direzione della porta, come se sperasse ancora che John entrasse all'improvviso. Dove poteva essere? Cosa poteva essergli successo?

Will aveva chiesto di unirsi a loro. Una richiesta forse fatta in tutta innocenza, anche se Janie sapeva fin troppo bene quanto le persone sapessero nascondere le loro vere intenzioni. La sera prima, dopo cena, Will si era offerto di cercare John, di controllare la sua stanza se fosse andato direttamente lì senza andare a cena. Will era stato via per un bel po'. Forse aveva trovato John e loro due avevano avuto una discussione, un violento disaccordo che aveva fatto scappare John. Distratto dalla rabbia e dalla frustrazione John avrebbe potuto facilmente perdere il controllo della sua auto. Quindi una volta che l'ira di Will si fosse calmata, potrebbe aver voluto assicurarsi che John stesse bene, che non gli fosse successo niente.

Tutto questo era una supposizione. In questo momento Janie non poteva fare altro che osservare e prendere appunti mentali mentre si svolgeva la mattinata.

Alle nove iniziò il dibattito mattutino con Alison che aprì la discussione.

"Come ha detto Clem, questa mattina ci concentreremo sulla retribuzione per le donne."

"O per la sua scarsità," disse Libby.

"Infatti. Innanzitutto una breve lezione di storia. Le donne che lavorano sono state trattate ingiustamente per decenni," continuò Alison.

"Piuttosto secoli," disse Libby.

"Hai ragione, Libby. Molto di questo già lo saprete. Le donne si sforzano da tempo di fare sentire la loro voce. Già nel 1918 alla fine della grande guerra, ci fu uno sciopero delle donne che lavoravano sui tram e sugli autobus. Erano intervenute per aiutare quando gli uomini erano in guerra, ma i capi, nella loro saggezza, decisero di non pagare loro lo stesso salario che gli uomini stavano guadagnando."

"Mi fa male pensare a quante donne sono state maltrattate," disse

Clem. "E ogni donna che non usa la sua voce per il cambiamento è complice. Avremo successo solo se rimarremo unite."

Era difficile interpretare lo sguardo di Alison, ma poi lei continuò. "Naturalmente c'è stato il movimento delle suffragette, e le terribili difficoltà che hanno sopportato per ottenere il voto. Ma avere il voto significa qualcosa solo se le persone per cui votiamo hanno in prima linea gli interessi delle donne nelle loro politiche."

"Guardate quante poche donne ci sono al governo oggi," aggiunse Clem. "Ventisei parlamentari donne su quanti - più di seicento? Non c'è da stupirsi che non ci ascoltino."

"Aspetta però," intervenne Will." Ci saranno uomini che sosterranno anche i diritti delle donne."

"Giusto. Guarda con quanta passione John ha parlato ieri di sua madre," disse Libby, le sue ansie riaffiorarono di nuovo.

"Riconcentriamoci per un minuto," disse Alison. "Non dobbiamo essere pessimisti. Abbiamo Barbara Castle che combatte dalla nostra parte. E con dibattiti e conferenze come queste in tutto il paese abbiamo più possibilità che le nostre voci vengano ascoltate. È fondamentale che continuiamo a gridare sempre più forte."

"Il problema è che la maggior parte dei capi sono uomini," disse Janie. "Quindi se sono loro a fissare gli stipendi, sono inclini a favorire la loro stessa specie, non è vero?"

"Ecco perché abbiamo bisogno di una legislazione," disse Alison. "In questo modo i datori di lavoro non avranno scelta. Più facciamo campagne, maggiori sono le possibilità che possiamo forzare il cambiamento. Guardate cosa sono riuscite a ottenere Nancy Astor e Edith Summerskill durante l'ultima guerra. Venivano da due diverse correnti in parlamento, eppure si sono unite su un palco in Trafalgar Square per chiedere al governo di pagare eguali risarcimenti a donne e uomini per le ferite di guerra. Ed ha funzionato."

"Loro erano importanti, però. Le persone non ascolteranno gente come noi, non è vero?" La voce sommessa di Bryony creava un tale contrasto con l'orazione eloquente di Alison che per alcuni istanti ci fu silenzio.

E poi Alison riprese il filo del discoro ancora una volta. "Io sono un'insegnate e senza volermi vantare, ritengo di essere una insegnante piuttosto brava. Ma per anni ho ricevuto almeno dieci sterline in meno all'anno dei miei colleghi maschi. E non si tratta solo di soldi. Quando sono stata intervistata per il mio primo lavoro di insegnate il preside mi ha detto senza mezzi termini cha avrei potuto ottenere il lavoro solo se fossi rimasta single. Aveva detto, 'Non c'è posto nell'insegnamento per le donne sposate, distinte responsabilità, una volta sposata sarai occupata a soddisfare i bisogni di tuo marito.'"

Una sonora risata di Janie distolse l'attenzione della stanza da Alison. "Non parli sul serio vero? Sembra qualcosa del secolo scorso."

"Purtroppo, questa opinione è fin troppo comune," disse Clem. "Sei sposata Janie, vero? E questo ti ha impedito di intraprendere una carriera?"

"Sono una bibliotecaria e amo il mio lavoro, ma non sono sicura che la potresti chiamare una carriera."

Janie sapeva di non aver risposto del tutto alla domanda di Clem, ma non aveva intenzione di discutere delle difficoltà del suo matrimonio con persone che conosceva a malapena.

Janie aveva notato che la sua amica controllava continuamente l'orologio e ora era come se non potesse più tacere.

"Quanto tempo dobbiamo aspettare?" disse Libby.

"Aspettare? Per che cosa?" disse Clem.

"Finché non avremo notizie di John. Janie, dobbiamo chiamare subito la polizia. Non dovremmo rimandare oltre."

"L'ho visto allontanarsi." L'intervento di Bryony sembrava provenire dal nulla.

"Ieri notte? Hai visto John andarsene? Perché non lo hai detto prima?" L'esasperazione di Clem portò Bryony a nascondere il viso dietro i capelli così che la sua risposta fu poco più di un borbottio.

"Cosa hai visto, Bryony?" Janie provò con un tono più gentile mirando a incoraggiare una spiegazione più completa.

"Poco prima di venire a cena. Sono uscita per fumare una sigaretta," disse Bryony. "L'ho visto allontanarsi."

"In quale direzione?" di nuovo Clem.

Bryony fece spallucce in tutta risposta.

"Clem, pensi che questo potrebbe essere un buon momento per una breve pausa?" chiese Alison.

"Diciamo mezz'ora," rispose Clem. "Una passeggiata nel parco poi torneremo rinfrancati."

Janie diede una gomitata a Libby. "Prima chiamo papà, per sapere come sta Michelle."

La breve passeggiata fino alla cabina telefonica vicino all'ingresso del Park Village diede a Janie il tempo di raccogliere i pensieri. Compose il numero e dopo un paio di squilli sentì la voce di suo padre.

"Ciao amore, ti stai divertendo?"

Sin dai suoi primi ricordi, Janie ha equiparato il tono rassicurante di suo padre a sicurezza e rassicurazione, e amore. Il legame tra loro era sempre stato solido come una roccia, reso ancora più speciale quando la madre di Janie li aveva lasciati entrambi, poco dopo l'incidente di suo padre.

"Papà, Michelle sta bene?"

"Michelle è semplicemente meravigliosa. Tua zia Jessica le sta facendo tante cerimonie che non mi sorprenderei se ti chiedesse di lascarla con noi definitivamente."

"Ah, non credo proprio. Seriamente, che mi dici di Greg? È venuto a cena ieri sera? Sta bene?"

"Janie, qui stiamo tutti bene ma sembri un po' tesa. C'è qualche problema?"

A Philip Chandler era bastato un breve riassunto per comprendere le preoccupazioni di sua figlia.

"Devo ammettere che sembra un po' strano. Ma sono sicuro che c'è una spiegazione semplice. Potresti aver ragione, probabilmente qualcuno l'ha visto vicino al bosco dopo l'incidente, l'ha preso e l'ha portato a casa. Dici che l'ospedale non ha ricoverato nessuno con quel nome?"

"Esatto. Aspetterò ancora un po', ma se non avremo notizie presto, chiamerò la polizia."

"E perché l'organizzatrice non vuole che tu li coinvolga? Si chiama Clem, hai detto?"

"Pensa a una versione degli anni settanta di Emmeline Pankhurst, e non sbaglierai molto."

"Opinioni forti, allora?"

"Non stai scherzando. Ma c'è qualcos'altro, papà. Una delle ragazze, Bryony, è molto timida, parla a malapena. Ha detto di aver visto John allontanarsi quando è andata a fumare una sigaretta prima di cena." Janie esitò mentre si schiariva i pensieri. "Il fatto è che sono quasi sicura che lei non fuma."

"Cosa te lo fa dire?"

"Prima Clem e Alison - lei è l'insegnante di cui ti ho parlato - erano entrambe fuori a chiacchierare e quando è, passata Bryony, Clem le ho offerto una sigaretta e lei ha scosso la testa. L'ho sentita dire, 'No grazie, io non'."

"Non ci farei troppo affidamento. Potrebbe essere che sta cercando di diminuire o addirittura di smettere, ma ha avuto un momento di debolezza. Comunque perché avrebbe dovuto dire che era andata a fumare se non l'aveva fatto?"

"Esattamente."

"Papà, i miei soldi stanno per finire. Dai un bacione a Michelle da parte mia e anche a Jessica. Ti chiamo di nuovo domani."

"Fammi sapere come te la cavi," furono le ultime parole di Philip prima che arrivasse il bip che segnalava la fine della telefonata.

Janie aveva appena riagganciato il ricevitore quando arrivò Libby, e aprì la porta della cabina telefonica.

"C'è stato uno sviluppo," disse Libby con le guance arrossate.

"Che cosa?"

"Will stava per chiamare la moglie di John per vedere se era a casa."

"Ed era lì?"

"Questo è il punto, Janie. È appena arrivato un messaggio telefonico dalla moglie di John, qualcosa che riguarda il suo lavoro. John non è a casa. Nessuno sa dove sia."

4

GLI ALLOGGI DELL'UNIVERSITÀ PER studenti a Park Village erano stati aperti per la prima volta, agli studenti, appena sei mesi prima. La realizzazione era già stata salutata come un grande successo, alcuni dicevano che avrebbe costituito il modello per gli alloggi degli studenti in tutto il paese. Ogni edificio era di tre piani, il villaggio ospitava in totale circa trecento camere da letto. Gli studenti avevano accesso a cucine e bagni comuni e alla fine il villaggio avrebbe incluso una sala comune e un bar.

La sorella di Greg, Becky, era stata studentessa all'università del Sussex solo per due semestri. Quando aveva saputo che Libby e Janie sarebbero andate a stare nel campus universitario, le ha intrattenute con una serie di aneddoti sulla sua permanenza lì. Per Janie la rivelazione più sorprendente era stata che Becky, e la maggior parte dei suoi amici studenti, sedevano sul pavimento nel corridoio di una o dell'altra casa dello studente per consumare i pasti, con un piatto in grembo.

"Cosa, non ci sono tavoli o sedie?" le aveva chiesto Janie.

"Non importa, non ci interessa," era stata la risposta di Becky. "Quando sei uno studente non fai caso a niente. Questa è la cosa grandiosa."

"Lo hai raccontato a tua mamma e papà?" Janie voleva sapere. Il signor e la signora Juke non erano una coppia molto progressista. Poteva immaginare che le discussioni accese fossero all'ordine del giorno in casa Juke mentre Becky esplorava una vita nuova e indipendente.

"Non ha senso, non capirebbero. Sono vecchietti." Era stato il commento di Becky riguardo i suoi genitori.

Quando ne ha sentito parlare, la reazione di Libby era stata, "Immagina quanto si divertono. Tu ed io ci siamo perse tutto questo, un vero peccato."

"Non dovrebbero studiare? Non è solo questo il punto, piuttosto bere e fare festa fino alle ore piccole e dormire tutta la mattina per riprendersi?"

"A volte sei una pizza, Janie," disse Libby, lasciando Janie un po' male. "Comunque se ricordi, è stato grazie a te che Becky si è trasferita negli alloggi degli studenti. Finché non sei intervenuta stava per trasferirsi a casa di Oliver Mowbray."

A torto o a ragione Janie non si preoccupò di pensare a un motivo per non essere d'accordo con Libby. Entrambe stavano trascorrendo la pausa di mezz'ora seguendo l'esempio di Becky; sedute sul pavimento della loro camera doppia condividendo un Kit-Kat, riflettendo su cosa fare per la scomparsa di John.

"Cosa ti ha detto tuo padre?" Chiese Libby accartocciando la carta argentata e leccandosi la cioccolata dalle dita.

"È d'accordo con noi che tutta la faccenda sembra strana, inclusa la reazione di Clem riguardo alla polizia."

"Hai sentito bussare alla porta della nostra camera la notte scorsa?

"Ero fuori combattimento. Ti lamentavi perché russavo, ti ricordi? Perché? Non penserai che fosse John, vero?"

"Non so cosa pensare."

"Sembri sinceramente preoccupata per lui, Libby, ma lo conosci appena."

"Mi preoccuperei per chiunque sparisse in quel modo. Lo faresti anche tu se non fossi così presa dal sentirti in colpa per aver lasciato Greg. Dai Janie, siamo una squadra , vero? Siamo già riuscite a rintracciare una persona scomparsa, affrontiamo la situazione con mente lucida e facciamo un piano."

"Ho pensato la stessa cosa. Ma temevo che tu avessi perso la tua obiettività, preoccupandoti per John per motivi sbagliati."

"Non ci sono motivi sbagliati. Solo perché penso che John sembra un bel ragazzo, non influenzerà il mio giudizio. Ci tenevi a Zara, ricorda, ma questo non ti ha impedito di arrivare alla verità."

"Scusa, hai ragione, e a titolo di scuse puoi prendere l'ultimo pezzetto di Kit-Kat." Dandogli la cioccolata, Janie si alzò e rovesciò il contenuto della sua borsa sul letto. "Guarda, ho portato anche il mio taccuino."

Si sedette di nuovo accanto a Libby e andò alla prima pagina bianca del suo taccuino, mise l'intestazione, 'John Bramber scomparso'. "Supponiamo questo sia l'inizio. E poi?"

Prima che Libby potesse rispondere, qualcuno bussò alla porta e Libby gridò "Avanti."

La porta si aprì era Alison. Janie cercò di immaginare Alison che gestiva una classe di bambini. Alison non aveva detto se insegnava alla scuola primaria o secondaria, ma qualcosa nel suo comportamento faceva pensare a Janie che avrebbe guadagnato il rispetto da tutte le età. Poteva solo indovinare l'età di Alison, ma riteneva che avesse la stessa età di Clem. Eppure le comode scarpe, e il twin set di Alison davano il senso di un equilibrio, una leggera un'autorità che poteva provenire da qualcuno che aveva vissuto una vita come insegnante. Quindi una cosa naturale. Qualcuno che aveva trovato un posto perfetto all'inizio della sua carriera, il che aveva lasciato Janie con un po' di invidia.

Alison rimase sulla soglia, guardando Libby e Janie, che la guardavano entrambe.

"Posso entrare?"

"Sì, certamente. Solo ignora che siamo sedute in terra, stiamo entrando nell'atmosfera studentesca," disse Libby, strizzando l'occhio. "Siediti sul letto, se vuoi. In effetti, penso che staremo tutte più a nostro agio sedute sul letto, anche se l'idea di un materasso a molle è decisamente troppo moderna per il Park Village."

Alison sedeva sul bordo del letto di Libby, la sua lunga gonna patchwork copriva le gambe corte e le caviglie tozze. Forse era la sua bassa statura rotonda, il suo aspetto materno, che le dava l'aria di una persona alla quale i bambini si rivolgerebbero volentieri per essere rassicurati.

Janie e Libby si sistemarono fianco a fianco sul letto di Janie e aspettarono che Alison parlasse.

"Avresti dovuto vedere questo posto quando ci si è trasferito il primo gruppo di studenti l'estate scorsa," disse Alison. "La maggior parte sembrava letteralmente una zona bombardata. Mucchi di mattoni e macerie ovunque, impalcature che coprivano quasi ogni edificio, ma non sembrava infastidire gli studenti."

"Proprio così," disse Janie, sollevando le gambe e spingendosi indietro per appoggiarsi al muro. "Mia cognata ha iniziato qui da studentessa l'estate scorsa e non potrebbe essere più entusiasta dell'intera esperienza studentesca. Costruttori, impalcature, sembra che niente l'abbia toccata."

"Sto elaborando un elenco mentale di lamentele," disse Libby, cercando di alleggerire l'atmosfera per lei stessa. "Niente ferri da stiro, niente specchi né a metà né a figura intera. Come dovrebbe cavarsela una ragazza?"

"Scusa, Alison, devi scusare il senso piuttosto distorto dell'umorismo di Libby. Ma parlando seriamente, spero che tu sia qui con delle novità su John," disse Janie.

"Nessuna notizia, se non per dire che Clem è ansiosa che continuiamo con la conferenza."

"Lo pensi veramente?" disse Libby. "Quando arriverà la polizia la penseranno diversamente."

"Li avete già chiamati?" chiese Alison.

"Aspetteremo fino all'ora di pranzo, ma non di più. Spero ancora che si presenti, o che avremo almeno sue notizie. Sai chi ha preso il messaggio della moglie di John? È stata Clem?" chiese Janie.

"No, è stato Peter. Il giovane addetto alla cucina. Immagino che la donna al centralino abbia provato vari interni e Peter sia stato l'unico a rispondere."

"Mi dispiace, ma penso che abbiamo sbagliato tutto," disse Libby, ogni residuo di spensieratezza svanì. "La signora Bramber presume che suo marito sia all'università. Non le dovrebbe essere detto? Ed è questo che sei venuta a dirci? Che Clem vuole continuare la conferenza?"

"C'è una cosa," disse Alison, alzandosi e dirigendosi verso la porta. "Potrebbe valere la pena di prendere Will quando è da solo?"

"Perché ce lo stai dicendo?" chiese Libby.

"E più probabile che si apra con te che con me."

E con ciò Alison andò via, ma non prima di avergli ricordato che Clem le stava aspettando perché voleva che tutti si riunissero il prima possibile per un altro breve dibattito prima della pausa pranzo.

Sul percorso tra il Park Village e la Falmer House videro Will davanti a loro. Era immerso in una conversazione con Bryony, il che era di per sé una cosa strana, ma significava che non era il momento di parlargli in privato. Invece mentre facevano il giro completo intorno all'edifico, si avvicinò a loro Olivia.

"Avete un minuto?" disse Olivia, allungando il braccio in modo da creare una barriera temporanea tra loro e l'ingresso principale dell'edificio. Il suo lungo cappotto di lana le aderiva addosso e solo in quel momento Janie ebbe la sensazione che i modi di Olivia, la sua apparente sicurezza fossero tutta una finzione.

"Credo che Clem ci voglia tutti di nuovo dentro, vero?" disse Libby.

"Sì, sì, lo so. Ma prima di entrare volevo dirvi una cosa. Si tratta di John." Abbassò la voce a poco più di un sussurro.

"Cosa sai di John?" chiese Janie.

"Ieri sera, prima di cena, l'ho visto. Proprio laggiù." Olivia indicò il vicolo che conduceva all'ingresso della cucina sul retro. "Stava parlando con qualcuno e la conversazione sembrava molto animata."

"Hai sentito di cosa stavano parlando?" chiese Janie.

"Ero tropo lontana per sentire, ma l'altra persona era decisamente arrabbiata, agitava le braccia..."

"Perché non lo hai detto prima?" Libby fissò Olivia senza battere ciglio né distogliere da lei lo sguardo.

"Olivia, c'era ancora luce prima di cena. Sei sicura di non aver viso chi era? Potrebbe essere stato uno dei partecipanti?" chiese Janie.

"Non sono affari miei. Non voglio essere coinvolta."

"Coinvolta in cosa?"

"Dico solo che avete ragione a coinvolgere la polizia, non importa cosa ne dica Clem. Lei ha le sue opinioni ed è improbabile che venga persuasa ad allontanarsene. Certamente non da me," disse Olivia. "Comunque, ora che ve l'ho detto, vi lascio decidere cosa fare al riguardo." E con ciò si voltò e salì i gradini di Falmer House.

"Quanto è strana questa cosa?" commentò Libby. "Pensavo che il fine settimana dovesse essere una lezione su come raggiungere l'uguaglianza. In questo momento sembra che ci sia un capo e una manciata di timidi indiani."

5

Era stato difficile concentrarsi sul contenuto del dibattito, della tarda mattinata. Janie si sentiva come un'osservatrice, che ascoltava ma non sentiva realmente nulla. Studiò invece ciascuno dei volti del gruppo intorno a lei.

Byrony teneva la testa china, stringendo saldamente il piccolo taccuino appoggiato sulle sue ginocchia, e la matita in bilico. Lo sguardo di Clem era fisso su Alison, mentre Olivia sembrava più interessata a ispezionare le sue unghie smaltate e a lisciare ripetutamente le nappe che erano tutte intorno all'orlo della gonna. L'attenzione di Will era verso la finestra e oltre, la sua espressione indicava che, nonostante fosse fisicamente presente nella stanza, i suoi pensieri erano altrove.

"Siamo la generazione più fortunata," aveva esordito Alison. "L'anno scorso sono stati finalizzati i piani per qualcosa che chiameranno Libera Università. Rivoluzionerà il mondo dell'istruzione superiore e sarà aperta a tutti."

"Ho sentito che sarà tutto ambientato a Milton Keynes," intervenne Olivia, apparentemente contenta di avere qualcosa per intervenire. "Io non ci andrei."

"Non si chiama 'libera' senza motivo," continuò Alison, ignorando il tono denigratorio di Olivia. "Quando gli studenti si iscrivono, riceveranno appunti del corso, libri, persino cassette. Potranno studiare a casa e loro avranno persino programmi sulla BBC per sostenere l'apprendimento. Un'istruzione universitaria che sia veramente equa e accessibile a tutti."

"Però si deve pagare, vero," disse Bryony inclinando un po' la testa, mentre i suoi capelli continuavano a fornirle un po' di privacy.

"Comporta dei costi," rispose Alison, "ma sono piuttosto bassi. Penso sia intorno alle venti sterline per ogni corso. E ci saranno borse di studio per persone che altrimenti potrebbero avere difficoltà, proprio come ci sono per l'istruzione universitaria. Ma non capite la differenza, con questo tipo di apprendimento, è che puoi ancora continuare a lavorare, così puoi adattarlo alla tua vita quotidiana."

"Venti sterline potrebbero non essere molte per te, ma sono più di quanto guadagno in una settimana. Per te va bene con uno stipendio da insegnante ma tutto il mio stipendio va via in cibo e affitto. Dopo di che non rimane più niente." C'era una passione nel tono di Bryony che non si era mai ascoltata fino ad allora.

"Alison ha menzionato le sovvenzioni che potrebbe valere la pena di scoprire se tu stai pensando di candidarti. Io sono nella tua stessa situazione, Bryony," disse Janie. "Non guadagno molto in biblioteca, per questo, mi piace molto l'idea di fare gli studi universitari senza dover rinunciare al mio lavoro. Senza dubbio, ogni apprendimento non è mai una perdita di tempo, non credi?"

"Janie ha ragione," continuò Alison. "Questa è una meravigliosa opportunità per tutti noi, è così importante per i nostri argomenti di discussione di questo fine settimana. Dobbiamo tutti cercare di essere come Jennie Lee. Lei era una ribelle che non voleva essere messa a tacere."

"Jennie Lee?" Janie desiderava saperne di più.

"La figlia di un minatore scozzese che si è laureata in giurisprudenza ai tempi in cui quasi nessuna donna andava all'università. È stata eletta in parlamento, a ventitré anni, quando non era nemmeno abbastanza grande per votare. Le donne dovevano avere trent'anni per poter votare."

"Sembra il mio tipo di persona ideale," disse Libby, battendo le mani. "Abbastanza coraggiosa da distinguersi nella massa; abbattendo le barriere." Rivolse le sue parole a Clem che sembrava temporaneamente senza parole e così Alison continuò.

"Comunque, come ho detto, Jennie era una ribelle, insieme a suo marito, Nye Bevan. E quando Harold Wilson la coinvolse nella creazione di questo nuovo concetto di 'Università', lei ebbe l'idea di chiamarla Libera Università, una università dove l'apprendimento era facilmente accessibile a tutti con nessun ostacolo insormontabile. Ed ha combattuto contro tutti quelli che dicevano che erano 'sciocchezze assurde'."

"Buon per lei," disse Will, che sembrava essersi appena sintonizzato sulla conversazione. Janie aveva seguito lo sguardo ininterrotto di Will, ma non riuscì a vedere nulla all'esterno tranne un'enorme nuvola grigia in un cielo blu intenso.

Olivia era rimasta in silenzio dopo il suo commento su Milton Keynes. Ora aveva alzato la mano come per attirare l'attenzione del gruppo.

"Non hai bisogno del permesso per parlare, Olivia. Non siamo più a scuola," disse Clem, il suo tono contraddiceva le parole.

"Ho letto un articolo interessante sul lavoro che stanno facendo a Milton Keynes, con la preparazione lì di nuovo edifici. Qualcun altro l'ha letto? È una storia piuttosto divertente."

Il silenzio degli altri la indusse a continuare.

"Sembra che il sito lo scorso autunno, sia finito per essere nient'altro che un mare di fango, e il vicedirettore era così preoccupato che tutto il fango calpestato venisse portato sui tappeti nuovi, che aveva detto a qualcuno di andare a comperare cento paia di pantofole da far indossare al personale."

"Ridicolo," sbottò Clem, facendoli voltare tutti verso di lei. "Per l'amor del cielo, questo è esattamente il genere di cose che dobbiamo evidenziare per la follia che rappresenta."

"Mi dispiace, Clem, ma non riesco a capire cosa ci sia che non va," disse Olivia, con il tono offeso, come se fosse stata rimproverata. "Io starei attenta che i miei tappeti non si rovinassero, e tu? Mi sembra esattamente sensato."

"Perché mi sembra che stiamo parlando di beni materiali?" disse Clem. "È questa attenzione alle apparenze che ha ostacolato le donne nel corso dei secoli."

"Non ho mai indossato un paio di pantofole in vita mia," disse Will, guardandosi i piedi nudi.

"Pensi che Clem sia stata sfortunata in amore?" sussurrò Libby. "Voglio dire, potrebbe sembrare orribile, ma in realtà, con quel taglio di capelli, un maglione che sembra indossato al rovescio e quella sua lingua tagliente, non molti uomini sarebbero abbastanza coraggiosi da mettersi in gioco, no?"

Quando furono pronti per la pausa pranzo, l'atmosfera della sala si era stabilizzata. Alison aveva terminato il suo discorso sulle meraviglie dell'istruzione inclusiva e Janie era ansiosa di chiederle più dettagli sulla Libera Università, non appena avrebbe avuto modo di poterla incontrare da sola. Lavorare nella biblioteca mobile permetteva a Janie di aver accesso a tutto il materiale di lettura che poteva desiderare, ma l'idea di studiare qualcosa in modo più approfondito esercitava su di lei un vero fascino. Le sue recenti incursioni nelle indagini penali – anche se a margine - le avevano fatto desiderare di saperne di più sulle procedure della polizia, la legge, e tutto il resto necessario per ottenere una condanna penale di successo. Forse questa nuova università poteva fornirle la possibilità di muovere i primi passi verso una nuova carriera, pur restando aggrappata a quella vecchia. Anche se, spiegare le sue intenzioni a Greg era probabilmente una sfida.

"Sei assorta nei tuoi pensieri," disse Libby, mentre lasciavano l'aula. "Un penny per loro?"

"C'è tempo per tornare nel bosco prima di pranzo? Mi piacerebbe dare un'altra occhiata alla macchina di John alla luce del giorno, per vedere se ieri sera ci siamo persi qualcosa che potrebbe dirci cosa gli è successo?"

"Buona idea, in modo che se chiami la polizia potremmo avere più dettagli da fornirgli."

Questa volta, mentre Libby guidava lentamente verso nord, Janie fu lieta per la possibilità di ammirare i dintorni. La sera prima, una giornata grigia aveva lasciato il posto a un crepuscolo precoce, seguito rapidamente dall'oscurità. Ma ora, mentre percorrevano la stessa strada, poteva gioirsi del panorama, piccoli greggi di pecore da una parte, alcune di esse accanto alla siepe che divideva un campo da quello vicino. Dopo un inverno umido, l'erba era rigogliosa offrendo una quantità di pascolo. Janie lanciò un'esclamazione di gioia mentre due agnellini, a mala pena in grado di stare in piedi, si nascondevano sotto la madre, uno per lato.

Erano dirette verso i South Downs. Qualche anno prima il parco nazionale era stato designato Area di Straordinaria Bellezza Naturale e, guardando attraverso il paesaggio, si riusciva a capire perché. Se sapessi dipingere, questa sarebbe l'ispirazione perfetta. Ondulate colline di creta, ricoperte da un misto di prati e terreni agricoli, offrivano panorami ininterrotti che si estendevano per chilometri. In alcuni punti era come se il cielo scendesse per incontrare la terra, un matrimonio di due meraviglie della natura.

Anche se il sole continuava a nascondersi dietro le nuvole, quel poco calore che offriva, veniva amplificato dai finestrini dell'auto chiusi. Libby aveva gettato la giacca sul sedile posteriore prima che partissero, mentre Janie si era tenuta il cappotto ed ora desiderava non averlo fatto.

"Abbasso il finestrino se per te va bene?" disse Janie ,facendolo prima che la sua amica rispondesse. I belati delle pecore, insieme al canto degli uccelli, si sentiva al di sopra del rumore del motore, e nonostante il motivo per il quale stavano viaggiando, Janie riusciva a percepire una spensieratezza nell'umore di Libby che non c'era dalla sera prima, confermata quando Libby iniziò a canticchiare *Bridge over Troubled Water*.

Ricordandosi di come la cantava Will, la sera prima, Janie chiese, "Che impressione hai di Will?"

"Sembra abbastanza gentile. Perché? Pensi che ci stia nascondendo qualcosa?"

"Lo penso, sì. Ma non sono sicura che quel 'qualcosa' sia rilevante."

"Perché non vai direttamente a chiederglielo?"

"Forse lo farò."

"Tuo padre ti dice sempre di fidarti del tuo istinto, vero?"

Philip Chandler aveva sostenuto sua figlia durante le sue precedenti indagini su tre eventi misteriosi che si erano verificati nella loro città natale di Tamarisk Bay. Di conseguenza Janie aveva acquistato fiducia in sé stessa, mentre lottava per ignorare i commenti di disapprovazione del marito. Il due uomini più importanti della sua vita erano su due fronti opposti su una discussione inespressa, nessuno dei quali l'aveva aiutata a decidere il modo migliore per portare avanti la sua vita.

Lasciarono lo stretto sentiero, la strada si allargò mentre attraversava i boschi. Janie si mise più eretta, controllando a destra e a sinistra.

"Rallenta, Libby. Qui, puoi accostare?"

Libby portò l'auto su un ampio ciglio erboso, salendoci sopra e portandola fuori dalla carreggiata principale.

"Sono abbastanza sicura che siamo vicine. Facciamo il resto a piedi."

Chiusa la macchina e attraversata la strada, Libby si diresse verso il sentiero nel bosco.

"Andiamo, lumaca, cosa ti trattiene?" esclamò Libby.

"Non sono in forma, ecco cosa è. Non ho più perso il peso che avevo preso durante la gravidanza. Guarda qui." Janie prese un pizzico di ciccia sulla sua pancia. È orribile. Non riesco a entrare in quasi nessuno dei vestiti che indossavo prima di essere incinta."

"Corsi di fitness, ecco cosa ti serve. Vieni dove vado io ogni mercoledì sera. Presto sarai di nuovo magra e in forma, senza problemi."

Stavano camminando da qualche minuto quando Janie si fermò.

"Non sono sicura che siamo nel posto giusto. Sembra tutto così diverso alla luce del giorno. Non pensavo che l'auto di John fosse così lontana. Potremmo essere nel posto sbagliato."

Oltre il punto in cui si trovavano, il sentiero del bosco si divideva, il lato sinistro per lo più ricoperto di rovi e ortiche.

"Se andiamo da quella parte ci sfregeremmo," disse Libby,

cercando di calpestare un filo di ortica particolarmente appuntito che attraversava il passaggio. "Questi stivali si rovineranno. Non leverò mai più le macchie di erba."

"Per ricordarti che la vita non è sempre una passeggiata lungo una passerella di moda."

"Questo non merita neanche una risposta."

"Lascia perdere per un attimo, se siamo sulla strada giusta, non dovremmo essere in grado di vedere la macchina da qui?"

Mentre esaminavano l'ambiente circostante, Janie ebbe l'improvviso pensiero che l'auto potesse essere stata spostata. Era del tutto possibile che John fosse tornato, avesse preso l'auto e fosse tornato a casa. Uno scenario che significherebbe che stava bene. Tuttavia, non riusciva a scrollarsi di dosso la sensazione che non ci sarebbero state buone notizie a breve.

Dopo alcuni minuti di scavalcare sulle radici di alberi e sui rami caduti, videro la radura davanti a loro. Si erano avvicinate da una direzione diversa, ma ora potevano vedere la Ford Capri esattamente dov'era la sera prima. La portiera del conducente ancora aperta, e quando si avvicinarono videro le chiavi ancora inserite nel cruscotto.

Janie fece lentamente il giro della macchina, cercando qualcosa che potesse suggerire cosa fosse successo, quando il viaggio di John era terminato così bruscamente.

"Ssh, hai sentito?" disse Libby, afferrando il braccio di Janie.

C'era il rumore di passi che schiacciavano i ramoscelli, dapprima a distanza, avvicinandosi poi gradualmente. Poi il rumore delle foglie che venivano calpestate e pochi istanti dopo una figura si avvicinò alla radura.

"Dio mio, Will. Ci hai spaventato" disse Libby. "Cosa fai qui?"

"Ho pensato di tornare, a vedere il posto alla luce del giorno. Sembra che tu abbia deciso di fare la stessa cosa?"

"Non abbiamo trovato nulla che spieghi cosa è successo," disse Janie. "Quindi, abbiamo fatto tutti un viaggio a vuoto."

Era l'occasione per interrogare Will senza che gli altri ascoltassero. Ma un attimo dopo l'opportunità svanì mentre guardavano che risaliva sulla sua bici e scendeva lungo il sentiero.

"All'improvviso ha fretta, vero?" disse Janie.

"Potrebbe essere che sperava di avere questo posto tutto per sé?"

Non più di una cinquantina di metri lungo il sentiero nel bosco, Will frenò, gettando di lato la bicicletta, dapprima accovacciandosi, poi inginocchiandosi.

"Ora cosa sta facendo?" disse Libby.

Mentre scrutavano attraverso la luce screziata dalle nuove foglie degli alti alberi, videro Will prendere qualcosa e metterselo in tasca.

"Qualunque cosa sia, è come se si aspettasse di trovarla. Non sembra sorpreso," disse Janie. "Andiamo." Avanzò a passi veloci, con l'intenzione di raggiungere Will prima che lui rimontasse in sella e se ne andasse.

"Ehi, Will," gridò Libby. "Cos'è che hai trovato?"

Lui si alzò e si voltò verso di loro, apparendo indeciso. In un attimo erano in piedi accanto a lui.

Janie non riusciva a capire se ci fosse riluttanza nel modo in cui metteva la mano in tasca. Poi tirò fuori la mano, mostrando l'oggetto che vi aveva nascosto.

"È il portafoglio di John" disse.

"Cosa te lo fa pensare?" chiese Janie.

Lui passò il portafogli di pelle marrone a Janie. Lei lo rigirò un paio di volte, ispezionandolo alla ricerca di eventuali segni che potessero indicare come fosse arrivato lì, a una certa distanza dall'auto abbandonata di John.

"Guarda dentro," disse Will.

Janie aprì il portafoglio e lo passò a Libby. Tutti i soldi che potevano essere stati custoditi nella parte posteriore del portafoglio erano spariti. Era vuoto, ad eccezione di una piccola foto in bianco e nero che si trovava dietro a una apertura ritagliata sulla patta interna.

"Sua moglie?" chiese Janie, osservando l'immagine sorridente di una bella giovane donna, capelli scuri tagliati a caschetto, che le incorniciavano il viso, una fossetta marcata su entrambe le guance.

Will annuì, tornando alla su bicicletta e senza aggiungere altro se ne andò in lontananza.

6

Durante il viaggio di ritorno all'università Janie colse l'occasione per rimuginare sui suoi pensieri. Quando aveva accettato di unirsi a Libby per la conferenza del fine settimana, non aveva considerato davvero il contenuto dei dibattiti. Era stata l'idea di allontanarsi per qualche giorno, un attimo di respiro, che l'aveva convinta ad accettare la proposta di Libby. Lei e Greg avevano discusso un po'. No, in verità erano state più di una serie di accese discussioni. L'aveva accusata di essere costantemente sviata dal suo ruolo di moglie e madre. Lei aveva reagito dicendo che credeva di avere la potenzialità di essere molto di più.

"Non ti bastiamo noi due?" era la richiesta di Greg.

"Non si tratta di rinunciare a una cosa per fare spazio ad un'altra," gli aveva risposto. "Non lo capisci, vero?"

Da quando sua zia Jessica era tornata dall'Europa, lei e Janie avevano avuto molte conversazioni sui viaggi di Jessica. Più Janie ascoltava, più rifletteva sulla propria vita.

"Abbiamo vissuto una vita così insignificante," aveva detto a suo marito. "Dai, dimmi. Dove siamo stati? Anche per la nostra luna di miele siamo stati a non più di trentadue chilometri da Tamarisk Bay."

"Cosa, quindi ora vorresti che fossimo volati da qualche parte? Un pacchetto vacanza a Lloret de Mar, dove ci saremmo seduti su una spiaggia, per bruciarci e ridurci in cenere, e tornare a casa con un asino giocattolo come souvenir? E che mi dici di tuo padre? Pensavo non volessi mai stare troppo lontana da lui?"

Quando Philip Chandler aveva avuto l'incidente che lo aveva reso cieco, aveva dovuto imparare ad avere una vita piena ed indipendente. La madre di Janie se n'era andata poco dopo, annunciando che le dispiaceva, ma non era tagliata per fare l'infermiera. Philip si era riqualificato come fisioterapista ed era amato e stimato da una schiera di pazienti riconoscenti. E Charlie, uno di una serie di cani guida, era il compagno costane di Philip. Tuttavia, oltre al suo lavoro alla biblioteca mobile, Janie andava quasi tutti i giorni da suo padre, occupandosi di tutte le scartoffie, facendo in modo che il frigorifero fosse ben rifornito ed il posto fosse pulito ed ordinato. Era una responsabilità che si assumeva con tutto il cuore, una responsabilità che le dava piacere, ma ora che c'era Jessica, non serviva che Janie andasse così regolarmente.

Era come se fosse apparsa un'apertura in una foresta prima impenetrabile. Una foresta che era pronta ad esplorare e il volantino di Libby rappresentava il primo passo perfetto. Negli ultimi due anni, dalla scomparsa di Zara, il rapporto tra Janie e suo marito era cambiato parecchio. Se il loro matrimonio poteva essere paragonato ad un'altalena, ciò che era in equilibrio quando si erano appena sposati, ora cambiava costantemente. Il suo amore per Greg non era diminuito. E il suo recente ingresso nel settore edile aveva dimostrato che aveva un vero talento. Il suo capo si era spesso complimentato con lui per la precisione nella costruzione, e Janie poteva sentire il piacere nella voce di suo marito quando glielo raccontava. Era orgogliosa di lui.

Ma con il passare del tempo Janie sentiva in sé stessa un cambiamento. Si era resa conto di avere nuove capacità, scoprendo di avere un talento per rintracciare le persone scomparse, prima Zara, poi tutto quello che aveva fatto per aiutare il signor Furness, e più recentemente tutto il lavoro con Luigi. In ogni occasione si era sentita sullo stesso piano del sergente detective Bright. Sì, lui aveva chiarito che ciò lo irritava, ma era sicura che anche lui l'ammirava.

E doveva barcamenarsi, tra papà, la biblioteca e le sue indagini ma la faceva sentire viva. Poi c'era il suo ruolo di mamma e moglie. A tre mesi Michelle cominciava ad esprimere la sua personalità, ogni giorno c'era qualcosa di meraviglioso. Il primo sorriso di sua figlia, gorgoglii che sembrava come se stesse cercando di dire le sue prime parole. Era una gioia. Ma era come se ci fossero diversi comparti nel cervello di Janie, che necessitavano di diversi tipi di emozioni. Le sue letture ne alimentavano una parte, le conversazioni con suo padre un'altra. Ogni volta che teneva stretta sua figlia o riceveva un bacio da Greg quando tornava dal lavoro, si sentiva confortata e sicura. Ma era diventata sempre più consapevole che c'erano altre necessità nella sua mente che aveva bisogno di alimentare. Ascoltare la passione nella voce di Clem quando parlava dei diritti delle donne, sentire Alison parlare di uguaglianza, stessa paga per lo stesso lavoro svolto, aveva acceso qualcosa in Janie. Poteva immaginare come sarebbe stato studiare qui all'università e ora c'era questo nuovo concetto di Libera Università. La sua mente correva avanti, immaginava dove tutto ciò potesse portare. Un cambio di carriera, forse. O una carriera di per sé, qualcosa con possibilità di avanzamento, promozione. Il furgone della biblioteca mobile era un posto speciale, adorava chiacchierare con i suoi clienti, aiutandoli a trovare i libri giusti per loro stessi e per le loro famiglie.

Sin dalla nascita di sua figlia, Janie aveva passato la responsabilità quotidiana del furgone della biblioteca a Phyllis Frobisher, la nonna di Libby. Phyllis aveva gestito la biblioteca mobile per diversi anni, dopo il suo ritiro dall'insegnamento. Una volta che Janie aveva assunto il controllo, Phyllis era rimasta come supporto e ora i ruoli erano stati invertiti, con Phyllis che si assumeva la responsabilità del lavoro e Janie che andava regolarmente per aiutare. Phyllis era felice di continuare con l'accordo fino a quando Michelle avesse avuto sei mesi. Poi Janie sarebbe tornata di nuovo al comando, portando sua figlia con sé al lavoro, nei giorni in cui non era con la sua prozia Jessica. Era un buon accordo, tuttavia Janie stava scoprendo che c'erano nuove strade da esplorare.

Qui all'università Janie era circondata dal potenziale per imparare, riempiendola di una sensazione di possibilità. I lavori di costruzione stavano proseguendo nel sito. Becky aveva detto che doveva esserci un nuovo centro di ricerca e un edificio per ospitare l'innovativo sviluppo della tecnologia educativa. Ma era sulla biblioteca principale dell'università che Janie desiderava indagare. Era chiusa per le vacanze di Pasqua, ma Janie poteva immaginare gli scaffali, carichi di libri su ogni argomento. Un luogo dove poteva perdersi felicemente per ore, giorni.

Eppure, nonostante tutto ciò, c'era dell'ironia. Era venuta alla conferenza pensando che le avrebbe dato spazio per pensare, lontano da ogni responsabilità. E ora al centro di tutti i suoi pensieri, le si era presentato un altro mistero. Un'altra persona scomparsa. A prima vista non c'era niente di insolito in un uomo che va a fare un giro serale ed ha un incidente. Ma se qualcuno l'aveva preso, perché lasciare le chiavi nella macchina?

Le precedenti indagini di Janie erano state richieste da altri. Hugh Furness aveva chiesto il suo aiuto e Luigi era un'anima tormentata che aveva creato preoccupazioni per sua zia e suo padre. Era stata solo la ricerca di Zara che aveva avviato lei. In quell'occasione suo padre le aveva detto di fidarsi del suo istinto, e nella sua precedente telefonata, quella mattina, le aveva suggerito di fare lo stesso.

Cosa le diceva il suo istinto? Will aveva trovato il portafoglio di John vuoto. Qualcuno l'aveva spinto fuori strada e lo aveva derubato? Sembrava troppo lavoro per poter rubare qualche sterlina. A meno che il portafoglio non fosse pieno di soldi, ma in questo caso, come avrebbe potuto saperlo l'aggressore? A meno che la persona che Olivia aveva visto discutere con John non sapesse dei soldi e lo avesse seguito?

La polizia avrebbe intrapreso un'accurata perquisizione della zona. Qualcosa che lei e Libby non erano in grado di fare in modo efficace. Will aveva raccolto il portafoglio prima che Janie potesse dirgli di non farlo. Da tutto quello che aveva imparato sulle indagini della polizia, sapeva che avrebbero voluto sapere esattamente dove era stato trovato il portafoglio, probabilmente avrebbero controllato anche le impronte digitali. Ed ora le impronte digitali di Will e le sue erano sul portafoglio.

Poi c'erano le domande senza risposta che circondavano la relazione tra Will e John, Lui aveva riconosciuto la moglie di John nella fotografia. C'erano degli affari in sospeso tra Will e John?

E la telefonata della moglie di John. C'era dell'altro nel messaggio? Se Janie potrebbe parlare con Peter, il giovane che aveva preso la telefonata della signora Bramber, potrebbe portare a un filo sottile che potrebbe essere utile, per portare ad una rivelazione.

7

La maggior parte del consueto personale delle cucine, aveva colto l'occasione delle vacanze di Pasqua per godersi le ferie. Tutti tranne Marjorie Blackmore. Marjorie era così determinata a non cedere la responsabilità della sua amata cucina, che non si era presa una vera vacanza da quando l'università era stata aperta per la prima volta, circa nove anni prima. Aveva imparato la lezione alcuni anni prima, quando era tornata da un giorno libero, per partecipare a un funerale di famiglia, ed aveva scoperto che la saliera era stata spostata dal suo solito posto, accanto alla fila di forni. Alla fine la trovò, su uno scaffale accanto allo zucchero semolato. Non aveva mai identificato il colpevole poiché nessuno lo ammise. Ma lei lì per lì giurò che sarebbe stato il suo ultimo giorno libero.

"Starò qui fino al giorno in cui andrò in pensione," aveva annunciato al vicerettore. "A meno che prima non mi portino fuori in una cassa."

Tutto ciò che il vicerettore aveva potuto provare era sato un senso di sollievo poiché gli era stato detto, sia dal personale che dagli studenti, che Marjorie Blackmore era insostituibile.

Così cercarono un aiutante temporaneo in cucina. Peter aveva sentito parlare del lavoro, per caso tramite un amico di un amico. Da quando aveva lasciato l'orfanotrofio, non aveva ancora trovato un lavoro a tempo pieno. Alcune settimane aveva svolto due o tre lavori, mentre per diversi giorni intermedi non c'era alcuna possibilità di guadagnare un solo centesimo.

Il suo affitto per la casa condivisa, che il suo assistente sociale lo aveva aiutato a trovare, prendeva la maggior parte di qualsiasi stipendio che poteva mettere insieme, così lui era sempre alla ricerca di lavoro nelle caffetterie, nei bar, o cucine. Un pasto al giorno era sempre incluso, in questo modo non doveva preoccuparsi di comperare il cibo. Tranne i giorni in cui non lavorava, giorni in cui spesso sopravviveva con una torta salata dei fornai locali, mangiandola fredda per risparmiare il costo dell'elettricità.

"All'una vorranno il pranzo, quindi dobbiamo farlo trovare pronto almeno dieci minuti prima," era stata l'istruzione di Marjorie quella mattina per Peter.

Sin dal suo inizio alle sette, Peter era passato volentieri dal preparare le verdure per la cena di quella sera, allo sparecchiare i piatti della colazione degli ospiti. Lavare i piatti era un suo compito, qualcosa a cui era più che abituato dal tempo trascorso nell'orfanotrofio. A Claremont Mount i bambini più grandi avevano la possibilità di scegliere tra i compiti del fine settimana; pulire le scarpe, spazzare i pavimenti, o dare una mano in cucina. L'aiuto comportava invariabilmente il lavaggio o l'asciugatura dei piatti, che trovava di gran lunga preferibile a qualsiasi altro compito. Quando Marjorie gli aveva detto che la carne in scatola era nel menu della cena, per i partecipanti, gli era tornato il ricordo di quei giorni. Peter riusciva a ricordare il gusto del suo piatto preferito della settimana, il suo piatto sempre generosamente schizzato di salsa di pomodoro. Il cuoco di Claremont Mount riusciva a rendere la parte superiore davvero croccante, che i bambini si litigavano sempre. Il migliore di tutti era il pezzo d'angolo, con il pezzo di cipolla bruciata che sporgeva, in attesa di essere raccolta e sgranocchiata come se fosse una patatina.

"E stamattina hai riferito il messaggio, vero?" Marjorie era occupata a dare gli ultimi ritocchi alla zuppa di porro e patate assaggiandola per sale.

"L'ho detto all'organizzatrice. Clem Richmond. Solo per caso ero lì vicino al telefono quando è squillato."

"E dici che era la moglie di qualcuno?"

"Una signora Bramber. Ma quando l'ho detto alla signorina Richmond, è sembrata piuttosto sorpresa."

"Hai fatto la cosa giusta, e ricorda, qualunque cosa stia succedendo non sono affari nostri." Marjorie agitò la mano in direzione del corridoio esterno.

"I manifesti dicono che sono qui per parlare dei diritti delle donne e di tutto il resto. Ma ieri sera a cena c'erano diversi uomini tra i partecipanti. Devono sentirsi piuttosto in inferiorità numerica, vero? Ne sono sicura."

"Noi dobbiamo solo nutrirli e dissetarli e ci facciamo gli affari nostri. Ma se vuoi la mia opinione, non capisco a cosa serve tutto questo trambusto. Mi piace essere una donna e non mi piacerebbe assolutamente essere un uomo. Ognuno di noi ha i propri punti di forza senza dover litigare per questo. Dopotutto gli uomini non possono partorire, non è vero?" La sua risata era più di una risatina, seguita subito da una tosse grassa. "Passami quella padella, per gentilezza, poi inizia a prendere il pane dagli involucri e a stenderlo su quei piatti."

Per un po' lavorarono fianco a fianco in silenzio, Marjorie di tanto in tanto canticchiava una melodia che Peter non riconosceva. Era solo il secondo giorno che lavorava al fianco di Marjorie, ma desiderava già più di ogni altra cosa non dover andare via una volta terminato il fine settimana. Lunedì prossimo, sarebbe tornato nuovamente a bussare alle porte, in cerca di lavoro.

Quando aveva detto al suo amico che era stato accettato per il lavoro, Peter aveva scherzato "Potrò dire a tutti che sono stata all'università". Ma dopo la battuta aveva pensato di più alle possibilità che lo studio poteva offrirgli. Università sarebbe davvero al di là delle sue possibilità. Ma c'erano corsi dove poteva imparare il mestiere della ristorazione. Avere un pezzo di carta per dire che sapeva fare le cose per bene può rendere più facile ottenere un posto fisso, fare carriera. Il problema era come se lo sarebbe mai permesso?

Se doveva andare al corso cinque giorni alla settimana, non sarebbe stato in grado di lavorare abbastanza ore per guadagnare i soldi per pagare l'affitto. Era senza speranza. Sbatté l'ultima fetta di pane sul resto del mucchio.

"Ehi, che ti succede?" chiese Marjorie.

"Scusi, signora Blackmore. Non volevo..."

"Vedo dalla tua faccia che sei molto arrabbiato. Cosa c'è, ragazzo? Vuoi parlarne?"

"Va bene, davvero. Preparo la roba da portare al bancone, va bene?"

"Perché non ti prendi un minuto, eh? Esci fuori; l'aria fresca ti farà bene."

Il cortile sul retro della mensa offriva poco in termini di aria fresca, piuttosto un odore prevalentemente schifoso dai bidoni della spazzatura. Peter si sedette su una cassetta del latte rovesciata, riempì una cartina per sigarette con un poco di tabacco, leccò la cartina per sigillarne i bordi, poi l'accese. Fece un lungo tiro, osservando il fumo della sigaretta salire a spirale. Aveva tredici anni quando avena, per la prima volta, condiviso una sigaretta con Billy Townsend, un altro dei ragazzi dell'orfanotrofio. Billy aveva un paio d'anni in più e non sembrava preoccuparsi quando i ragazzi, più piccoli, lo seguivano in giro. Billy aveva sempre una sigaretta da condividere, ed era chiaro che Billy la vedeva come una sorta di fama, come se fosse ammirato per qualcosa di diverso dalla sua capacità, non solo di rubare le sigarette, dal negozio locale, ma spesso anche la cioccolata.

Dopo che Billy aveva lasciato l'orfanotrofio si era sparsa la voce che fosse stato catturato per qualcosa di molto peggio di un piccolo furto in un negozio. Si diceva che fosse passato alla violazione di domicilio, avesse tentato la fortuna una volta di troppo ed ora stesse scontando un periodo in prigione.

Un rumore vicino lo fece voltare e vide una donna chi si era avvicinata.

"Ciao, scusa, sto interrompendo la tua pausa."

La donna aveva una sciarpa di lana, avvolta intorno alle spalle sopra il cappotto. Peter era ancora in maniche di camicia e guardando la donna si rese conto improvvisamente che un forte vento si stava incanalando nel cortile, facendolo rabbrividire.

"Devo tornare dentro, è quasi ora di servire il pranzo. Mi è stato dato il permesso di uscire solo per fumare una sigaretta veloce."

"Lavori in cucina, vero?"

Peter annuì, chiedendosi per un attimo perché la donna si fosse avventurata nel cortile, che non era su un percorso da o verso nessun'altra parte del campus.

"A proposito, sono la signora Juke, Janie." Tese una mano verso Peter, che non sapeva se stringergliela."

"Peter Rowland," disse, alzandosi e dirigendosi verso la porta, ansioso di rifugiarsi nella relativa sicurezza della cucina.

"Ah, Peter. E tu sei lo studente che aiuta a preparare i pasti. Beh, ti siamo davvero grati che tu abbia rinunciato alle tue vacanze per essere qui."

C'era troppo da spiegare e non c'era bisogno di raccontare a questa donna nulla sulla sua situazione personale, quindi rimase in silenzio.

"Ti dispiace se ti chiedo una cosa prima che tu vada?" disse Janie.

Lui scrollò le spalle e aspettò.

"Hai risposto a una telefonata questa mattina? Da una signora Bramber, è giusto?"

Lui scrollò di nuovo le spalle.

"È solo che non sappiamo bene dove sia il signor Bramber. Era uno del nostro gruppo, ma nessuno lo vede da ieri, da prima della cena di ieri sera. Si pensava che sarebbe potuto tornare a casa, ma quella telefonata che hai ricevuto ha confermato che non è così. Ti dispiacerebbe dirmi esattamente cosa ha detto la signora Bramber?"

Mentre ascoltava, Peter stava ponendosi una domanda.

"A lei cosa importa?" disse.

"Sembra un po' strano, tutto qui. C'è qualcuno un minuto ed un minuto dopo, beh...ed inoltre abbiamo trovato la sua macchina abbandonata nei boschi qui vicino."

"Come mai è lei che sta chiedendo di lui?"

"Tra te e me, ho una certa esperienza nel rintracciare le persone scomparse."

"Lei è della polizia?"

Janie scosse la testa e fece una piccola risata. "No, niente del genere. Sono una bibliotecaria."

"Sembra una cosa strana, una bibliotecaria che cerca persone scomparse."

"È qualcosa in cui mi sono imbattuta," disse Janie.

"E lei è brava?" Peter si era allontanato dalla porta e stava studiando il viso di Janie come se potesse fornirgli la risposta alla sua domanda.

"Abbastanza brava, si, perché?"

"Potrei cercare qualcuno anch'io. Ma se lo facessi, e se quel qualcuno non volesse essere trovato, non avrei alcuna possibilità, vero?" Non aspettò la risposta di Janie, poiché pochi istanti dopo era di nuovo in cucina, caricando le posate su un vassoio, con Marjorie che canticchiava ancora in sottofondo.

8

IL PRANZO ERA GIÀ in corso quando Libby entrò nel refettorio. Una vampata di odore di cipolla si era diffuso nella sala. La maggior parte dei partecipanti era già stata al bancone di servizio tornando ai propri tavoli per continuare fervide conversazioni.

Bryony, Olivia, Alison e Clem erano agli stessi posti che avevano preso a colazione. Libby si lasciò cadere sulla sedia, lanciando un'occhiata triste alla sedia vuota accanto a lei. La sedia vuota di John.

Libby era appena tornata al suo posto, portando attentamente una scodella piena di zuppa e un paio di fette di pane, sperando di evitare qualsiasi incidente. Poi entrò Will, ancora sudato per il giro in bicicletta. Lanciò un'occhiata di traverso a Libby prima di sedersi.

"Dov'è Janie?" chiese Alison.

"Sarà qui tra un secondo," disse Libby, proprio mentre Janie entrava dalla doppia porta dietro di lei.

"Will ha trovato questo nel bosco, non lontano dalla macchina di John," disse Janie, mettendo il portafogli accanto al piatto di minestra di Clem.

Per un po', tutto ciò che si sentì era stato il tintinnio di cucchiai e ciotole, mentre gli altri partecipanti che avevano finito di mangiare raccoglievano le loro stoviglie.

"È di John?" chiese Clem, prendendo il portafogli e aprendolo.

"Sì, è proprio il suo," rispose Will.

"Senza soldi?" Olivia fu la successiva a parlare, sforzandosi di vedere il portafoglio ma rimanendo al suo posto.

"Se c'erano dei soldi dentro, adesso non ce ne sono più. Chiunque abbia preso John ha preso anche i suoi soldi. Almeno è quello che penso," disse Will.

"Credi che qualcuno lo abbia rapito?" chiese Libby. "Ma perché qualcuno dovrebbe averlo fatto? Rubare i suoi soldi, si, lo capisco. Ma rapire qualcuno? Quale diavolo sarebbe il movente?"

"Giusto. Sono più di dodici ore che nessuno ha più visto John. Abbiamo trovato la sua macchina abbandonata e ora il suo portafoglio vuoto. Quindi non indugio oltre. Chiamo subito la polizia." Janie era calma, ma decisa. "Ho già avuto a che fare con la polizia, sono felice di parlare con loro e fidati di me, non si preoccuperanno dei diritti e dei torti delle donne, che si battono per la parità dei diritti. Il loro obiettivo sarò trovare John, che è quello che dovrebbe essere anche il nostro."

Janie prese posto accanto a Libby che le diede una pacca sulla schiena. "Ben detto, non avrei potuto esprimermi meglio. Clem, hai detto di aver avuto uno scontro con la polizia. Non sei stata arrestata, vero?"

Clem allontanò il piatto della minestra non finita e si alzò. Accese una sigaretta, come se quei pochi istanti, le dessero la possibilità di preparare la sua risposta.

"Niente del genere, ma ho passato gli ultimi due anni a studiare qui nel Sussex e ho letto abbastanza per sapere che l'oppresso è sempre condannato, accusato di illeciti, spesso senza prove."

"Tu studi diritto penale?" chiese Janie.

Clem scosse la testa. "Letteratura inglese. Ma è tutto lì nei testi classici. Dimostrano ripetutamente che le istituzioni non vogliono che controllare. Se non sono le donne a sopperire, sono le classi lavoratrici. Basta tornare a prima della rivoluzione industriale. Guarda come venivano trattati i fittavoli dai ricchi proprietari terrieri."

"Non riesco a capire cosa c'entri tutto questo con l'intervento della polizia per occuparsi di un potenziale crimine. A meno che tu non ti senta in colpa per qualcosa. È così', Clem? Hai paura di essere scoperta?" disse Janie.

Alison sbatté la mano sul tavolo, un'azione così fuori dal comune che attirò l'attenzione di tutti. "Clem può avere opinioni forti, ma non è una criminale. Puoi fidarti dei me su questo."

"Hai detto che andavate a scuola insieme?" chiese Libby.

Alison fece un cenno con il capo. "Anche John garantirebbe per lei se fosse qui."

Will si era allontanato dal tavolo. Poi era tornato verso Alison come per dire qualcosa, ma rimase in silenzio.

"È vero, Will? Tu e John conoscevate Clem dai tempi della scuola?" chiese Janie. "E hai riconosciuto da quella foto la moglie di John vero? Cosa non ci stai dicendo, Will?"

La domanda non passò inosservata a Clem che fissò Janie e Libby "Siete voi due le estranee qui."

"Vi conoscete tutti? Bryony, Olivia? Perché fare quella farsa ieri, con quelle presentazioni? Era solo per noi?" disse Libby.

Sembrava che l'eventuale zuppa rimasta sarebbe tornata intatta in cucina. Clem finì una sigaretta e subito dopo un'altra mettendo la cenere in un posacenere che Alison, stando accanto a lei, le teneva.

Janie scelse il momento per prendere in mano la situazione. "Clem, penso che dovresti avvisare i tuoi colleghi. Dovrebbero sapere che uno del nostro gruppo è scomparso. Vale la pena controllare con il resto dei partecipanti. C'è la possibilità che qualcuno abbia visto qualcosa o qualcuno, il che potrebbe essere importante. Nel frattempo spiegherò alla polizia quello che sappiamo e quello che non sappiamo. Manderanno qualcuno molto presto, ne sono sicura e vorranno parlare con ciascuno di noi. Quindi il mio consiglio è di non allontanarsi dal campus."

E con ciò Janie se n'era andata lasciando Libby a sentire le reazioni negative.

"Chi si crede di essere?" L'indignazione di Olivia era evidente. "Dirci cosa dovremmo fare e dove dovremmo essere. Non me lo faccio dire da nessuno, certamente non da una come lei. È solo una bibliotecaria, per l'amor del cielo."

"E cosa dovrebbe significare?" disse Libby, venendo in difesa della sua amica.

"Basta, basta, tutte voi." Sentire la voce di Bryony a un tono così alto fece tacere gli altri ancora una volta. "Se state tutti litigando, me ne vado." Prese la borsa dallo schienale della sedia e corse fuori.

"Quella donna è un peso," disse Olivia, rivolgendo le sue parole a Clem. "Non riesco a capire perché l'hai invitata."

"Non l'ho invitata. Si è messa in contatto una settimana fa, chiedendomi se c'era posto per venire," rispose Clem.

"Sapete cosa?" Libby prese una sedia dal tavolo e si sedette. "Penso che sia giunto il momento di avere un po' di onestà. Se sapete di più su John di quanto avete detto finora, cosa state nascondendo? Perché dal mio punto di vista nessuno di voi è stato molto collaborativo."

"Ti piace fare domande, vero?" disse Clem. "Mi fa pensare che tu debba essere una giornalista. Non hai rivelato molto quando ti sei presentata. Vero? 'Scrivo parole' che può significare niente, ma è questo vero? Tu sei qui per raccogliere uno scoop sulle donne che capovolgono l'ordine mondiale? Sai che sono le persone come te che danno una cattiva reputazione a noi studenti. È tutto lì nell'ultima rivista universitaria. Voi giornalisti state solo a caccia di guai, sperando di ottenere il titolo migliore. La televisione sta facendo la stessa cosa, puntando le telecamere in faccia alle persone, prendendosi gioco di ciò che stiamo cercando di ottenere. Questo non è un dramma immaginario offerto per l'intrattenimento delle masse, questa è la vita reale. Migliaia di noi vengono ignorate, subendo ingiustizie, private di ogni reale possibilità di successo, solo perché siamo donne. E tu sei qui per accaparrarti una storia, un'esclusiva da prima pagina, che immagino aiuterà la tua carriera a non finire. E come donna, dovresti vergognarti di te stessa."

Clem trasse un respiro, le guance arrossate dall'indignazione.

"Santo cielo. Un bel discorso, Clem. Sì, sono una giornalista, ma solo per un giornale locale. Sono qui nel mio tempo libero perché sono sinceramente interessata a tutte le cose di cui hai intenzione di discutere. Il mio editore non sa nemmeno che sono qui. E sì, io e Janie siamo preoccupate per la scomparsa di John, ma anche tu dovresti esserlo."

"A me sembra che tu sia più che preoccupata per John," disse Will. "Stavi diventando terribilmente amichevole con lui ieri, considerando che non l'avevi mai incontrato prima e considerando che John è un uomo sposato."

"Guarda, non c'è nessun vero mistero," disse Alison, chiaramente sperando di calmare la crescente tensione. "Clem, Olivia ed io ci conosciamo dai tempi della scuola. Ci siamo perse di vista quando la scuola è finita. Poi Clem ed io ci siamo incontrare di nuovo. È come ti ho detto. Lei ed io abbiamo preso parte a un paio di marce di protesta."

"E Bryony?" chiese Libby.

"Bryony, sì. Noi abbiamo fatto tutti l'esame di maturità, ma lei no..." Olivia aveva concluso, come se avesse detto più di quanto intendesse.

"Bryony non è come noi," disse Clem. "Voglio dire, lei ha avuto qualche problema."

"Questo per quanto riguarda la solidarietà femminile," disse Libby. "Dal mio punto di vista sembra che Bryony avrebbe potuto beneficiare di una mano dall'amicizia e quello che ottenne invece fu il pregiudizio e snobismo."

"Mi sento offesa," Olivia batté il piede.

"Offenditi quanto vuoi. Ma ascoltatevi." Libby si rivolse a Will che era l'unico rimasto in piedi vicino alla finestra, dando le spalle agli altri. "E John? Dove si colloca lui in tutto questo?"

Will fu salvato dal rispondere perché intervenne Olivia. "Mio marito e John hanno rapporti di affari insieme."

"Che genere di affari?" chiese Libby.

"Non ne ho idea. Io e mio marito non parliamo di lavoro, non l'abbiamo mai fatto."

"Dai, quale è il grande segreto che state cercando di nascondere?" chiese Libby.

"Perché dovremmo dirti qualcosa?" Will si rivolse a Libby. "Clem ha ragione, se cerchi una storia negativa allora devi cercare altrove."

"Ti sbagli su di me. Ma ti dirò una cosa, se decidessi di scrivere un articolo, avrei molto di cui scrivere, no? Prendiamo te, Will. Un hippy dichiaratosi, che ha vissuto in una comune in fuga dalla vita reale, vero? Un passato oscuro? Poi c'è Clem, che sembra abbastanza arrabbiata con gli uomini in generale, biasimandoli per tutte le cose che non vanno nella vita. Qual è la verità, Clem? Sei stata delusa da un uomo? Ti ha spezzato il cuore? E Olivia. Perché dovresti lasciare la tua vita ricca e agiata per venire a sederti in una stanza gelida e discutere della parità salariale per le donne, quando mi è abbastanza chiaro che non hai mai lavorato in vita tua? E la povera Bryony. Ha paura della sua stessa ombra. Dite di conoscerla eppure nessuno di voi ha cercato di non farla sentire un'esclusa."

"I coltelli sono davvero affilati, vero?" disse Clem. "Tu sei il perfetto esempio della classica giornalista che si diverte a scrivere bugie sulle persone oneste, persone comuni, solo per vendere più giornali."

"Esatto, tu sai bene cosa si dice riguardo alla verità, che fa male, non è vero, Clem?" disse Libby, sbattendo la porta dietro di lei.

9

Libby rimase fuori da Falmer House, sperando che la brezza gelida le rinfrescasse le guance arrossate. Aveva detto più di quanto intendesse, esprimendo giudizi su persone che conosceva a malapena. Si sentiva particolarmente in colpa per il suo attacco verbale a Will. Aveva scelto uno stile di vita diverso, niente di male in questo. In un certo senso Will aveva fatto pensare Libby a suo padre, che lei aveva incontrato per la prima volta quando aveva tre anni. Più tardi, quando era diventata più grande, scoprì che aveva avuto, quello che alcuni potrebbero descrivere come, un passato a scacchi. Era stato nella vita di Libby per un breve periodo, prima di partire per la Grecia. Negli anni successivi, alla sua partenza, aveva ricevuto molto raramente lettere da lui, e sapeva ben poco di come conduceva la sua vita là fuori. Forse si trovava in una delle comuni descritte da Will. È più di ogni altra cosa Libby sperava che fosse felice. Sognava ancora che un giorno si sarebbe presentata e l'avrebbe sorpreso. La sua piccola Primrose era cresciuta.

Ora, imbarazzata per il suo sfogo, era lieta al pensiero che presto sarebbe arrivata la polizia per prendere il controllo della situazione, lasciando lei e Janie a essere nient'altro che spettatori interessati. La verità era che aiutare Janie a risolvere i misteri, nel passato, aveva dato a Libby un gusto per l'intrigo cercando indizi, raccogliendo prove, analizzando i movimenti. Suo malgrado rifletté su ciò che prima l'aveva fatta agire d'impulso. Tra tutti loro, sembrava che Bryony fosse la più innocente. Eppure sapeva per esperienza che spesso erano le persone silenziose e apparentemente innocenti ad avere più cose da nascondere. Bryony era corsa fuori dalla sala da pranzo. Forse questo era il momento di seguirla, sorprenderla da sola e farle qualche domanda pertinente per scoprire se fosse davvero così timida e innocente come sembrava.

Individuò Bryony in lontananza dall'altra parte del parcheggio. Non c'era da sbagliarsi perché indossava ancora la giacca di jeans che aveva indossato dal suo arrivo al campus. L'aveva persino indossata durante la cena della sera prima. Si, l'aula era fredda, ma il refettorio difficilmente giustificava l'uso di un cappotto per scaldarsi. La sera prima Bryony aveva detto di aver visto John allontanarsi in macchina. Possibile che fumare una sigaretta non fosse l'unica ragione per cui fosse là fuori?

Mentre Libby si dirigeva verso il parcheggio, vide Bryony salire su una Austin azzurra. Bryony aveva dato l'impressione di non avere molti soldi, eppure sembrava che ne avesse abbastanza per possedere e mantenere un'auto? Certo, l'auto aveva più ruggine che vernice ed era probabilmente anche più vecchia della Mini di Libby, quindi non era così difficile pensare che Bryony potesse permettersela.

Quando Libby vide Bryony allontanarsi, si infilò nella sua auto e partì all'inseguimento. La vecchia Austin di Bryony procedeva abbastanza lentamente, un sollievo per Libby che non sarebbe mai stata in grado di affrontare una velocità elevata. Sorrise tra sé mentre pensava a cosa avrebbe detto Janie. Qualcosa sulla falsariga che Libby era il guidatore meno propenso a organizzare un inseguimento in macchina.

L'Austin si diresse a nord, prendendo la stessa strada che Janie e Libby aveva preso quel giorno. Bryony proseguì oltre la radura dove l'auto di John era ancora abbandonata, oltre uno stretto ponte e giù per un avvallamento verso l'aperta campagna. Se Bryony si era accorta di essere seguita, non diede segno di rallentare o modificare il suo percorso, che era costantemente verso nord. Dopo circa cinque minuti, l'Austin iniziò ad aumentare la sua velocità con Libby che si aggrappava più forte al volante mentre decideva di tenere il passo. La strada conduceva nel South Downs, con diversi tornanti da superare.

Mentre la mattina si trasformava in pomeriggio, era come se il sole non riuscisse a prendere una decisione. Un minuto era nascosto dietro una nuvola sottile, il momento successivo aveva scelto di brillare intensamente, abbattendosi sul finestrino laterale di Libby, rendendole difficile concentrarsi sulla strada davanti a lei. Si stava maledicendo per non essersi mai presa la briga di riparare l'aletta del parasole rotta. Se non fosse pendente dall'unico fissaggio rimasto, avrebbe potuto girarla di lato per bloccare i raggi accecanti che continuavano a colpire il suo campo visivo.

Prese una delle curve strette in maniera troppo azzardata, nello stesso momento in cui un veicolo agricolo le veniva incontro. Libby trattenne il fiato, dirigendo la macchina fino all'estrema sinistra della strada, sicura di finire nel fosso che le correva accanto. Sana e salva dopo il passaggio del camion della fattoria, Libby si concentrò di nuovo sull'Austin più avanti, la cui velocità aumentava. Osservò l'auto di Bryony raggiungere la cima di una salita, solo per scomparire dall'altra parte. Prima che Libby riuscisse ad avere visuale dal lato in discesa della collina, udì un terribile stridio, metallo su metallo, seguito immediatamente da un tonfo potentissimo. Libby ebbe l'Austin in piena vista. L'auto giaceva su un fianco, il fumo usciva dal motore. Fermò la sua auto a pochi metri dietro l'Austin e corse verso di essa.

"Bryony," urlò.

Mentre Libby era in piedi accanto alla macchina, poteva vedere bene Bryony. La giovane donna era accasciata di lato, in parte sul sedile del passeggero, la testa rovesciata all'indietro per la forza dell'urto, un rivolo di sangue le scorreva sul colletto della giacca.

"Oh no, buon Dio. Bryony, riesci a sentirmi? Ti prego, dimmi qualcosa."

Libby diede uno strattone alla portiera del guidatore che sembrava chiusa a chiave. Allo stesso tempo era consapevole del flusso continuo di fumo proveniente dal motore. Dal suo lavoro di giornalista, ne sapeva abbastanza di incidenti automobilistici per sapere che uno dei maggiori pericoli era la fuoriuscita di benzina, che poteva essere facilmente incendiata dal calore del motore. Una volta che fosse successo, se fosse successo, la macchina sarebbe esplosa e non ci sarebbero state possibilità di far uscire Bryony viva. Questo anche se fosse ancora viva. Per come stavano le cose in quel momento, Libby non poteva dirlo in alcun modo. La sua unica possibilità era forzare in qualche modo la portiera del guidatore e trascinare fuori Bryony. Doveva farlo subito, non c'era tempo per pensare, non c'era tempo per pianificare.

Tornò di corsa alla sua macchina, aprì il bagagliaio e frugò febbrilmente nel miscuglio di cianfrusaglie che lo riempiva. Un vecchio cappotto, un paio di stivali di gomma, due borsette che aveva intenzione di buttare via ma non ci riusciva. Una coperta da picnic era sistemata in un angolo del bagagliaio e sotto la coperta c'erano alcuni attrezzi che le era stato detto che le sarebbero serviti in caso di foratura. Anche quando aveva messo gli attrezzi in macchina, aveva giurato che non li avrebbe mai usati. *Se avrò una foratura chiamerò l'uomo più vicino per ripararla per me.* Il suo pensiero ora era, a proposito dell'uguaglianza, mentre lanciava una preghiera di ringraziamento al cielo. *Chiunque mi abbia suggerito che potrei averne avuto bisogno ora è la mia persona preferita.*

La chiave a croce per le ruote non aveva un'estremità affilata. Aveva bisogno di qualcosa di sottile per aprire la portiera del guidatore. Poteva provare a rompere un finestrino, ma questo avrebbe fatto volare i vetri su Bryony e comunque poteva non essere efficace per aprire la portiera. Incastrata all'angolo in fondo del bagagliaio c'era una chiave inglese. *Potrebbe funzionare.*

Mentre si avvicinava ancora una volta all'Austin, il fumo che usciva dal motore diventava sempre più denso e c'era un forte odore di benzina. Libby infilò la chiave nello stretto spazio tra il bordo dello sportello del guidatore e la carrozzeria. Lo spinse con decisione in avanti; eppure, tutto ciò che fece fu di scivolare fuori di nuovo.

Andiamo, Libby. A cosa serve tenersi in forma se non riesci nemmeno a raccogliere la forza per aprire una portiera?

Trattenne il respiro e contrasse tutti i muscoli più che poteva, poi spinse di nuovo la chiave inglese nella fessura. Questa volta qualcosa sembrò cedere. Provò di nuovo tirando la maniglia, in tutto questo tempo sperava che Bryony facesse un movimento, qualsiasi movimento per dimostrare che era ancora viva.

"Bryony, per favore, per favore. Riesci a sentirmi? Ti tirerò fuori, te lo prometto. Ma ho davvero bisogno del tuo aiuto."

Senza alcuna risposta dall'interno dell'auto, tutto ciò che Libby poteva fare era tirare di nuovo la maniglia, questa volta appoggiando il piede contro la carrozzeria dell'auto per fare più leva. Qualche istante dopo i suoi sforzi ebbero successo, la porta si spalancò, gettando Libby all'indietro, facendola cadere pesantemente sulla superficie stradale. Non c'era tempo per preoccuparsi di eventuali tagli o graffi, mentre si alzava in piedi ora era in grado di raggiungere Bryony per la prima volta da quando l' Austin aveva perso il controllo.

Libby salì in macchina posando delicatamente le mani sul fianco di Bryony con un tono calmo mentre cercava di stabilire se Bryony fosse cosciente. E poi, dopo quelle che sembravano ore dallo schianto, ma in realtà erano passati appena pochi minuti, Libby sentì Bryony muoversi. Il movimento era così minimo che Libby si chiese se l'avesse immaginato. Ma no, Bryony era cosciente e si sforzava di sollevarsi dalla sua posizione prona.

"Calma adesso," disse Libby. "Lascia che ti aiuti. Dobbiamo portarti fuori di qui, ma è importante che lo facciamo con delicatezza. Riesci a muovere le gambe?"

Un breve accenno di Bryony riassicurò Libby che avevano una possibilità. "Bene, lo faremo insieme, appoggiati a me quanto puoi."

Mentre Libby incoraggiava e Bryony testava prima le sue gambe, poi le sue braccia, riuscì a farla scivolare più vicino alla portiera aperta del guidatore. I cardini arrugginiti della portiera erano una benedizione, rendendo facile per Libby di aprire la porta al massimo. L'apertura era abbastanza ampia da facilitare l'uscita di Bryony. Il sangue che colava lungo il lato del viso di Bryony proveniva da un ampio squarcio sulla sua fronte; capire quali altre ferite avrebbe potuto avere potevano aspettare fino a quando non avesse allontanato Bryony dal potenziale pericolo.

"Non capisco cosa sia successo, avevo il piede premuto a fondo sul freno, ma la macchina andava sempre più veloce." Le parole di Bryony furono interrotte da pesanti rantolii quando il dolore e lo shock presero il sopravvento.

Si sedettero insieme su un'area erbosa accanto al ciglio della strada, guardando il fumo ancora fluttuante dal motore.

"Dove ti fa male? C'è qualcosa di rotto?" Libby prese la mano di Bryony tra le sue, sperando di rassicurarla.

"Non lo so, non credo. Ma la mia testa fa così male."

C'era un notevole biascicare nelle parole di Bryony, che resero Libby ancora più ansiosa. Non poteva lasciarla per andare a chiamare aiuto. Bryony poteva collassare da un momento all'altro per una commozione cerebrale, o peggio.

"Cercherò di farti entrare nella mia macchina. Puoi farcela? Dobbiamo andare in ospedale."

"Non sono sicura di potermi muovermi. Non puoi chiamare un'ambulanza?"

"Non ho idea di quanto sia lontana la cabina telefonica più vicina e, in questo momento, non è il caso che ti lasci."

Fu solo in quel momento che Libby si rese conto di non aver visto una sola macchina passare davanti a loro. Dal momento dello schianto erano rimaste sole su quel tratto di strada. E poi, come evocato da un puro pio desiderio, sentì il rumore di una moto che si avvicinava e la guardò rallentare e poi fermarsi. Il motociclista mise la moto sul cavalletto, si tolse il casco e corse verso il punto in cui erano sedute Libby e Bryony.

"State bene? Sembra un brutto incidente."

"La mia amica deve andare in ospedale, ma non posso lasciarla. Potresti chiamare un'ambulanza?"

Fu solo molto tempo dopo che Libby si rese conto di non aver notato nulla del volto dell'uomo, nemmeno la sua età. Lei ricordava la sua tuta di pelle nera, le borchie di metallo su entrambe le spalle, ma ben poco altro.

L'uomo esitò per un secondo o due, prima di rimettersi il casco, tornare alla sua moto e partire velocemente nella direzione da cui era venuto.

"L'aiuto arriverà presto, te lo prometto," disse Libby, riconoscendo a sé stessa che non era solo Bryony ad avere bisogno di assistenza. Se il motociclista non si fosse presentato in quel momento Libby non aveva idea di cosa avrebbe potuto fare. Le sue mani tremavano in modo incontrollabile. In effetti, non era sicura di poter mai più sedersi al volante.

10

Quando Janie ritornò, dopo aver chiamato la polizia, il suo primo pensiero era di parlare con Libby e tra di loro avrebbero formulato un piano. Sapeva dai suoi precedenti rapporti con la polizia di Tamarisk Bay che, una volta coinvolti, avrebbero voluto farsi esclusivo carico del caso. Aveva senso. Dopotutto, avevano l'esperienza necessaria nella raccolta delle prove, nelle tecniche di interrogatorio e nella ricostruzione di un caso, una volta identificato un criminale. Ma Janie e Libby avevano il loro approccio, che poteva essere altrettanto valido. Spesso le persone erano riluttanti a parlare con la polizia per un motivo o per l'altro. L'antipatia di Clem nei confronti della polizia ne era un esempio calzante. Attraverso la persuasione gentile e l'attenzione all'ascolto piuttosto che all'interrogatorio, Janie aveva spesso scoperto di incoraggiare le persone ad aprirsi.

Un buon punto di partenza sarebbe stato esplorare le connessioni nel gruppo di discussione di Clem. Si conoscevano e conoscevano John, eppure sembravano reticenti a condividere quell'informazione con lei o con Libby.

Clem e Alison erano sedute su un muretto fuori Falmer House quando Janie si avvicinò. Erano immerse in una conversazione, ma smisero di parlare non appena la videro. Clem teneva in equilibrio sulle ginocchia un pacchetto di sigarette aperto, sembrava curiosa di vedere se sarebbe rimasto lì una volta che l'avesse lasciato andare.

L'amicizia tra loro due era una delle cose interessanti. Clem, era ardimentosa, appassionata nelle cause in cui credeva. Alison era più misurata nelle sue opinioni e nel suo comportamento. Eppure c'era una forza di fondo in Alison sulla quale Clem sembrava fare affidamento. Forse per la sua natura, Alison aveva aiutato Clem nei momenti difficili. Clem aveva detto che erano due anni che frequentava l'università, il che significava che non l'aveva iniziata se non quando aveva compiuto ventuno anni, circa tre anni dopo aver completato i suoi studi al liceo. Cosa aveva fatto in quei tre anni? Aveva fallito in una carriera professionale, per poi tornare all'università per riprendere fiducia in sé stessa? Forse le sue opinioni esplicite l'avevano messa nei guai, con il risultato che era stata licenziata o, peggio ancora, finita in un problema con la legge.

Ma in quel momento l'obiettivo di Janie era parlare con Libby condividere tutte le idee che le ronzavano nella mente.

"Libby è dentro?" chiese.

"Cosa ha detto la polizia?" disse Clem, ancora concentrata sul pacchetto di sigarette. "Aspetta, arriveranno giusto in tempo per vedere John che ritorna, chiedendosi cosa sia tutto questo trambusto."

"Stanno mandando qualcuno. Vorranno parlare con tutti. Libby è tornata al Park Village?"

"È andata via in macchina." Fu Will a rispondere, arrivando alle spalle di Janie e indicando il parcheggio.

"Ha detto dove stava andando?"

"Sarà al telefono con il suo editore, scommetto," disse Clem "Probabilmente sperando di guadagnare punti per qualche patetico scoop o altro. Credimi, i giornalisti sono tutti uguali, si divertono con l'infelicità degli altri."

"Questo non merita neanche una risposta," disse Janie, allontanandosi e dirigendosi verso il Park Village.

"Lei non lo pensa sul serio, lo sai." Will era un passo dietro Janie, raggiungendola mentre lei apriva la porta degli alloggi degli studenti.

"Quando si sente minacciata, colpisce. Lei aveva grandi speranze per questo fine settimana, pensando che avrebbe lasciato un segno, sperando che ne sarebbe uscita come qualcuno che può ottenere un cambiamento. Ora sta vedendo che tutto va storto. Probabilmente si scuserà più tardi."

"È con Libby che si deve scusare." Janie continuò su per le scale fino al primo piano e lungo il corridoio verso la sua camera da letto, con Will ancora dietro di lei. "Cosa vuoi, Will?" La mano sulla maniglia della porta, tenendola chiusa aspettando che Will parlasse.

"Possiamo parlare?"

Senza rispondere, Janie aprì la porta della camera da letto, sperando di trovare Libby all'interno. Invece la stanza era vuota.

"Perché se ne sarebbe andata in quel modo? Sei sicuro che non mi ha lasciato un messaggio?"

Will era rimasto sulla soglia, apparentemente incerto se entrare nella stanza. "Non mi ha detto niente, forse ha parlato con uno degli altri?"

"Puoi aspettare, Will? La polizia sarà qui a minuti e preferirei esserci quando arriveranno. Altrimenti Clem si sentirà obbligata di dirgli che non sono necessari e non andremo oltre."

Will fece un passo avanti, la sua espressione fissa come se avesse preso una decisione. "Voglio spiegarti il rapporto tra me e John. Tu mi hai chiesto come ho riconosciuto quella foto della moglie di John. Beh, hai ragione, abbiamo dei trascorsi. Il fatto è che eravamo entrambi innamorati della stessa ragazza e lei ha scelto John. Questo è tutto, davvero. Niente di che."

Era chiaro a Janie dal tono di Will e dalla sua espressione imbronciata che era tutt'altro che 'niente di che'.

"Da quanto tempo sono sposati?"

"Qualche anno."

"E sapevi che John sarebbe stato qui questo fine settimana? Siete rimasti in contatto?"

"Sono stato all'estero. Ho passato un po' di tempo viaggiando per le isole greche, cercando di guarire il mio cuore spezzato."

"E tu ci sei riuscito? Voglio dire a guarire?"

Will scrollò le spalle e si voltò per andarsene. "Tu vorrai scendere di sotto, nel caso arrivi la polizia. Ma Janie, apprezzerei se non dicessi niente alla polizia sul fatto che conosco John, potrebbero pensare che sarei felice di toglierlo di mezzo per lasciare campo libero a me e Helena."

"Ed è questo il tuo programma? Tu ed Helena l'avete pianificato tra di voi?"

Will era arrivato in fondo al pianerottolo e parlava senza voltarsi a guardare Janie, che si era fermata sulla soglia. "Hai letto troppi libri, Janie, stai immaginando una terribile cospirazione dove non c'è niente."

Guardandolo scendere le scale, Janie rifletté sull'accusa fatta a Will. Forse stava vedendo una misteriosa catena di eventi quando la verità era molto più semplice.

Afferrando la sua sciarpa dall'estremità del letto, chiuse la porta e si diresse al piano di sotto ed uscì per andare verso Falmer House. Clem e Alison erano sedute nello stesso posto in cui erano già da prima, ora raggiunte da Olivia che salutò Janie mentre si avvicinava.

"Ehilà, eccoti. Che cosa ha detto la polizia?"

Janie non poteva fare a meno di essere irritata dai modi di Olivia. Sembrava trattare l'intera faccenda come nient'altro che uno 'scherzetto'.

"Saranno qui presto. Vorranno parlare con te, con tutti noi in effetti. Cercheranno di stabilire se sappiamo dove potrebbe essere andato John, cosa potrebbe essergli successo. È importante che parli loro della discussione che hai visto, Olivia."

"Quello? Oh, potrei essermi sbagliata. Non vorrei ingannarli con qualcosa che non è importante. Come ho detto, non ho sentito di cosa stavano discutendo. Non saprei nemmeno dare una descrizione dell'altra persona."

"Tutto quello che hai visto sarà utile, spesso è il più piccolo indizio che può portare a risolvere un crimine."

"Un crimine, dici?" disse Olivia. "Quindi sei sicura che ci sia stato un crimine? Sembra che tu sappia un sacco di cose al riguardo."

Non ci fu tempo per rispondere, non ci fu tempo per spiegare, perché in quel momento Libby corse verso Janie, le braccia graffiate e sanguinanti e il davanti della giacca schizzato di sangue.

"Oh, Janie. È successa la cosa più terribile. È Bryony, la stanno portando in ospedale, è ferita gravemente. È stato davvero terribile, pensavo fosse morta."

II

Libby non si ricordava molto del suo viaggio di ritorno. Aveva aspettato l'arrivo dell'ambulanza, aveva guardato mentre caricavano Bryony sull'ambulanza e si era ricordata di chiedere in quale ospedale la stavano portando.

"Vado a prendere Janie e verremo lì da te. Ti prometto che non sarai da sola," aveva detto a Bryony.

Vedere l'auto di Bryony mentre si avvicinava alla sommità della collina, e capire quello che stava per accadere, che l'Austin si sarebbe schiantata; e che l'incidente avrebbe potuto comportare la morte di Bryony era un orrore che Libby avrebbe avuto nella sua mente per lungo tempo a venire. Era la sensazione di impotenza che era stata così terrificante. I secondi erano sembrati minuti. Tutto quello che poteva fare era guardare quello che stava accadendo.

Successivamente era dovuta salire sulla sua macchia e guidare. Non aveva scelta, anche se per un momento aveva preso in considerazione l'idea di sedersi sul ciglio della strada finché non fosse passato qualcuno – chiunque - fosse venuto. Alla fine si era messa al posto di guida, aveva inserito la chiave nell'accensione ed aveva avviato il motore. E per tutto il viaggio di ritorno era appena uscita dalla seconda marcia.

Fu solo quando vide Janie che tutta la tensione dello shock si allentò e tutto ciò che poté fare fu di lasciar cadere le lacrime mentre Janie la teneva stretta e le diceva di fare respiri profondi.

"Rilassati, hai avuto uno shock terribile. Vieni dentro e prendiamo una bevanda calda con tanto zucchero."

Gli altri seguirono Janie e Libby attraverso le porte girevoli e nel refettorio. Una volta dentro, Janie face sedere Libby mentre gli altri le stavano intorno, sembravano scioccati quasi quanto lei, ma per il momento rimanevano in silenzio.

"Dategli un po' d'aria, vi spiace?" Janie agitò le braccia verso di loro, a quel punto si allontanarono tutti un po' concentrandosi ancora su Libby.

"Le porto una tazza di tè, va bene?" disse Alison, prima di scomparire in cucina senza aspettare una risposta.

"Dove stavi andando?" disse Clem. "Stavi seguendo Bryony? È per questo che hai visto l'incidente?"

"Lasciala stare, Clem." Janie si mosse per proteggere Libby mettendosi di fonte a lei.

"Sto solo dicendo che è quasi una coincidenza, vero? La giornalista è quella che si assicura che sia 'sulla scena' a portata di mano per raccogliere tutti i dettagli cruenti."

"Cosa c'è che non va in te?" Janie disse. "Non vedi che Libby è davvero scossa. E Bryony, a nessuno importa come sta?"

"Janie, dobbiamo andare in ospedale. Ho promesso a Bryony che saremmo state lì con lei. Ma non posso guidare, non credo che sarò mai più in grado di guidare." Libby aveva ritrovato la voce, ma era appena un sussurro.

"C'è tempo per quello. In questo momento, ho bisogno che tu beva questo tè mentre è caldo." Alison arrivò con una tazza di té, che posò sul tavolo accanto a Libby. "Dai, bevi qualche sorso."

Quando Libby si avvicinò per prendere la tazza fu come se avesse appena notato i tagli e le escoriazioni sulle mani e sulle braccia. Sprizzi di sangue rappreso le macchiavano il davanti della giacca e anche la gonna.

La giacca era sicuramente rovinata. Ricordava il giorno in cui aveva trascinato Janie alla vetrina del negozio dove era esposta la giacca. C'erano volute settimane per risparmiare prima che Libby potesse entrare nel negozio, provarla e comprarla. Anche Janie era con lei quel giorno, insieme a Michelle che sembrava avere un fascino inspiegabile per i grandi bottoni neri che rifinivano la giacca. Lo stile classico di Biba, il design pied de poule bianco e nero, con i suoi ampi risvolti e la vita stretta, calzava a Libby come un guanto.

"Sbalorditivo." Janie aveva detto alla sua amica mentre si pavoneggiava orgogliosa per il negozio, sentendosi come se avesse vinto la gara di moda.

Ora la giacca alla moda era schizzata del sangue di una giovane donna che forse sta lottando per la sua vita.

Janie stava parlando, cercando di ripotare Libby al presente. "Disinfettiamo questi tagli, non vogliamo che si infettino, vero?" Janie si rivolse a Clem. "Dov'è la cassetta del pronto soccorso?"

"Chi comanda qui?"

Una voce acuta li fece voltare tutti. Sulla soglia del refettorio c'era un uomo alto dal viso magro, la giacca del completo che gli calzava perfettamente sulle spalle larghe. Accanto a lui c'era una giovane donna in uniforme da ufficiale, con i grandi occhiali dalla montatura di corno che nascondevano ogni altro tratto del viso.

"Ispettore detective Cooper, polizia del Sussex," disse l'uomo. "Abbiamo ricevuto la notifica di una persona scomparsa. Un certo signor John Bramber."

L'improvvisa presenza dei due agenti di polizia sembrò rendere il gruppo senza parole per diversi istanti.

E poi Janie spiegò, "Ho chiamato io la stazione di polizia, ispettore."

"E lei chi è?"

"La signora Janie Juke."

"E lei è l'organizzatrice di questo..." La sua voce si spense. Prima che potesse completare la frase, Clem si era alzata, tendendogli la mano.

"Clem Richmond. Sono io l'organizzatrice di questo fine settimana per il dibattito sul tema dei diritti delle donne."

Anche se tendeva la mano all'alto ufficiale, la su concentrazione era sulla giovane poliziotta, come se in qualche modo disapprovasse ciò che vedeva...

"Signora Richmond," disse il detective, "dobbiamo farle alcune domande."

"Signorina. Non ho accettato il giogo del matrimonio. Sono me stessa e non sono disposta a essere comandata da nessun uomo." Il tono di Clem era energico quanto le sue parole.

"Va tutto bene, Signorina. Ma non sono qui per unirmi alla vostra discussione. Il mio compito qui è determinare se il signor John Bramber è davvero scomparso, o se ha scelto di girovagare da qualche altra parte. Quindi avrò bisogno di tutte le informazioni che potete fornire, tempi, circostanze e così via. Signora Juke, lei ha denunciato l'incidente, forse potrebbe ritornare sul luogo, di nuovo, con il mio agente. Lei si annoterà i particolari. Presumo che qualcuno abbia parlato con la moglie del signor Bramber? O forse ha scelto anche lui di non assumersi il giogo del matrimonio?" Un sorriso cortese rivolto a Clem fu accolto da uno sguardo scontroso.

"E chi è responsabile del ritardo nella denuncia della scomparsa di quest'uomo?" Cooper continuò. "A quanto ho capito, non si è visto da ieri sera. La sua auto è stata ritrovata abbandonata nel bosco, eppure solo ora la polizia è stata avvisata. Ore preziose sono state sprecate. Ore che potrebbero fare la differenza tra trovare il signor Bramber sano e salvo e una varietà di alternative." Cooper scrutò i volti del gruppo, senza rivolgere i suoi commenti a nessuna persona in particolare. Poi intervenne Will.

"Ispettore Detective Cooper, sono Will Torrance, mi chiedo se mi permetterebbe di contattare la signora Bramber per primo. Vede lei non sa che suo marito è scomparso. Per quanto la riguarda, lui è qui per il dibattito del fine settimana."

"E lei lo sa perché...?"

"Questa mattina ha telefonato la signora Bramber. Voleva che dessimo un messaggio a suo marito. Vede signore, il fatto che lui sia scomparso sarebbe uno shock per lei."

Il detective squadrò Will dall'alto in basso, osservando i suoi piedi nudi, i sandali di cuoio consumati e la camicia di garza, prima che il suo sguardo si spostasse su Libby. Fino q quel momento gli altri avevano inavvertitamente formato un muro protettivo intorno a lei. Con la loro attenzione sulla nuova presenza della polizia, il recente trauma di Libby era stato momentaneamente dimenticato.

"Cosa è successo qui allora, eh?" disse il detective .

"Stavo per dirglielo, Ispettore. Libby ha assistito a un terribile incidente. Bryony è un'altra partecipante del nostro gruppo di discussione; la sua macchina si è schiantata a nord di qui e in questo momento sta andando in ospedale," disse Janie.

"Capisco," disse il detective. "Williams, forse potresti parlare con la signorina Libby..."

"Frobisher," disse Janie. "La signorina Libby Frobisher."

"Si, beh, a me sembra piuttosto scossa. Quindi è meglio che parli con una donna. O lo considerate inappropriato? Non in linea con i vostri atteggiamenti egualitari?" Le sue domande erano dirette a Clem, che scelse di voltargli le spalle.

La donna poliziotto si accovacciò accanto a Libby, con Janie che le teneva la mano mentre l'agente la interrogava.

"Riesce a dirmi cosa è successo?"

Con frasi lente e spezzate, Libby tentò di descrivere quello che aveva visto mentre stava seguendo Bryony.

"E dice che la sua amica ha perso il controllo della macchina?"

"Mi ha detto che aveva il piede premuto sul freno, ma la macchina continuava ad andare sempre più veloce."

L'agente Williams chiuse il taccuino con un colpetto. "Sarebbe meglio far curare questi tagli e graffi, signorina Frobisher. Forse qualcuno potrebbe accompagnarla all'ospedale?" La donna poliziotto guardò Janie.

"La porto io. Va bene se ce ne andiamo?" disse Janie.

"Non posso guidare, Janie. Per favore, non farmi guidare." Libby afferrò il braccio di Janie.

"Ssh ora, guiderò io la tua macchina. Non è un problema."

"Prendo solo una breve dichiarazione da lei, signora Juke, a conferma di quanto ci ha detto durante la telefonata," disse l'agente, "dopo di che può andarsene."

Janie ripercorse gli eventi delle ultime ore, mentre l'agente prendeva appunti.

"Siete arrivati tutti alla stessa ora ieri pomeriggio? Ed è stato prima di cena quando il signor Bramber vi ha detto che sarebbe uscito? Quindi sarebbero state le…?"

Prima che Janie potesse rispondere, Libby disse, "Era poco prima delle sei."

"Era con lei che ha parlato? Può dirmi le sue parole esatte?" L'agente si rivolse a Libby, che rispose chiudendo gli occhi.

"Agente Williams," disse Janie. "La mia amica è ancora sotto shock. Sta lottando per pensare lucidamente. Ma sono sicura che John non ha detto niente su dove stava andando. Solo che stava andando a prendere qualcosa in macchina e sarebbe tornato per cena. Esatto, vero, Libby?"

Libby annuì, aprì gli occhi e si guardò la giacca macchiata di sangue."

"Janie."

Era come se Libby fosse stata trasportata in un universo parallelo dove niente aveva senso.

Janie strinse più forte la mano di Libby "Non preoccuparti per la giacca, non preoccuparti di nulla. La sistemeremo, vedrai."

Rivolgendosi al detective, Janie prese il portafoglio dalla profonda tasca sul davanti del suo montgomery, lo porse all'agente che lo infilò in una borsa per le prove e chiuse la cerniera della borsa.

"Il portafoglio di John. L'abbiamo toccato tutti, temo, Detective Ispettore. Eravamo con Will quando l'ha trovato. L'abbiamo mostrato a Clem e gli altri quando siamo tornati qui."

"L'ha trovato per caso, vero, signor Torrance?" disse Cooper.

"Sì, ma ispettore, va bene se telefono alla signora Bramber?"

"Meglio lasciarlo fare a noi, figliolo. A breve faremo visita alla signora Bramber. Prima che andiamo, c'è qualcos'altro che qualcuno di voi può dirci su ieri sera, sul vostro ultimo avvistamento del signor Bramber?"

"Olivia, hai detto che hai visto John parlare con qualcuno qui fuori. Ricordi?" disse Janie.

La risposta di Olivia fu di ispezionare dettagliatamente i bottoni di madreperla sui polsini della sua camicetta.

"Un'altra persona, dite? Avrò bisogno di una descrizione. Esattamente a che ora li ha visti parlare insieme?" chiese il detective.

"Ho appena detto che potrei aver visto qualcuno. Davvero, sono così agitata. Non sono sicura di quello che ho visto e di quello che non ho visto. Devo dire, ispettore, mi infastidisce che mi interroghi come se fossi una criminale. In effetti, l'intera faccenda mi ha fatto venire un bel mal di testa. Vorrei andare in camera mia. Ho bisogno di sdraiarmi." Olivia si sfiorò la fronte con il dorso della mano, prima di andarsene impettita; un'attrice che lascia il palco dopo il primo atto.

"A questo punto, ora il resto dei partecipanti? Potrebbero avere quale altra informazione per noi?"

"Non ho detto loro niente al riguardo," disse Clem. "È meglio che siano in grado di continuare con la conferenza senza alcuna interferenza. Non saranno in grado di aiutare, non avevano niente a che fare con John."

"Penso che dovremmo giudicarlo noi, signorina. Ma prima penso che dovemmo dare un'occhiata all'auto del signor Bramber, poi andremo a casa sua e parleremo con sua moglie. Signora Juke, può accompagnare la signorina Frobisher all'ospedale appena può."

"Signore," l'agente Williams si era fatta avanti. "Dovremmo guardare anche l'altra macchina, quella che è andata fuori strada prima?"

"Proprio così, agente. Faremo proprio questo. Signor Torrance, venga con noi per favore. La riporteremo qui dopo aver ispezionato il sito delle due auto. Da lì andremo alla casa dei Bramber, parleremo con la signora Bramber e poi all'ospedale. Se tutto andrà bene potremo parlare con la signorina Sandwell. Avremo bisogno di prendere brevi dichiarazioni da tutti, ma possiamo farlo in seguito, una volta che avremo raccolto i fatti iniziali."

Alison era scomparsa dall'arrivo dell'ufficiale di polizia. Ora arrivò dalla cucina, attirando l'attenzione del detective.

"Ah, e chi abbiamo qui?"

"La signora Alison Newman."

"Ci siamo nascosti in cucina, vero?"

"Non mi sono nascosta da nessuna parte."

"Dovremo parlare, signora Newman, ma più tardi. Diamo una rapida occhiata alla stanza del signor Bramber prima di andare."

"Posso accompagnarvi nella sua stanza," disse Will. "È vicino alla mia al Park Village."

"Ci faccia strada," disse il detective, girandosi indietro verso gli altri. "Tornerò più tardi, oggi per raccogliere dichiarazioni dettagliate da tutti voi. Quindi non pensate di andare da nessuna parte fino ad allora, eh?"

12

Nonostante l'intenso traffico, Janie impiegò poco più di dieci minuti per raggiungere il centro di Brighton. Senza dubbio che, con Libby alla guida ci sarebbe voluto molto più tempo. In questa occasione, però, Libby fu contenta di sedersi sul sedile del passeggero, parlando molto poco. Diverse volte, durante il percorso, Janie aveva chiesto alla sua amica se stava bene, Libby rispondeva con un cenno del capo.

L'ospedale era ben segnalato dalla strada principale e quando Janie si fermò davanti all'imponente edificio in stile Regency fu colta di sorpresa. I quattro piani, la facciata splendidamente disegnata, fecero pensare a Janie che stesse guardando un museo o un teatro, piuttosto che un ospedale. Ma poi si concentrò sul seguire le indicazioni per il parcheggio pubblico. Anche se Libby aveva bisogno di cure infermieristiche, e non poteva essere classificata come un'emergenza, in qualche modo guidare nei parcheggi accanto alle ambulanze sembrava un'imposizione. Una volta parcheggiata la macchina, Janie aiutò Libby a scendere dall'auto. Mentre le sue braccia erano gravemente tagliate e graffiate, sembrava non avere lesioni alle gambe, sebbene lo shock dell'incidente l'avesse lasciata molto instabile. Con la sua risaputa paura di guidare, avendo assistito ad un'auto fuori controllo, deve essere stato uno dei suoi peggiori incubi.

L'assistente alla reception sorrise mentre si avvicinavano.

"Può indirizzarci all'unità lesioni lievi?" chiese Janie.

"Lungo il corridoio, la prima a sinistra. Non si può sbagliare."

"Anche, la signorina Bryony Sandwell è stata portata qui, prima in ambulanza, dopo che la sua auto si è schiantata. Può dirci in quale reparto si trova?

La donna abbassò lo sguardo su diversi fogli sparpagliati sulla sua scrivania

"E voi siete?"

"Le sue amiche." Queste erano le prime parole che Libby pronunciava da tempo. "Ero lì quando ha avuto l'incidente. Sono stata con lei fino all'arrivo dell'ambulanza."

La donna annuì e guardò di nuovo i suoi documenti.

"La signorina Sandwell è stata ricoverata in terapia intensiva. Non potete vederla, temo."

"Terapia intensiva? Ma stava parlando con me. Era cosciente." Il panico nella voce di Libby affiorò rapidamente.

"Cercate di non preoccuparvi. Se è stata coinvolta in un incidente d'auto è probabile che abbia subito un trauma cranico. In tali circostanze il paziente viene ricoverato in terapia intensiva per il monitoraggio. I dottori parleranno di tutto con il suo parente più prossimo."

"Non sappiamo se abbia parenti stretti," disse Libby.

"Temo di non potervi dare altre informazioni. Ma come sue amiche, forse la cosa migliore che potete fare, è di cercare chi potrebbe essere il suo parente più vicino i suoi cari. Ci deve essere qualcuno?"

Janie ringraziò la receptionist e portò via Libby.

"Stupida. Sono così stupida," disse Janie. "Avrei dovuto chiedere a Clem della famiglia di Bryony. Ti porto nell'unità lesioni lievi, poi chiamo l'università, e vedo se riesco a procurarmi i recapiti di Bryony."

Lasciando Libby alle cure di un'infermiera, Janie andò alla cabina telefonica pubblica della reception dell'ospedale per chiamare Clem.

"Cosa vuol dire che non ti possono dare informazioni su come sta?" disse Clem.

"Parleranno solo con i suoi parenti più prossimi."

"Ridicoli. Questi posti. Pensano solo al loro prezioso regolamento. Tutti i regolamenti dovrebbero essere bruciati, dobbiamo ricominciare da capo, rifare tutto. Le persone dovrebbero essere al centro del processo decisionale, non la burocrazia."

"So quanto tutto questo ti appassioni, Clem, ma questo non è il momento di preoccuparsi di cambiare l'ordine mondiale. Conosci la situazione familiare di Bryony? Hai un numero di telefono o un indirizzo?"

Il silenzio all'altro capo del telefono non rassicurò molto Janie.

"Dovrò controllare i miei documenti. Potrebbe aver fornito un indirizzo di contatto quando ha confermato che avrebbe partecipato. Anche se, ad essere onesta, volevo che quel genere di cose fosse informale."

"Ma tu conoscevi Bryony da prima."

"Molto tempo fa, sì. Ma non ci siamo tenute in contatto."

"Non è sposata?"

"Sono abbastanza sicura che non sia sposata."

"Vive ancora con i suoi genitori?"

"Onestamente non lo so." Janie colse un'autentica preoccupazione nella voce di Clem. "Vedrò cosa riesco a scoprire. Parlerò anche con gli altri. Ma la nostra migliore speranza è di poter parlare con Bryony una volta che starà meglio."

Mentre riagganciava il telefono, Janie cercò di scrollarsi di dosso una sensazione di vuoto alla bocca dello stomaco. Erano successe tante cose in meno di ventiquattr'ore. Una persona scomparsa, un'altra gravemente ferita. I due eventi potevano essere collegati? Libby aveva detto che l'auto di Bryony era vecchia e piena di ruggine; quindi, aveva senso che il guasto dei freni non fosse altro che un problema meccanico. Tuttavia, c'era chiaramente tensione all'interno del gruppo, un passato condiviso di cui ognuno di loro sembrava riluttante a parlarne.

Tornò sui suoi passi fino all'unità per lesioni lievi dove trovò Libby curata da un'infermiera che era riuscita in qualche modo a farla ridere.

"E poi, non puoi immaginare cosa ha fatto quello stupido gatto?" L'infermiera aveva un forte accento irlandese e ricordava a Janie una delle sue clienti preferite della biblioteca, che era sempre raggiante e sorridente, nonostante sopportasse tutta una serie di difficoltà.

"Malcom, sembra un gatto pazzo," disse Libby, apparentemente inconsapevole dell'antisettico applicato ai tagli e alle escoriazioni sulle mani e sulle braccia. "Oh, Janie, devi ascoltare questa storia. L'infermiera Jean ha il più pazzo dei gatti. Voglio dire, è già abbastanza folle chiamare un gatto Malcom."

Mentre l'infermiera Jean continuava a medicare le ferite di Libby, raccontò il resto della storia del suo animale domestico, che sembrava essere la versione tipica di un gatto con nove vite.

"E quindi è sopravvissuto alla caduta dalla finestra della dispensa?" Libby chiese.

"È atterrato nella carriola, che era ancora piena di terriccio. È indistruttibile, quello lì," disse l'infermiera Jean, mentre finiva di mettere le garze sui tagli più gravi prima di coprirli con una piccola benda.

"Proprio come la mia amica Libby," disse Janie, mettendo un braccio intorno alla spalla di Libby. "Guardati, sei quasi come nuova."

"Grazie mille." Libby tese la mano per stringere quella dell'infermiera. "Mi ha guarito in più di un modo. Non mi dispiace ammettere che mi sentivo un po' sconvolta quando sono arrivata."

"Lo shock fa cose strane alle persone. Ma una bella chiacchierata e un po' di risate spesso può essere il giusto rimedio," disse l'infermiera Jean. "Adesso la tua amica è qui, vi lascio. Non ti affaticare, vai a casa e riposati se puoi. Potrebbero volerci un giorno o due per sentirti di nuovo come prima."

Mentre andavano di nuovo nel parcheggio dell'ospedale, Janie aveva aggiornato Libby sulla sua conversazione con Clem.

"Quindi, non ne sappiamo niente di più. Non come sta Bryony, o perché se ne stava andando in quel modo?" disse Libby.

"Probabilmente ne aveva abbastanza di essere ignorata e stava tornando a casa. Non sembrava che qualcuno dei suoi cosiddetti compagni di classe stesse tendendogli una mano in amicizia."

"Tutto quello che possiamo fare è indovinare, finché non possiamo parlare con lei. Ma l'ispettore Cooper ha detto che intendeva venire qui per parlare con Bryony. Prendiamo qualcosa da bere e qualcosa da mangiare. C'è un caffè vicino all'ingresso, Se ci sediamo lì, lo vedremo sicuramente quando arriva."

Due tazze di tè e diversi pacchetti di biscotti e più tardi videro Cooper entrare dall'ingresso principale dell'ospedale accompagnato dall'agente in uniforme.

"Signora Juke. È ancora qui." Il detective si avvicinò al tavolo guardando gli involucri dei biscotti vuoti messi nel piattino della tazza di tè di Libby. "Buona idea. Tè e biscotti, eh? Perfetto per calmare i nervi. Sono stato sul luogo dell'incidente d'auto della signorina Sandwell. Non è una cosa piacevole a cui assistere, questo è certo."

"È stato un incidente, agente?" Chiese Janie.

"Perché me lo sta chiedendo?"

"Stavamo pensando che fosse una strana coincidenza," disse Janie. "L'auto di John Bramber in qualche modo esce di strada e finisce nel bosco, poi i freni di Bryony si guastano?"

"Lei ha il gusto per gli intrighi, vero?"

"Abbiamo una certa esperienza con le indagini su crimini. Saremmo felici di aiutare."

"Esperienza, eh? E cosa le fa pensare che vorremmo coinvolgere i civili nella raccolta delle prove? Se ha avuto 'alcune esperienze con le indagini sui crimini,' come dice, saprà che la cosa migliore che può fare è lasciarci fare il nostro lavoro."

"Non intendiamo interferire, ma se possiamo aiutare con qualcosa..." La voce di Janie si spense mentre il detective alzava la mano. Interrompendola a metà frase. Tuttavia, continuò. "Bryony è in terapia intensiva. Nessuno è autorizzato a parlare con lei. Abbiamo pensato se potremmo rintracciare la sua famiglia..."

"Niente marito allora?"

La sua domanda portò Janie a riflettere. Se lei e Libby riuscivano a tirare fuori la verità su qualunque cosa sia accaduta in passato tra i vari membri del gruppo di discussione, potrebbe portare a qualcosa di utile. Qualcosa che, data alla polizia, li aiuterebbe nelle indagini.

"Torniamo all'università e vediamo se Clem sa qualcosa che potrebbe essere d'aiuto," disse infine Janie.

"Tornerò all'università più tardi oggi per prendere dichiarazioni dettagliate dagli altri. Allora potrà parlarmi di qualsiasi altra informazione che potrebbe aver raccolto."

Sembrava che non sarebbe arrivato nessun ulteriore ammonimento. Invece Cooper sembrava sanzionare il loro coinvolgimento, almeno per il momento.

"Prima di andare," disse Libby trattenendo Janie. "Non ci ha detto se ha trovato nulla di preoccupante quando ha controllato l'auto di Bryony? Qualcosa che potrebbe aver causato l'incidente?"

"Oh, non è stato un incidente, signorina. Oh no. I freni sono stati tagliati da parte a parte. Qualcuno voleva che la signorina Bryony Sandwell avesse l'incidente. Ora dobbiamo scoprire chi."

13

AL LORO RITORNO A Falmer House l'unico membro del gruppo che videro era Will. La brezza gelida, che si era alzata intorno all'ora del pranzo, si era rafforzata nell'ultima ora o giù di lì, incanalandosi attraverso il campus, facendo sembrare l'area fuori dall'edificio principale dell'università più ottobre che aprile. Will indossava ancora il poncho di lana sopra la camicia di garza, anche se i suoi piedi erano rimasti nudi. Appollaiato sul muretto d'ingresso, alzò lo sguardo mentre si avvicinavano a lui.

"Libby, stai bene?" Si mosse verso Libby, fermandosi prima di metterle un braccio intorno alle spalle. "I tagli avevano bisogno di punti?"

Libby gli girò intorno, sedendosi sul muretto con Janie in piedi accanto a lei.

"E Bryony? Qualche notizia su come sta?"

"Va male, Will. È in terapia intensiva," disse Janie.

"Mio Dio. È terribile. Cosa hanno detto i medici? Ce la farà, vero?"

"Non ci diranno niente. Parleranno solo con i suoi parenti più stretti. Ecco perché siamo tornate qui, per vedere se Alison o Olivia possono fare luce sulla situazione famigliare di Bryony. Ho chiamato Clem dall'ospedale, ma sembra esserne all'oscuro. Almeno, se sa qualcosa non è disposta a condividerlo con noi."

"Olivia è ancora nella sua stanza, a curarsi il mal di testa. Non sono sicuro di dove sia Alison."

"Vorrei che tutti fossero sinceri con noi," disse Janie.

"Cosa intendi?"

"Conoscono tutti Bryony e si dovrebbe pensare, con tutto quello che è successo, che vorrebbero aiutare. La povera ragazza è sdraiata in un letto d'ospedale a lottare per la sua vita, eppure sembrano intenzionati a mantenere un muro di silenzio, dicendo mezze verità. Sicuramente tutto ciò che è accaduto in passato dovrebbe essere dimenticato." Janie diede un calcio a una pietra che era accanto al sentiero, rimbalzò contro il muro e poi rimbalzò indietro colpendo Will sul lato del piede.

"Stai ferma," disse Will. "Questi piedi sono gli unici che ho." Si chinò a massaggiarsi il bordo del piede, poi alzò di nuovo lo sguardo sorridendo. "Va bene. Non ce l'avrò con te."

"E poi ci siete tu e John, e ancora più importante la moglie di John," continuò Janie. "Possiamo solo crederti sulla parola che tu non hai pianificato qualcosa per togliere di mezzo John."

Mentre Janie e Will si scambiavano colpi simbolici, Libby era silenziosa, le braccia fasciate appoggiate in grembo, lo sguardo fisso in terra. All'improvviso, come se non avesse capito la direzione che aveva preso la conversazione che si stava svolgendo intorno a lei, disse, "La polizia dice che qualcuno ha cercato di uccidere Bryony."

La dichiarazione scaturì un silenzio nell'aria, il significato di quelle parole resero immobili ognuno di loro per diversi istanti.

"È questo che hanno detto?" disse Will finalmente.

Janie annuì. "Dicono che i freni sono stati tagliati. Ma chi vorrebbe fare una cosa del genere? Fino a quando tutti non saranno sinceri su ciò che sanno, che conoscono e perché, non arriveremo mai alla verità."

"Non è questo che deve fare la polizia?"

"Se possiamo aiutare la polizia, velocizzare le indagini, forse possiamo evitare un'altra tragedia," disse Janie.

"Che dici? Che siamo al centro di un libro giallo di Agatha

Christie, dove verremmo uccisi uno a uno?

"*And Then There Were None*," disse Janie.

"Janie è l'esperta mondiale della Regina del Crimine," disse Libby.

"*And Then There Were None,* era la storia in cui otto persone arrivarono su un'isola al largo della costa del Devon, e finirono per essere uccise una ad una," disse Janie.

"Fantastico, quindi chi è il prossimo?" chiese Will. "E come mai ne sai così tanto al riguardo?"

"Non è solo una bibliotecaria," disse Libby, fissando Will. "È abbastanza brava a risolvere i crimini. Entrambe lo siamo. Allora perché non inizi a parlare e porti tutto allo scoperto? Lavoriamo insieme per assicuraci di non avere più calamità. Sono sicura che nessuno di noi le vuole?"

"Entriamo, fa troppo freddo per sederci qui fuori," disse Will, indicando l'ingresso di Falmer House. "Potremmo anche riuscire a convincere il personale di cucina a prepararci una bevanda calda. Anzi, se siamo davvero fortunati potrebbe esserci del cibo in giro."

Libby e Janie seguirono Will nell'edificio e nel refettorio, dove si sedettero allo stesso tavolo a cui avevano mangiato quel giorno. A Janie sembravano passati giorni piuttosto che ore da quando erano stati tutti insieme a godersi la colazione.

"Vado a vedere se c'è qualcuno in cucina?" disse Janie.

"Prima lascia che mi tolga questo peso dal petto, poi andrò in cerca di ristoro. Ma a quel punto potresti sentire il bisogno di alcol piuttosto che di tè," disse Will, trascinando una sedia vicino alla finestra, voltando le spalle a Janie e Libby mentre parlava.

"John ed io eravamo al liceo insieme. Nello stesso anno, anche se lui era sempre il primo della classe e io tendevo a gravitare verso l'ultimo. Eravamo entrambi bravi nello sport, di solito nella stessa squadra di calcio, e gareggiavamo sempre per il primo posto nelle giornate sportive."

Da dove era seduta Janie poteva vedere che l'attenzione di Will era in lontananza, oltre i dintorni di Falmer House.

"Helena andava alla scuola secondaria moderna, proprio in fondo alla strada." spiegò Will.

"Con Clem e le altre?"

Lui annuì e continuò. "Alcuni di noi ragazzi del liceo eravamo soliti aggirarsi all'ingresso della scuola quando le ragazze uscivano per tornare a casa. Helena era sbalorditiva. Un sacco di ragazzi erano attratti da lei, ma allora era piuttosto timida. Usciva da scuola, a braccetto con una ragazza o un'altra, e passava davanti a noi. La testa bassa, senza mai rispondere a chiunque le dicesse qualcosa."

"Sembra un po' come ero anche io a quell'età," disse Janie. "Alcuni giorni uscivo dall'ingresso posteriore della scuola per evitare i ragazzi. Per lo più non avrei saputo cosa dirgli."

"Helena era la più gentile delle creature. Aveva questo modo di guardare attraverso le sue lunghe ciglia, e se riuscivi a incrociare il suo sguardo ti sembrava di aver vinto al totocalcio."

"Eri invaghito," disse Libby. "E anche John?"

"No, John era freddo. Aveva fatto capire di non essere interessato, che stava solo intorno per darmi supporto morale. Poi abbiamo avuto la nostra giornata sportiva scolastica, le famiglie e gli amici erano stati tutti invitati. Più le ragazze della scuola moderna secondaria. Era una cosa normale, ogni anno venivano a vederci gareggiare e noi facevamo lo stesso nella loro giornata sportiva. C'erano sempre molti scherni, come puoi immaginare. Io e John siamo stati inseriti nello sprint dei cento metri. Era la sua migliore specialità, io ero più bravo sulle lunghe distanze. Comunque, quando eravamo sulla linea di partenza, abbiamo visto Helena davanti a tutta la folla. Forse è stata la sua presenza a darmi l'incentivo, ma ho corso lo sprint migliore della mia vita quel giorno e battei John con un bel margine."

"Non ne sarà stato contento," disse Janie.

"Ancora meno felice quando Helena è corsa da me e mi ha abbracciato, ridendo e dicendomi ben fatto. Vincere quella gara è stato grandioso, ma averla lì a congratularsi con me...quello è stato il miglior premio."

"E John?" chiese Libby.

"Si è messo a ridere. Ha detto che non era nel massimo della forma, e che la prossima volta mi avrebbe battuto senza problemi."

"Dopo sei uscito con Helena?"

Will rimase alla finestra, sempre con le spalle a Libby e Janie. Quando parlò di nuovo, la sua voce era ovattata, come se stesse semplicemente esprimendo i suoi pensieri ad alta voce.

"Un anno felice. Eravamo inseparabili, non ne avevamo mai abbastanza l'uno dell'altro. Facevamo anche i compiti insieme. Lei era più brava di me, un tale mago in matematica e scienze. Io non saprei dirti cos'è un'equazione al quadrato neanche a pagamento. Ma a Helena piaceva giocare con i numeri, diceva che era come il migliore dei puzzle."

"E poi?" chiese Janie, quasi riluttante a interrompere la storia di Will.

"Non ho mai scoperto la verità. Sono andato a casa sua un giorno e lei mi ha detto che non pensava che avremmo dovuto vederci di nuovo. Proprio così."

"Non ti ha dato nessuna spiegazione?" chiese Libby.

"Ha detto che i suoi genitori volevano che si concentrasse sui suoi studi, che avere un fidanzato era una distrazione eccessiva."

"Forse quella era la vera ragione?" disse Janie.

Will scosse la testa, voltandosi verso di loro, con gli occhi annebbiati.

"Due settimane dopo l'ho vista in città con John. E questo è praticamente tutto. Un anno dopo erano fidanzati, pochi mesi dopo lui mi ha consegnato un invito al matrimonio."

"Non so chi dei due sia peggio," disse Janie, "Helena mentendoti, o John per avertela rubata."

"Immagino che la tua amicizia con John sia finita quando hai scoperto che te l'aveva rubata?" chiese Libby.

"Ho avuto solo una conversazione con lui al riguardo, subito dopo averli visti in città insieme, quella prima volta. John si è limitato a ridere, ha detto qualcosa sulla falsariga che tutto è possibile in amore e in guerra. Dopo di che ho evitato i posti in cui pensavo di incontrarli. Abbiamo tutti lasciato la scuola quell'estate, ma Helena e John andarono al college ed io riuscii a trovare un lavoro fuori città con dei costruttori."

"E la nozze?" Janie chiese di nuovo.

"Ho preso il Magic Bus fino in Grecia. Sono partito il giorno prima del matrimonio. Ho passato gli ultimi cinque gloriosi anni a gironzolare le isole greche, lavorando nei bar, o qualsiasi lavoro trovavo. Ho dormito sui pavimenti degli amici, o sulla spiaggia alcune notti."

"E la comune? Hai accennato qualcosa al riguardo ieri?" chiese Libby

"Si, era come una comune. Solo un mucchio di persone che la pensano allo stesso modo che vogliono una vita facile."

"Come mai sei ritornato? E perché sei venuto qui in questo fine settimana?" chiese Janie. "È stato per vendicarti di John finalmente, per averti rubato Helena?"

Will fece una piccola risata. "No, Helena è stata il mio primo amore. Ma la mia permanenza in Grecia mi ha insegnato che la vita è troppo breve per portare rancore per sempre. Ho pensato che fosse giunto il momento di lasciarmi tutto alle spalle, spianare la strada al futuro. Quando sono tornato in contatto con John, ha detto che sarebbe venuto qui per il fine settimana. Sembrava il posto perfetto per incontrarsi di nuovo. In un posto neutrale, solo io e lui, senza Helena a complicare la questione."

"E poche ore dopo il tuo arrivo John scompare," disse Janie.

"Sì. Ed Helena sarà disperata. Quindi, comunque la pensi il detective io vado a trovarla."

"Non sarà difficile? Non c'è pericolo di riaprire vecchie ferite?" chiese Libby.

"Difficile o no, ecco cosa intendo fare. Ma puoi toglierti qualsiasi sospetto su di me per qualsiasi cosa sia successa a John. Qualunque cosa pensassi di lui, non potrei mai ferire Helena in quel modo. Non potevo proprio farlo."

14

Tornate nella loro stanza dopo lo sfogo di Will, Janie e Libby avevano opinioni diverse su tutto quello che avevano sentito.

"Sono propensa a credergli," disse Janie.

Erano sedute fianco a fianco sul letto di Libby, appoggiate al muro, con le gambe distese fuori dal letto. Janie aveva lasciato spazio tra lei e la sua amica, consapevole che Libby stava ancora soffrendo per le ferite, che di tanto in tanto le facevano fare una smorfia come se soffrisse.

"Questo perché vedi sempre il meglio nelle persone," disse Libby.

"Non sempre, avevo i miei dubbi su Owen Mowbray, ricordi? E su Luigi Denaro."

"È vero. Ma per come la vedo io, Will ha tutto da guadagnare liberandosi di John e poi venendo in soccorso di Helena, offrendole la spalla perfetta su cui piangere."

"Questo perché ti piace John. Secondo me qualcuno che ha fatto questo al suo migliore amico non è una persona molto corretta."

"Quindi merita di morire?"

"Ehm, no, non andrei così lontano. Ricorda, non sappiamo se John è morto. Speriamo davvero che non lo sia per il bene di tutti."

"Devi ammettere che sarebbe molto conveniente per Will. Non ti pare?"

"Sembra una persona così genuina, non posso credere che sarebbe stato in grado di raccontare una storia del genere senza lasciarsi sfuggire qualcosa. Qualcosa che avrebbe dimostrato che stava mentendo."

"Non riusciva a guardarci in faccia per la maggior parte del tempo. È un indizio, no? Voglio dire, sai tutto sul linguaggio del corpo che può tradire i criminali."

"Libby, stai dimenticando qualcosa," disse Janie, toccandola amichevolmente sulla gamba.

"E cosa, signora Hercule Poirot?"

"Bryony. Qualcuno ha cercato di ucciderla. Non c'è nulla che colleghi Will a Bryony e certamente nulla che suggerisca che potrebbe volerla uccidere. E sono convinta che i due eventi siano collegati - la scomparsa di John e l'incidente di Bryony."

"Una persona colpevole di entrambi?"

"Ne sono sicura."

"OK, quindi cosa potrebbe collegare John e Bryony? Dobbiamo trovare un movente, una ragione per cui sono stati entrambi presi di mira."

Un colpetto alla porta fece trasalire entrambe.

"Posso entrare?" Era la voce di Clem.

Senza aspettare una risposta, Clem spinse la porta ed entrò. "Voi due sembrate piuttosto a vostro agio lì," disse.

"Cosa c'è Clem?" chiese Janie.

"Ho esaminato di nuovo le scartoffie, ma non riesco a trovare nulla che possa portarci ai contatti di Bryony, nemmeno il suo indirizzo di casa."

"Quindi siamo al punto di partenza?"

"Ma la polizia è tornata. Ecco cosa sono venuta a dirvi. Stanno parlando con Alison, in questo momento, poi vorranno parlare con entrambe voi,"

"E tu?"

"Sì, anch'io, certo. Ma prima volevo chiarire le cose con voi..." Clem si sedette sull'altro letto, rispecchiando la posizione di Janie. "Sembra che l'ospedale abbia fatto un buon lavoro con le tue ferite?"

disse accennando a Libby, che si era premurata di distogliere lo sguardo.

"Hai detto che volevi chiarire le cose?" disse Janie.

"Non sono stata molto amichevole e per questo mi scuso." Il suo tono era innaturale, come se stesse leggendo un discorso che qualcuno aveva scritto per lei. "Questa conferenza è stata un'impresa enorme, tanta organizzazione. Era la causa che mi sta molto a cuore e volevo assicurarmi che il fine settimana si svolgesse senza intoppi. Ho cercato di separarlo da qualsiasi relazione personale che potrei avere con i membri del gruppo. So che potrei essere sembrata dura, ma chiunque abbia ottenuto un cambiamento sociale significativo lo ha fatto mettendo da parte la popolarità. La causa è più importante della nostra sensibilità individuale."

"Va bene, preso nota. Ma lascia che ti chieda una cosa, è la prima volta che hai organizzato un evento come questo?" chiese Janie. Aveva una certa simpatia per Clem su quel fronte, stava ancora sviluppando le sue capacità quando si trattava di interrogare persone che potevano essere colpevoli di un crimine. Janie non aveva una formazione formale in nessuna delle attività dei detective, avendo raccolto tutto ciò che sapeva leggendo e rileggendo i romanzi di Agatha Christie, meravigliandosi dell'abilità di Poirot nel tirare fuori la verità che lo portava a risolvere i crimini. Aveva ancora molto da imparare, lo sapeva. Forse Clem si era fatta carico di molto più di quanto fosse preparata quando aveva annunciato un fine settimana a complemento del Movimento per la Liberazione delle Donne tenutosi a Oxford. Mentre la sua passione per i diritti delle donne, per l'uguaglianza, era stata la forza trainante, chiaramente aveva pensato poco agli aspetti pratici della gestione di un gruppo. C'erano alcune tecniche per essere un abile conduttore, incoraggiando tutti a farsi coinvolgere, senza lasciare che le proprie opinioni mettessero in ombra gli altri.

Clem si alzò dal letto e Janie pensò che forse non avrebbe auto una risposta alla sua domanda, ma poi Clem disse, "Sono stata troppo dura quando ti ho accusata, Libby. Ho incontrato giornalisti che hanno la loro agenda negativa, ma so che ci sono altri che hanno lottato duramente per denunciare le ingiustizie. E per quanto riguarda John, vi dico solo che conosco tutti abbastanza bene da essere certa che nessuno qui vorrebbe che venisse fatto del male a lui o a Bryony. Per quanto riguarda l'incidente di John, o uno sconosciuto lo ha fatto uscire di strada, oppure aveva bevuto troppo ed ha perso il controllo dell'auto ed è andato a sbattere contro quell'albero da solo. Penso che quest'ultima ipotesi sia la più probabile. E dopo, sono sicura che qualcuno deve averlo aiutato. Si starà curando il mal di testa da qualche parte, potete starne certe."

"E Bryony?" disse Libby.

"Sono stupido che la sua macchina fosse ancora in circolazione, è così vecchia, virtualmente cadendo a pezzi, questa sarò la ragione per cui i freni non hanno funzionato."

"È qui che ti sbagli, Clem," disse Janie. "La polizia ha confermato che non è stato un incidente. Qualcuno ha manomesso i freni. Qualcuno voleva che Bryony si schiantasse."

Dirlo ad alta voce aveva portato la situazione in modo reale il che diede a Janie un brivido. Aspettò la risposta di Clem.

"La vita di quella ragazza è stata un dramma dopo l'altro," disse infine Clem.

"Qual è il tuo problema?" Libby era in piedi, affrontando Clem, che era a pochi passi da lei. "Non hai empatia? Bryony è priva di sensi, potrebbe anche non farcela e tu parli come se fosse tutta colpa sua."

Janie si mosse per mettersi in mezzo a loro. Lo spazio tra i due letti, in quella che era già una piccola stanza, significava che tutte e tre erano così vicine che quasi si toccavano.

"La polizia vorrà parlarci," disse Clem, avvicinandosi alla porta. "Meglio non farli aspettare."

"Non è andata esattamente bene," disse Janie, una volta che la porta fu chiusa alle spalle di Clem. "Le sue cause hanno certamente priorità e chiaramente non si preoccupa di diventare ostinata. Ma hai notato i libri sulla scrivania nella sua camera da letto quando eravamo là prima?"

"È la bibliotecaria che parla. Hai notato i libri, nonostante tutto ci crolli intorno."

"Aveva diversi libri di Bertrand Russell."

"Non è appena morto? Ricordo di aver letto il suo necrologio, ma a dire il vero non ho capito tutto."

"Era famoso per le sue idee pacifiste, quando aveva quasi novant'anni partecipò a una manifestazione antinucleare e quasi fu mandato in prigione per questo. Alcuni dicono che sia stato il suo intervento nella crisi di Suez a salvarci tutti dall'essere fatti saltare in aria."

"E volevano mettere in prigione un novantenne? Dio, questo è un paese di pazzi. Che fine ha fatto la libertà di parola?"

"Il fatto è, che se Clem sta leggendo Bertrand Russell, è probabile che non sia solo la liberazione delle donne di cui è appassionata. C'era un poster della compagnia disarmo nucleare sul muro sopra il suo letto."

"E tutto questo, perché è importante...?"

"Forse la sua vera intenzione per questo fine settimana era raccogliere sostegno per qualcosa di molto più gande, niente a che fare con l'uguaglianza per le donne. Qualcosa che avrebbe portato le autorità a prendere atto dei pericoli della guerra nucleare. E se John avesse disapprovato e minacciato di dirlo alla polizia?" I pensieri di Janie si stavano sviluppando mentre li pronunciava ad alta voce.

"Pensavo avessi detto che Clem credeva nella pace? Sicuramente una protesta violenta sarebbe stata l'ultima cosa che avrebbe pianificato? E la violenza contro un individuo...?"

"Hai visto come si eccita quando parla. Potrebbe essere che l'attacco a John sia stato una cosa improvvisa. E ricorda che ha menzionato di avere avuto qualche tipo di scontro con la polizia in passato, cosa che in seguito ha negato."

"Come avrebbe fatto, però? John stava guidando la sua auto e si è schiantato. Come poteva averlo organizzato Clem? E che cosa ne ha fatto di lui? A meno che non abbia avuto un complice. Non starai pensando che Alison abbia dato una mano in tutto questo, vero?"

"No, oh, non lo so. Libby, e se i freni di John fossero stati danneggiati come quelli di Bryony?"

"La polizia ci avrebbe pensato, no?"

"Va bene, scendiamo e andiamo a chiedere all'ispettore Cooper della macchina di John."

"Pensi che probabilmente ce lo dica, vero?"

"Dobbiamo essere in grado di estorcerglielo," disse Janie, mettendosi sottobraccio a Libby prima di ricordarsi delle sue ferite. "Scusa. Vediamo se riusciamo a procurarci altri antidolorifici mentre siamo giù. Speriamo che il nostro capo abbia avuto la lungimiranza di assicurarsi che ci sia un Kit di pronto soccorso da qualche parte nei locali."

15

QUANDO JANIE E LIBBY arrivarono dall'altra parte, a Falmer House, la polizia era tornata e stava interrogando Alison.

"Ah, la signora Juke e la signorina Frobisher. Qualcuno può chiamarmi il signor Torrance? Presumo che sia nella sua stanza?" Guardò Janie e Libby e poi Alison.

"Will non c'era quando sono arrivata," disse Alison. "Ero stata nella mia camera. Olivia ha detto che doveva sdraiarsi, quindi dopo ho pensato di assicurarmi che lei stesse bene. È molto turbata dall'intera faccenda."

"Ah sì. La signora Blythe. Una natura un po' delicata, forse?" disse il detective, il suo tono suggeriva più di un accenno di scetticismo.

"Due dei miei colleghi verranno più tardi per prendere brevi dichiarazioni dal resto dei partecipanti e dal personale. E invece di disturbare il signor Torrance e la signora Blythe, ditegli che torneremo domani."

Janie fu sorpresa dall'atteggiamento rilassato del detective. Tuttavia, era grata per quella che sembrava una tregua temporanea per Will, anche se sconcertata dal motivo per cui si sentiva in quel modo.

Mentre gli ufficiali accompagnavo Clem, in un angolo tranquillo del refettorio, Janie toccò delicatamente Alison sulla spalla.

"Potremmo fare due chiacchiere?"

Alison sembrava incerta o riluttante, tuttavia seguì Janie e Libby fuori, sedendosi sul muretto mentre Janie e Libby erano in piedi di fronte a lei. Poi, consapevole che la loro posizione poteva sembrare conflittuale, Janie si sedette accanto ad Alison, indicando a Libby di fare lo stesso.

"Dovete chiedervi in cosa vi state cacciando," disse Alison, rivolgendo le sue parole a Libby. "Mi sorprende che tu non sia andata dritta a casa. Lo farei se fossi nei tuoi panni."

"È importante che restiamo qui mentre la polizia svolge le indagini," disse Janie, consapevole del fatto che in nessun momento aveva preso in considerazione l'idea di lasciare l'università, anche se Michelle era costantemente nei suoi pensieri. Una consapevolezza che le aveva fatto dubitare delle sue priorità. *Mia figlia non dovrebbe essere la mia prima e unica preoccupazione?* Poi Alison riprese a parlare e Janie scacciò via il pensiero.

"Tra un po' chiamo l'ospedale. Vediamo se riusciamo ad avere un aggiornamento su Bryony."

"È improbabile che ci diranno qualcosa, vero?" disse Libby. "Non sono d'accordo con Clem, su molte cose, ma sono d'accordo con lei sulle regole folli che limitano le informazioni ai parenti prossimi. Se qualcuno non ha un parente prossimo, allora cosa succede?"

Alison si alzò, lisciandosi la gonna, come se facendolo stesse appianando i suoi pensieri, decidendo cosa dire e come dirlo.

"Clem non è una cattiva persona. Al contrario, ha forti convinzioni, e questo significa che a volte sembra dura."

"Will ci ha detto che lui e John andavano al liceo insieme e voi eravate tutte alla scuola moderna secondaria. Anche Helena, la moglie di John?" chiese Janie.

Alison guardò prima Janie poi Libby e poi voltò le spalle a entrambe. Dopo qualche istante disse, "Si, anche Bryony. Anche se ha un anno meno di noi."

Alison smise di camminare e si fermò di fronte a entrambe, come se avesse preso una decisione. "Senti, dite che entrambe avete un interesse per le indagini penali, ma penso che stiate vedendo connessioni che non esistono, sommando due più due e sbagliando il risultato."

"Cosa dovremmo guardare allora?" chiese Libby.

"John è un uomo d'affari di successo. Nel breve tempo da quando se n'è andato dal college si è fatto una fortuna. È lì che troverete il movente. Il denaro è al centro di tutto questo, ne sono certa."

"Sappiamo che il padre di John tratta diversi affari. Will ce l'ha detto," disse Janie. "È probabile che John abbia fatto i suoi soldi seguendo l'esempio di suo padre? Sicuramente è possibile fare soldi onestamente. Il successo non va sempre di pari passo con le attività criminali, no?"

"Tutto quello che sto dicendo è che vale la pena controllare. Olivia ha detto di aver visto qualcuno litigare con John, poco prima che se ne andasse ieri. È possibile che qualcuno l'abbia minacciato, sfidandolo per un affare promesso che era andato storto. Ricorda che Helena ha chiamato stamattina dicendo che aveva un messaggio per John riguardo il lavoro. Forse John è coinvolto in un affare che è andato male."

"Devo ammettere che da quando abbiamo trovato il portafoglio di John ho pensato alla possibilità di un rapimento. Soprattutto perché le sue chiavi erano rimaste nell'accensione, come se il suo rapitore dovesse scappare velocemente. Forse era stato disturbato? E un rapimento potrebbe ricollegarsi al passato di John. È chiaramente ricco. Ma l'incidente di Bryony? Come si inserisce in tutto questo imbroglio?"

Alison scrollò le spalle. "State dando per scontato che la stessa persona sia responsabile di entrambi gli incidenti. Forse i due incidenti avvenuti a poche ore di distanza non sono altro che un'infelice coincidenza. Se riesco a sapere qualsiasi informazione dall'ospedale su come sta Bryony, ve lo farò sapere. Dove vi trovo?"

"Parleremo brevemente con la polizia mentre sono qui. Dopo di che saremo nella nostra stanza," disse Janie.

Alison annuì e se ne andò, lasciando la maggior parte delle loro domande senza risosta.

Quando tornarono a Falmer House, l'ispettore investigativo Cooper e il suo agente erano impegnati in una conversazione. Erano in piedi nell'area d'ingresso dell'edificio accanto a un distributore automatico che Janie aveva notato all'inizio della giornata. Le istruzioni riportate in grassetto sulla parte anteriore della macchia spiegavano il funzionamento. Mettendo alcune monete nell'apposito slot uscirà una tazza di tè appena preparato. Il risultato, Janie poteva solo immaginarlo. Sicuramente la promessa di qualcosa che avrebbe avuto un sapore lontanamente del tè fresco era al massimo ottimistica.

Osservò l'ispettore investigativo infilare la mano nella tasca dei pantaloni e mettere una manciata di monete nell'apposito slot e spingere il bottone. Lo stesso fecero gli agenti, con Janie e Libby che stavano a guardare come se ci fosse uno spettacolo da circo. Un ronzio offriva un elemento di incoraggiamento che, presto sarebbe apparso qualcosa, dall'apertura sul fondo della macchina. Prima un bicchiere di plastica cadde sul piccolo vassoio. Anche da una breve distanza Janie poteva vedere gli schizzi marroni, sulla parte anteriore della macchina, che già davano l'idea che la bevanda risultante sarebbe stata poco allettante. Quando non ci fu traccia di liquido che scorreva nella tazza l'ispettore investigativo borbottò qualcosa e si voltò, l'esasperazione evidente sul volto. Fu il suo agente di polizia a prendere l'iniziativa dando un forte colpo sul lato della macchina. Un attimo dopo il bicchiere veniva riempito, con sorpresa di tutti gli astanti e con la soddisfazione dell'agente che ha lasciato che uno spontaneo sorriso attraversasse le sue labbra.

Fu solo quando l'ispettore Cooper bevve il suo primo sorso di tè che guardò in direzione di Janie e Libby

"Siete qui," disse. "Bene."

Indicò loro un'area salotto. Mentre Janie si sedeva, si chiese se il design delle sedie di plastica arancione fosse un tentativo di garantire che gli studenti non perdessero tempo prezioso in giro quando avrebbero dovuto concentrarsi sui loro studi. Pochi istanti seduti su un sedile così scomodo sarebbero sicuramente alcuni istanti di troppo. Come per confermare i suoi pensieri si alzò di nuovo, mentre

Libby si sedeva, così come entrambi gli agenti di polizia.

"Ho qualche altra domanda per voi," disse Cooper. "Il mio agente qui prenderà appunti." Fece un cenno alla donna poliziotto che aveva già in grembo il taccuino e la matita pronta. Siete arrivate qui ieri pomeriggio," disse.

"Sì," rispose Janie.

"E cosa vi ha portato qui a entrambe per il fine settimana?"

"Il dibattito. Abbiamo pensato che sarebbe stato interessante."

"Siete coinvolte in questo genere di cose?" Guardò entrambe loro, la sua espressione fissa non faceva trapelare i suoi pensieri.

"Per quale altro motivo dovremmo essere qui, agente?" disse Libby. "Voglio dire, se non fossimo interessate saremmo rimaste a casa, no?"

Il detective scosse la testa. "Oh no, signorina Frobisher. Ci sono molte ragioni per cui potreste essere qui. Una relazione segreta, per esempio?"

"Mi creda," disse Janie. "Non avevamo secondi fini per partecipare. Sono sposata e Libby è fidanzata."

"Ah, nella mia esperienza questo significa poco quando ci sono nel mezzo affari di cuore." Diede un'occhiatina di traverso all'agente che teneva la testa abbassata.

"Ispettore, lei ha detto di aver accertato che quello di Bryony non è stato un incidente. Qualcuno potrebbe aver fatto la stessa cosa all'auto di John, che lo ha fatto sbattere contro l'albero?"

Cooper sorrise. "Mi piacciono le sue pensate. Sarebbe certamente un modo per tenere le cose in ordine, non è vero? Due crimini, un solo criminale. Stesso modo operandi. Il problema è che in questa occasione non ce la caveremo così bene. C'era nulla che suggerisse che l'auto del signor Bramber fosse stata manomessa in alcun modo." Si strofinò le mani e guardò da Libby a Janie come se stesse aspettando la loro prossima ipotesi.

Janie non lo avrebbe deluso. "Ha parlato con Peter? È l'addetto alla cucina che ha risposto alla telefonata della signora Bramber. Ha detto che lei voleva parlare con suo marito per il suo lavoro. Abbiamo pensato che potrebbe essere importante. Ma lei lo saprà meglio di noi.”

“Grazie, signora Juke. Molto utile, ne sono sicuro. Mi dica da dove viene il suo interesse per le indagini penali?”

“Non è stata una cosa voluta, mi ci sono trovata. Suppongo che dovrei dare la colpa ad Agatha Christie.” Janie arrossì, intuendo che la sua spiegazione faceva sembrare stravaganti i suoi tentativi di coinvolgimento nel crimine. “Sono una bibliotecaria, vede.” Aggiunse, come se questo di per sé fosse una ragione sufficiente.

“Libri, eh? Ho una certa affinità con lei su questo punto. Tuttavia, devo ricordarle che l’interferenza esterna dei dilettanti sarà quasi certamente inutile.”

Janie percepiva che Libby si stava agitando accanto a lei. Ora non era il momento di mettersi contro il detective; quindi, diede una gomitata a Libby sperano che avrebbe capito il messaggio.

“E quindi, se potessimo tornare alla mia linea di domande.” L’ispettore Cooper continuò. “Siete arrivate ieri, senza aver conosciuto prima nessuno del gruppo? Ha fatto una chiacchierata con il signor Bramber, giusto?” Rivolse la seconda domanda a Libby.

“Abbiamo iniziato nell’aula principale con tutti gli altri partecipanti. Poi ci è stato detto di separarci in gruppi più piccoli e ci siamo unite al gruppo di Clem,” disse Libby.

“Cosa vi ha spinte ad unirvi a quel gruppo in particolare? Di chi è stata l’idea?” Libby e Janie si scambiarono una breve occhiata. Forse non era il momento di spiegare il desiderio di Libby di seguire John nel gruppo di Clem, qualsiasi giustificazione poteva suonare come una scusa.

“È stato solo per caso,” disse Janie.

“Ah, capisco. E la particolare interazione che ha avuto lei, signorina Frobisher con il signor Bramber?”

“Non c’è stata interazione. Niente di niente. Tutto quello che ha detto è stato qualcosa del tipo, ‘Prendimi un posto, torno subito’ o qualcosa del genere. Non c’era niente che potesse indicare dove intendesse andare, o perché, e certamente niente che spiegasse perché non fosse tornato.”

“E la sua presenza all’infelice incidente di oggi? Quello che ha portato la signorina Bryony Sandwell in terapia intensiva? È solo una coincidenza che lei sia stata la testimone?"

"Non capisco cosa stia insinuando, ma mi creda, non sono altro che una spettatrice. Conosco a malapena John e l'unico motivo per cui ho seguito Bryony è che se n'è andata di corsa, chiaramene scontenta di qualcosa. Ero preoccupata per lei e ho pensato che fosse meglio seguirla, per ogni evenienza." Libby esitò, consapevole che il suo ragionamento dava adito a dubbi.

"Nel caso in cui?" ripeté il detective.

"Bryony è timida. Ieri, durante il dibattito pomeridiano, non ha quasi detto nulla, e poco di più a cena. Questo fine settimana non sembra affatto il suo genere," intervenne Janie. "Ma c'è una storia. Gli altri conoscevano Bryony dai tempi di scuola." Si fermò, suggerendo al detective di esplorare le connessioni tra il gruppo, sapendo che probabilmente poteva ricevere una sorta di rimprovero.

Il detective fece un cenno all'agente, che a sua volta chiuse il taccuino e si alzò.

"Per ora sarà tutto. Continueremo a fare la nostra inchiesta. Potremmo aver bisogno di parlarvi di nuovo." E con ciò entrambi gli agenti di polizia lasciarono l'edificio.

16

Mentre Janie e Libby venivano interrogate dalla polizia, Will aveva lasciato l'università, e stava pedalando verso nord, oltrepassando Barcombe Woods e proseguendo verso Sayers Lane. Era un percorso che aveva fatto innumerevoli volte. Per tutta la sua vita, fino al giorno in cui era partito con il Magic Bus per le isole greche, aveva vissuto tra queste strade, questi nascondigli boschivi. Conosceva così bene i sentieri che avrebbe potuto percorrerli ad occhi chiusi.

Ogni giorno di scuola, dalle elementari al liceo, andava a piedi dall'estremità sud di Sayers Lane fino alla casa di John. Da lì percorrevano circa mezzo miglio fino al cortile della scuola. Nei primi giorni della scuola elementare la mamma di John o la mamma di Will li accompagnavano. Una volta raggiunto il loro ottavo compleanno, erano stati ritenuti abbastanza responsabili da fare il percorso da soli. Spesso si incontravano con altri compagni di scuola e, si divertivano con qualche calcio al pallone, che li portava ad una corsa dell'ultimo minuto fino ai cancelli della scuola per evitare di arrivare in ritardo.

I giorni della scuola elementare erano bei giorni. Giorni facili in cui il mondo aveva un senso, ogni cosa al suo posto. Il peso dei ricordi sembrava insinuarsi in Will, una pesantezza nelle gambe che rendeva più difficile spingere i pedali, anche quando pedalava in pianura.

Passando davanti al negozio di dolciumi dove ogni sabato tutti i bambini del posto spendevano la loro paghetta, Will ricordò il giorno in cui a lui e John gli era stato detto che avevano superato gli esami. Era stato lo stesso giorno in cui il padre di Will aveva perso il lavoro. In qualità di sindacalista, il signor Torrance senior aveva guidato uno dei tanti scioperi che avevano avuto luogo l'anno prima. Forse il suo atteggiamento polemico nei confronti delle autorità aveva contribuito a fargli perdere la posizione di ferroviere. Qualunque sia stata la ragione, la vita di Will da quel giorno era cambiata in peggio. Suo padre aveva trovato lavori occasionali nei cantieri, tutti di breve durata. La maggior parte dei giorni Paul Torrance tornava a casa in cattive condizioni per le notti trascorse a bere pinte su pinte nel pub locale. Will aveva assistito alla graduale scomparsa di sua madre. Qualcosa che era molto più difficile da sopportare, delle occasionali percosse che riceveva da suo padre quando Paul tornava da una notte di bevute ed a malapena in grado di stare in piedi.

La mamma di Will, Laura, lavorava dove poteva, cercando disperatamente di poter mettere il cibo in tavola e il carbone nel focolare. Will non doveva preoccuparsi di cosa avrebbero pensato i suoi compagni, delle file di panni stesi in ogni stanza della casa, perché non invitava mai gli amici a casa sua. Nemmeno John.

La differenza nella vita familiare per coloro che vivevano alle due estremità di Sayers Lane era netta. La parte settentrionale del vicolo vantava imponenti proprietà unifamiliari, inserite all'interno di ampi terreni. Tale era la ricchezza della famiglia Bramber che avevano anche un giardiniere. Al contrario, la casa della famiglia di Will si trovava nel mezzo di una fila di case a schiera senza giardino, solo un cortile sul retro.

Da quando Will era tornato dalla Grecia, si era adattato su un divano di un amico. Larry gli ricordava ogni mattina che si trattava di un accordo rigorosamente a breve termine finché Will non avesse trovato lavoro e una casa tutta sua. Larry sperava di poter persuadere la sua ragazza a restare di tanto in tanto; poche possibilità che lo facesse con Will che dormiva sul divano.

Will si fermò davanti al n. 12, la sua casa di famiglia. Almeno era stata la casa di famiglia, fino a quando le preoccupazioni economiche e crescenti attacchi d'ira di suo padre non avevano reso la vita insopportabile. Quando sembrava che le cose non potessero andare peggio di così, a sua madre fu diagnosticato un cancro. Will aveva quindici anni quando lei era morta. Dopodiché lui e suo padre vivevano nella stessa casa ma non condividevano nulla. Mangiare a parte, evitando di incontrarsi, sino al giorno in cui il padre è collassato in cucina, l'alcool alla fine aveva avuto il sopravvento.

La morte del padre era stato un altro segnale, per Will, che era arrivato il momento di andarsene, non gli era rimasto più niente, nessun motivo per restare.

In piedi davanti al cancello principale del n. 12 scrutò la casa. Infissi dei vetri dipinti da poco, una porta rosso vivo, con una elegante cassetta della posta, indicavano che una casa, che era stata messa in ginocchio dalla desolata povertà, che i genitori di Will avevano dovuto sopportare, stava prosperando dall'amore e attenzione di una nuova famiglia.

"Buon fortuna a voi," disse Will, rimontando in sella alla bicicletta e andando via. Non c'era bisogno di indugiare davanti alla vecchia casa di famiglia di John; i genitori di John si erano trasferiti anni prima, sempre verso domicili ancora più grandi e migliori. Dove si trovavano adesso non interessava a Will. Avevano fatto ben poco per aiutarlo o sostenerlo in quegli anni difficili, in cui la famiglia di Will stava cadendo a pezzi, mentre quella di John continuava a prosperare.

Amici in comune, che si erano tenuti in contatto con Will gli avevano raccontato del trasferimento di John ed Helena in una delle case nel nuovo quartiere. Mentre oltrepassava il cartellone pubblicitario all'ingresso della tenuta che vantava proprietà unifamiliari progettate dall'architetto, Il commento silenzioso di Will fu, non le comprerei neanche per un centesimo . Fece una svolta a sinistra, poi a destra, sentendosi come se stesse guidando attraverso un labirinto, un groviglio di strade dove sarebbe stato facile perdere il senso dell'orientamento.

Una cassetta delle lettere, posta su un alto piedistallo, segnalava la casa dei Bramber. Il nome inciso in oro su una struttura in ghisa verde smeraldo che si ergeva accanto a un gande pilastro di mattoni. Appoggiò la bicicletta contro il pilastro e osservò la vista frontale dell'immobile. Delle colonne in stile ionico dai due lati del telaio della porta, facevano pensare che l'interno sarebbe stato altrettanto imponente. Un lungo sentiero lastricato bordato da siepi ben curate conduceva alla porta d'ingesso. Su un lato del sentiero un prato ben curato con aiuole di fiori si stendeva sotto il vano finestra . Dall'altra parte un ampio vialetto conduceva a un grande garage per due posti auto.

Un campanello in acciaio inossidabile era fissato su un pannello di legno di quercia lucidato, fissato sui mattoni rossi. Il batacchio anche esso in acciaio inossidabile sulla porta d'ingresso sembrava superfluo. Per annunciare il suo arrivo, Will scelse il campanello invece che il batacchio.

Mentre aspettava una risposta, si sentiva di nuovo come un adolescente, il battito del cuore, che spesso lo faceva balbettare ,in quei primi giorni in cui usciva con Helena. E poi la porta si aprì, lentamente Helena mise prima fuori solo la mano poi spalancò la porta.

"Will," una esclamazione tranquillissima, lasciandolo momentaneamente a desiderare di non essere mai venuto. La terapia di quei cinque anni in Grecia sarebbe stata sicuramente annullata ora che era di nuovo qui con lei.

"Cosa ci fai qui?" disse Helena.

Nessuno dei due si era mosso, Helena era ancora aggrappata alla porta aperta, come se fosse un sostegno, qualcosa che la sostenesse in questo momento incerto. Will era fermo alla fine del vialetto che conduceva alla porta. Per andare oltre, doveva essere invitato ad entrare. Era quello che voleva o avrebbe voluto voltarsi, risalire in sella e pedalare via, in qualsiasi posto dove potesse ritrovare il suo equilibrio.

"Volevo assicurarmi che stessi bene," disse, le parole suonavano deboli inutili. Chi era lui per occuparsi di lei? Erano stati separati per anni, molto più a lungo di quanto non fossero stati insieme.

"Sarà meglio che entri." Helena fece un passo indietro, facendo cenno a Will di passarle accanto nell'ampio ingresso.

Rimasero impacciati, ciascuno in attesa dell'altro. Da lì una porta conduceva in un'ampia zona giorno come open space. Will non aveva mai visto una casa simile. L'arredamento era particolare; pareti caratterizzate da un arancione brillante, completate da un giallo dell'alba. Sui due lati di una credenza, in rovere chiaro, erano appesi manifesti pop art con sorprendenti blocchi di colore. Il tavolo da pranzo abbastanza grande da ospitare sei o più persone. La tavola era apparecchiata con due coperti, una brocca d'acqua fresca al centro, accanto un vaso di cristallo con fiori primaverili. Delicati giacinti blu, narcisi giallo brillante, mescolati a mazzi di viole. Era come se il sole primaverile, che era stato sfuggente, quella mattina, fosse lì dentro la stanza. Poi come per completare tutto ciò che vedeva, respirò l'odore inebriante di aglio e origano che lo riportava su una spiaggia greca, scatenando i recenti ricordi di pesce appena pescato, pulito, e cotto alla brace, insaporito con olio extra vergine di oliva, aromatizzato con limone.

"Aspetti qualcuno?" le disse, indicando il tavolo. "Ti ho disturbato."

"La polizia è stata qui," rispose, sedendosi su una delle sedie della sala da pranzo, come se fosse sollevata dal potersi appoggiare. Will la ricordava come un'adolescente snella; ora, dopo quasi sei anni sembrava ancora di più una silfide. Il suo vestito di lino le cadeva in pieghe sciolte intorno alle caviglie mentre sedeva, le bretelline sottili mostravano le spalle nude, le braccia di una ragazza magra e raffinata. Per la prima volta, da anni, Will si rendeva conto del proprio abbigliamento. Il poncho era spesso e ingombrante. Si rese conto che era la prima volta che si trovava in una casa con il riscaldamento centralizzato; il calore che gli saliva dentro, forse per il riscaldamento, forse per l'improvvisa vicinanza con Helena, era quasi soffocante, dandogli un travolgente desiderio di abbracciarla.

"Volevo solo assicurarmi che stessi bene," ripeté.

"Mi hanno chiesto quando avevo visto John l'ultima volta, se era stato in contatto."

"Cosa gli hai detto?"

"Cosa avrei potuto dirgli? So solo che è partito ieri mattina per l'università. Mi ha detto che vi sareste incontrati. Sei tornato dalla Grecia per sempre?"

Will annuì. C'era troppo da spiegare, e per certi versi non aveva senso spiegare proprio niente.

"È bello rivederti, Will. Veramente bello." Sembrò rilassarsi un po', lo sguardo fisso su un sottile filo che usciva dalla cucitura del suo vestito. "Hai parlato molto con John? Sai perché se n'è andato così, dove stava andando?"

"Non c'è stato molto tempo, è uscito la prima sera, prima di cena. E poi abbiamo ritrovato la sua macchina..." Si interruppe a metà frase, incerto su quanto la polizia potesse aver detto a Helena.

"Sì, la polizia mi ha detto della macchina. Hanno detto che si è schiantata contro un albero." Si alzò e si avvicinò alla finestra, guardando un giardino nel retro allestito con precisione, aiuole con fiori e arbusti piantati in sottili gruppi di colori. Era come guardare un dipinto.

"Potrebbe giacere ferito da qualche parte. Non potrei sopportare se..."

Will si mosse per andare verso di lei, poi ripensandoci bene, si sedette al tavolo, riguardò di nuovo i due posti che erano stati apparecchiati, gli odori che provenivano dalla cucina.

"Aspetti una visita, dovrei andare." Nonostante le sue parole suggerissero un addio era rimasto immobile. "Cerca di non preoccuparti. Sono sicuro che sta bene," dopo qualche istante continuò. "Sai com'è John. Riesce sempre vincitore in un modo o nell'altro. Hai chiamato i suoi amici? E i suoi genitori?"

Si voltò verso di lui, "Ho chiamato un amico. Dopo che la polizia se n'è andata, non volevo restare da sola."

Nessuno dei due parlò. Lui lasciò che il suo sguardo studiasse il viso di lei, i suoi occhi color nocciola disegnati con un sottile filo di eyeliner, le sue lunghe ciglia con il mascara scuro, un rossetto molto chiaro. Quando lei iniziò a parlare distolse rapidamente lo sguardo, come se fosse uno scolaro sorpreso a comportarsi male.

"Mi farai sapere se senti qualcosa?" lei disse infine.

"Certo che sì. E la polizia si metterà in contatto di nuovo, ne sono sicuro."

Pochi minuti dopo si stava allontanando in bicicletta dalla tenuta, con la sensazione che l'Helena dei suoi ricordi, l'Helena che aveva tenuto su un piedistallo per tanti anni, non esistesse più. A ogni pressione sul pedale, la perdita con cui aveva lottato per così tanto tempo veniva sostituita da qualcos'altro. Non poteva dargli un nome, non ancora, ma era certo di essere ad un passo per farlo.

17

L'INDAGINE SU UN CASO riguardante una persona scomparsa era il tipo di indagine meno preferito dall'ispettore Cooper. Aveva lavorato molto, nei vent'anni da quando era diventato un detective. Interrogare testimoni o sospetti per qualsiasi tipo di caso significava vagliare le loro risposte per determinare quale fosse la verità, quali fossero le bugie e forse, cosa più frustrante, cosa non fosse stato detto. Ma gli sembrava che quando si trattava di una persona scomparsa, le persone serrassero rapidamente i ranghi. Spesso non c'era nessuna scena del crimine, poche prove fisiche da esplorare. Per questo, lasciava aleggiare un'aria di sospetto su tutti coloro che erano collegati alla persona scomparsa. Cooper sapeva che quando qualcuno sentiva di essere accusato di un crimine, agiva in modo colpevole, distorcendo il suo solito carattere. La persona più innocente poteva apparire la più colpevole. Era anche vero il contrario; il criminale poteva essere proprio quello che sembrava avere il controllo, candido come la proverbiale neve.

Queste contraddizioni rendevano particolarmente difficile rintracciare una persona scomparsa. Aggiungi al mix che una persona scomparsa spesso si è rivelata non essere affatto una vittima, ma qualcuno che aveva scelto di scomparire, di lasciarsi alle spalle una vita e iniziarne un'altra, non contaminata da misfatti o tristezze del passato. Tuttavia, Cooper aveva il dovere di indagare.

A complicare le cose, questo caso in particolare, coinvolgeva un ricco uomo d'affari. Quel giorno, non appena la telefonata era arrivata in stazione e fu menzionato il nome di John Bramber, Cooper intuì che l'indagine avrebbe presentato delle difficoltà.

Prima di andare all'università Cooper aveva fatto alcune ricerche. I Bramber erano ben conosciuti a livello locale. Il signor Bramber senior possedeva un cinodromo locale di levrieri, oltre a diversi negozi di scommesse. Sembrava che John Bramber fosse ora responsabile della gestione di tre negozi di scommesse al centro di Brighton. Non c'era motivo di presumere che, di per sé andasse di pari passo con la corruzione o la frode. Cooper non doveva avere pregiudizi su questo punto. Ma il denaro spesso porta gelosie di un tipo o dell'altro. Era probabile che i Bramber si fossero fatti dei nemici. Da quando nel 1960 il gioco delle scommesse era stato legalizzato, i negozi per le puntate erano sulla strada principale, gli scommettitori avevano l'opportunità di scommettere sul loro cane preferito semplicemente passeggiando per la strada principale. Negli ultimi anni erano stati aperti molti negozi di scommesse.

I Bramber stavano guadagnando bene su entrambi i fronti, con Bramber senior che guadagnava ancora soldi da un fiorente pista per levrieri, mentre lui e suo figlio capitalizzavano affari sulla strada principale. Ma Cooper aveva sentito dire che alcuni pista per levrieri stavano perdendo denaro, alcuni avevano dovuto chiudere completamente, il che avrebbe probabilmente lasciato l'amaro in bocca a coloro che avevano perso tutto.

Poi c'erano gli scommettitori che non riuscivano a sottrarsi alla tentazione di quell'ultima scommessa, gettando tutti i loro soldi in un pozzo senza fondo. Era del tutto possibile che un rancore di lunga data avesse qualcosa a che fare con la scomparsa di John Bramber. Ma perché il giovane Bramber? Perché non prendere di mira suo padre che era stata la mente dietro l'impero delle scommesse da più tempo. Un rapimento era una possibilità concreta, anche se non c'erano ancora segni di una richiesta di riscatto. C'era molto su cui meditare.

Aveva trascorso gran parte della giornata all'università o,

ispezionando i luoghi dei due incidenti automobilistici, ed ora era tempo per lui di fare il punto della situazione. Tornato alla stazione di polizia fece un cenno a due giovani colleghi, mentre li incrociava nel corridoio, tenendo lo sguardo dritto davanti a sé. Inevitabilmente, tornato dalle indagini, i colleghi lo avrebbero voluto aggiornare su un nuovo caso che era successo durante la sua assenza. Ciò gli avrebbe procurato una distrazione e, in quel momento, doveva rimanere concentrato.

La donna poliziotto Williams era già alla sua scrivania, a testa bassa, intenta a scrivere i suoi appunti dalle interviste precedenti. Era contento che stesse lavorando con lui su questo caso. Avevano lavorato insieme a diversi casi e lui l'aveva sempre trovata professionale e scrupolosa. Abbastanza coraggiosa da correre il rischio all'occasione. Anche intuitiva. Cooper era convinto che l'intuito giocasse un ruolo vitale nelle indagini criminali, nonostante il suo capo, l'ispettore capo Wright, non ne avesse per niente. 'Fidati dei fatti e nient'altro che dei fatti' era l'unico mantra del capo. Questo poteva essere giusto, ma secondo Cooper stabilire la verità era un processo sottile. Gli piaceva paragonarsi ad un archeologo, che raccoglieva e frugava con cura intorno a un antico luogo di sepoltura. Chiunque entri pesantemente potrebbe distruggere prove vitali. Qualcosa che Williams sembrava sapere senza che Cooper dovesse dirglielo. Inoltre era una buona ascoltatrice. Lasciando alle persone lo spazio per aprirsi e spesso facevano proprio questo.

Tornato nel suo ufficio, si lasciò cadere sulla sedia girevole e si girò verso gli scaffali. Aveva portato la libreria a sei ripiani da casa quando aveva avuto la sua promozione a ispettore investigativo, lo stesso giorno in cui si era trasferito in questo ufficio. Il suo predecessore non aveva altro che una scrivania, due sedie e un ficus che veniva curato come se fosse un membro della famiglia. Cooper aveva spostato la pianta e messo la sua libreria, riempiendo gli scaffali con molti dei libri con i quali aveva studiato durante il suo addestramento in polizia. Accanto a quelli c'erano alcuni dei suoi classici del crimine preferiti; principalmente di Sherlock di Conan Doyle. Gli anni di Holmes come detective nei numerosi romanzi scritti da Conan Doyle avevano ispirato Cooper sin da quando era un ragazzino. I casi di Sherlock erano stati scritti in ventitré anni e quando Cooper al suo ventesimo compleanno divenne detective, spesso aveva riflettuto sulle somiglianze del loro percorso. Naturalmente, Holmes aveva lavorato nella Gran Bretagna del diciannovesimo secolo, con molti dei suoi casi ambientati a Londra. Una città che da allora doveva essere cambiata così tanto da renderla quasi irriconoscibile. Era un'ipotesi da parte di Cooper, perché la sua unica visita a Londra era stata da ragazzo con i suoi genitori. Era l'anno prima dell'inizio della Seconda guerra mondiale; Londra ancora intatta, nessun segno della distruzione che sarebbe seguita. Suo padre lo mise accanto a una delle statue dei quattro grandi leoni scolpiti in Trafalgar Square, statue che si trovavano ai piedi della Colonna di Nelson.

"Guarda lassù, ragazzo," gli aveva detto suo padre, indicando la figura del vice ammiraglio Lord Nelson.

Cooper era alto appena un metro e venti. Mentre inclinava la testa all'indietro per guardare su in alto – il cielo in quel giorno d'estate era di un azzurro luminoso - tutto ciò che riusciva a vedere era il contorno scuro della imponente figura.

"Dovere, ragazzo," disse suo padre. "Questo è ciò che Lord Nelson rappresentava ed è ciò che mi aspetto da te. Fai il tuo dovere e mi renderai orgoglioso."

Timothy Cooper, otto anni, si era impegnato con suo padre che avrebbe 'fatto il suo dovere', con poca o nessuna comprensione di cosa fosse il dovere o cosa potesse comportare. Alla fine quell'impegno aveva influenzato la sua scelta di carriera e quando raccontò a suo padre della sua promozione, il signor Cooper senior gli aveva dato una pacca sulla spalla. Era stato l'unico riconoscimento che suo padre aveva fatto per dimostrare di essere davvero orgoglioso di suo figlio. Suo padre proveniva da una generazione non abituata ad esprimere emozioni, un uomo di poche parole. In effetti, non dissimile da Sherlock Holmes che poteva essere spassionato e freddo, diventando animato ed eccitabile quando era assorto in un caso.

Cooper era da qualche parte nel mezzo, non insensibile. Almeno sperava che i suoi colleghi non lo considerassero tale. Ma eccitabile? No, non ricordava di esser mai stato eccitato, nemmeno alla conclusione di un caso.

Era uscito dall'ufficio, attirando l'attenzione della sua squadra con un colpetto sulla lavagna delle indagini. Williams aveva scritto alcune note alla lavagna, una manciata di nomi, ma per la maggior parte contrassegnati da punti interrogativi che da fatti concreti.

"OK, ragazzi. Esaminiamo quello che sappiamo finora. Il signor John Bramber. Ventitré anni. Uomo d'affari del luogo, possiede negozi di scommesse a Brighton. Va a una conferenza del fine settimana sui diritti delle donne. Che si è tenuta all'università del Sussex. Ha parlato con poche persone durante il dibattito pomeridiano, poi è uscito prima di cena e non è ritornato. La sua macchina è stata trovata, più tardi quella sera, schiantata contro un albero a Barcombe Woods. Le chiavi nell'accensione. Questa mattina il suo portafoglio è stato ritrovato ma vuoto. Poi, oggi una del gruppo, una certa signorina Bryony Sandwell, fa un giro in macchina e finisce in ospedale dopo che i suoi freni sono stati manomessi. Non possiamo presumere che i due incidenti siano collegati, è importante non avere pregiudizi. Alla conferenza ci sono circa una sessantina di partecipanti e prima o poi dovremo fargli alcune domande sommarie, ma la nostra attenzione iniziale è rivolta al piccolo gruppo che era con il signor Bramber, immediatamente prima della sua scomparsa. Williams, può riassumere quello che sappiamo sugli altri componenti del gruppo?"

Williams si alzò, e parlò per lo più a memoria, guardando di tanto in tanto il suo taccuino aperto.

"Altre sette persone erano nel gruppo con il signor Bramber. La signorina Clem Richmond è l'organizzatrice. È stata tutt'altro che disponibile quando l'ispettore l'ha interrogata. Da uno o due dei suoi commenti sembra che in passato sia stata coinvolta in marce di protesta, per il disarmo nucleare, diritti delle donne e così via. Di conseguenza ha un'opinione negativa sulla polizia."

"Negativo, va bene," la interruppe Cooper. "Dovremmo esaminare i registri della polizia per vedere se ha già avuto a che fare con noi. Ho dovuto avvertirla che era reato ostacolare le indagini della polizia. Quando le ho chiesto se le veniva in mente qualcuno che avrebbe voluto far del male al signor Bramber o alla signorina Sandwell, e quali, se ce ne fossero, potrebbero essere i collegamenti tra loro, ha risposto ridendo." Cooper smise di parlare, facendo segno all'agente di proseguire.

"Sì signore, grazie signore." La Williams aveva abbassato lo sguardo sul suo taccuino "Le sue parole precise sono state: 'Non sono qui per fare il vostro lavoro. John Bramber era un uomo d'affari di successo, probabilmente molte persone lo disapprovavano. Non è sempre così quando uno è ricco? Devo ammettere che trovo una farsa le disuguaglianze create dal nostro attuale sistema politico. Ma, mentre potrei deplorare la ricchezza di John e le ingiustizie che avrebbe potuto commettere per raggiungere quella ricchezza, non mi spingerei al punto di augurargli del male.'"

Williams fece una pausa prima di continuare a leggere i suoi appunti.

"Poi l'ispettore Cooper le ha chiesto della signorina Sandwell, e la sua risposta è stata: 'Bryony? Diciamo solo che era completamente all'altra estremità. Sono stata sorpresa di vederla questo fine settimana. Non la vedevo da anni e non ho idea di cosa stia succedendo nella sua vita che potrebbe aver portato qualcuno a volerla morta. Mi considererà troppo dura. Ma ognuno di noi deve trovare la propria strada in questa vita. Non mi aspetto che qualcuno mi dia una mano e non desidero essere responsabile di nessuno, certamente non di Bryony.'"

"Proprio così," disse Cooper. "Quindi penso che abbiamo capito molto sulla signorina Richmond. E cosa pensiamo della sua amica, la signora Newman?"

Williams continuò. "La signora Newman – insegnante della scuola elementare - è sembrata collaborative e sincera nelle sue risposte. Semmai sembrava più preoccupata di fornire scuse per i modi della signorina Richmond. Ci ha detto che la signorina

Richmond era molto ansiosa per l'organizzazione del fine settimana, e l'ha definita, 'non è troppo entusiasta delle autorità'."

"Non c'era bisogno che ce lo dicesse, vero, Williams?" disse Cooper.

"Ma è stato interessante quando abbiamo insistito con la signora Newman sul suo rapporto con il signor Bramber, è apparsa un po' a disagio. Ci ha detto che si conoscevano dai tempi della scuola e non riusciva a pensare a nessuna ragione per la quale qualcuno avrebbe voluto fargli del male. Tutti amici, ma ricordiamoci che abbiamo a che fare con i soldi. Molti soldi. L'unico motivo per cui i Bramber sono nel settore delle scommesse è per fare soldi e ci sono tutta una serie di motivi per cui potrebbero aver imbrogliato qualcuno in modo sbagliato."

La Williams completò il suo riassunto esaminando le altre interviste che avevano fatto, spiegando che dovevano ancora completare le interviste formali con Will Torrance e Olivia Blythe.

Mentre lei parlava, Cooper rifletteva sulla conversazione con la signora Juke e la signorina Frobisher. Aveva già incontrato persone come loro. Spettatori interessati, eccitati al pensiero di far parte di un'indagine criminale, immaginando che il loro contributo poteva essere utile. Dalla sua esperienza, interventi come questi avevano solo confuso le acque, allungando il processo e ostacolando i procedimenti.

Ma durante il loro precedente incontro aveva scoperto che la signora Juke era una bibliotecaria. E non solo un' amante dei libri, ma una che aveva un appassionato interesse per l'abilità di Poirot di Christie. La signora Juke aveva una mente indagatrice e, sebbene Cooper non lo avrebbe mai ammesso, provava un'affinità con lei. Naturalmente, avrebbe dovuto avvertire lei e la sua amica, la giornalista locale, che intromettersi negli affari ufficiali della polizia non solo era inaccettabile, ma spesso poteva essere pericoloso. Ma questo non gli avrebbe impedito di ascoltare le loro teorie.

La signora Juke aveva capito il possibile collegamento tra gli affari del signor Bramber e la sua scomparsa. Aveva anche menzionato Peter Turnbull, il giovane addetto alla cucina che aveva risposto alla telefonata della signora Bramber. Cooper aveva parlato con lui brevemente, ma non aveva ricavato nulla di utile.

Tuttavia, la prospettiva degli affari era una precisa linea d'indagine. I Bramber erano ricchi, ma la ricchezza non sempre equivaleva alla corruzione. C'erano abbastanza persone di successo in tutto il paese che avevano portato lavoro alle loro comunità locali. Niente di sbagliato in questo.

La visita di Cooper a casa dei Bramber, all'inizio di quel giorno, gli aveva aperto gli occhi, la casa ed i giardini trasudavano denaro. Non un cuscino o un soprammobile fuori posto. Luminoso, arioso, si, ma senza angoli accoglienti in cui rilassarsi. Cooper non avrebbe mai potuto sentirsi a proprio agio a vivere in qualcosa che somigliasse più da vicino a una casa da esposizione.

La casa di Cooper poteva essere meglio descritta come modesta. Guadagnava un buono stipendio come detective ed era determinato che dovesse essere l'unico stipendio che entrava in casa. In diverse occasioni la moglie, Miriam, aveva avanzato l'idea di trovarsi 'un lavoretto'. 'Mi farà guadagnare un po' di denaro,' sosteneva. Ma ogni volta lui respingeva l'idea. Sicuramente era dovere di un uomo provvedere a sua moglie? Nell'ultimo decennio c'erano stati così tanti cambiamenti sociali che riusciva a malapena a stargli dietro. Le donne chiedevano a gran voce il riconoscimento, eppure, secondo Cooper, le donne avevano sempre ricoperto il ruolo più speciale nella società. Loro erano responsabili della nascita di una nuova generazione. Sicuramente, non c'era niente di più importante di questo?

Riportando la su attenzione nella stanza, si guardò intorno.

"Qualche idea su dove dovremmo dirigere le nostre indagini ora?" Diede la parola a chiunque fosse disposto a rispondere.

Powell, il membro più giovane di rango ad entrare nella squadra del Dipartimento di Investigazioni Criminali, alzò la mano. "Dovremmo esaminare più da vicino gli affari del signor Bramber? Forse c'erano problemi di soldi?"

Cooper non aveva intenzione di respingere il suggerimento di Powell, ma considerando l'opulenza della casa dei Bramber, se ci fossero stati problemi di soldi, sarebbero stati nascosti molto bene. Anche se non doveva escludere la possibilità che John Bramber avesse creato una facciata di ricchezza, sostenuta da debiti, di cui forse nemmeno sia moglie era a conoscenza.

"Vale la pena dare un'occhiata, Powell. Fai tu tutto quello che ritieni necessario. Ricorda, stiamo anche esaminando l'incidente che ha quasi ucciso Bryony Sandwell. I due episodi sono collegati? Si spera che la signorina Sandwell possa offrire alcune indicazioni. Stiamo aspettando di sapere dall'ospedale quando starà abbastanza bene per essere interrogata."

"Diversi membri del gruppo hanno fatto cenno ad una storia del passato che risale ai tempi della scuola," disse Williams. "Forse uno di loro dava la colpa al signor Bramber o alla signorina Sandwell per qualcosa che è successo allora? Se questa era la prima volta che si sono rincontrati tutti insieme, da quando hanno lasciato la scuola, forse questa persona, o più persone hanno deciso che era giunto il momento di doverli punire?"

"Una joint venture, stai pensando?" disse Cooper.

"Forse, signore," rispose Williams.

Williams aveva ragione, era certamente possibile che la risposta all'indagine di oggi fosse sepolta da qualche parte nel passato.

"Fai le tue telefonate, fruga in tutti i documenti su cui riesci a mettere le mani," disse Cooper. "Ci rivediamo domani mattina e condivideremo ciò che abbiamo scoperto. E ricorda, non ti fermare alle apparenze. Stabilisci un movente e questo ci porterà al nostro colpevole."

18

La telefonata dall'ospedale arrivò poco dopo le diciassette e trenta. Poiché nessuno era stato in grado di fornire il nome di un parente consanguineo di Bryony, la caposala telefonò all'università e chiese di parlare con la persona che era stata con la signorina Sandwell quando aveva avuto l'incidente.

Il vento forte di prima non era diminuito, semmai si stava rafforzando minacciando una fredda serata in arrivo. Nonostante il freddo, Libby stava passeggiando per il cortile dell'università con Janie quando avevano sentivo Clem chiamarle da lontano. Smisero di camminare e aspettarono che lei le raggiungesse.

"Bryony è uscita dalla terapia intensiva," disse Clem. "L'hanno trasferita nel reparto. Hanno contattato anche la polizia, ma la caposala ha detto che a Bryony farebbe bene vedere un viso amico. È fuori pericolo, ma sta ancora molto male, ma le permetteranno una breve visita." L'informazione era stata data con un tono spicciolo, come se Clem non stesse facendo altro che leggere un notiziario.

"Andremo tutte e due," disse Janie, intuendo il timore di Libby di dover guidare.

"Potrebbero non farvi entrare entrambe," disse Clem, voltandosi immediatamente e tornando alla Falmer House.

"Aspetterò fuori dal reparto, se necessario," disse Janie "Speriamo di arrivare prima della polizia. Una volta che l'ispettore Cooper le avrà parlato, potrebbe essere troppo scossa per dirci qualcosa di più."

Mentre tornavano nella loro stanza per prendere le chiavi della macchina, incontrarono Olivia sulle scale.

"Ti senti meglio?" chiese Janie.

Olivia si passò una mano sulla fronte in modo teatrale. "Quando ci sarà permesso di tornare a casa?"

"Quando avranno fatto tutte le loro domande e ottenuto le risposte, che li porteranno a una sorta di conclusione, immagino," disse Janie.

"Oh, queste infinite domande. Non è che noi ne sappiamo qualcosa, non è vero? Perché dovremmo?"

"Non hai detto che tuo marito e John erano in affari insieme?" chiese Janie.

"Ho anche detto che non so nulla degli affari di mio marito." Olivia le fissò entrambe e fece per andarsene.

Janie la trattenne. "Olivia, hai parlato con tuo marito? Potrebbe valere la pena di chiamarlo, per fargli sapere cosa è successo a John?"

"È proprio questo il punto, però, non è vero? Non sappiamo cosa sia successo a John."

"Non c'è la possibilità che tuo marito possa dare alla polizia nomi, persone con cui lui e John hanno avuto rapporti d'affari?"

"Vorrei sapere cosa ti dà il diritto di ficcare il naso nella vita privata degli altri." Olivia si scrollò dalla mano di Janie e continuò a scendere le scale.

"Andiamo," disse Libby. "Lascia perdere Olivia per il momento e andiamo in ospedale. L'ultima volta che ho visto Bryony ho avuto paura che non sopravvivesse alle ferite. Se avremo la possibilità di parlarle, di vederla cosciente e, si spera, in via di guarigione, sarà l'inizio per trasformare questo incubo in qualcosa di un po' più gestibile."

Venti minuti dopo erano nell'atrio dell'ospedale e parlavano con la stessa receptionist con cui avevano parlato quel giorno. A Libby venne in mente che la donna aveva svolto un lungo turno; era quasi tentata di chiederle a che ora avrebbe finito.

Furono indirizzate alla caposala Worthing che gli disse di parlare con l'infermiera che stava sulla soglia del reparto, una sentinella che controllava tutti coloro che entravano.

"Lei dovrà aspettare qui nel corridoio," disse a Janie. "La signorina Sandwell è ancora molto debole. Permettiamo solo un visitatore alla volta e solo per pochi minuti." Poi si rivolse a Libby. "Non la faccia agitare, è fondamentale tenerla il più tranquilla e calma possibile. Le ferite alla testa sono sempre preoccupanti."

"Vuol dire che potrebbe avere una ricaduta?" disse con un tono crescente di panico.

"Il dottore è stato d'accordo nel farla uscire dalla terapia intensiva. Sarà costantemente monitorata. Cerchi di non preoccuparsi."

Le parole dell'infermiera del reparto non alleviarono l'ansia di Libby. Era come se fosse di nuovo lì in macchina dietro alla macchina di Bryony, mentre perdeva il controllo. Poteva sentire il suo cuore battere, e il suo battito era accelerato. Sentì la mano di Janie sulla sua schiena, che la spingeva dolcemente verso la porta a battente che conduceva in corsia.

"Andrà tutto bene, Libby," disse Janie. "Tieni solo la mano di Bryony e dille che lei starà bene. Sarà contenta di vedere una faccia amica."

E poi arrivò il momento per Libby di seguire la caposala nel reparto, passò davanti ad altri quattro letti fino a dove giaceva Bryony.

Mentre era ancora in corridoio, Libby si era resa perfettamente conto del forte odore di disinfettante, misto a candeggina, che pervadeva l'intero ospedale. Ora, all'interno del reparto, l'odore era ancora più forte, si sentiva mancare, ricordandole perché gli ospedali erano il posto che meno amava.

Appena vista, Bryony sdraiata immobile, sorretta da due grandi cuscini dietro la testa e il collo, ricordò a Libby un dipinto. Era uno dei tanti, esposti in una mostra dedicata a Florence Nightingale, che aveva visitato. Non riusciva a ricordare il nome dell'artista, ma ricordava di essere stata colpita dalla vulnerabilità della persona sdraiata nel letto. Il dipinto era quasi monocromatico; biancheria da letto bianca, camicia da notte bianca viso pallido del paziente e una spessa benda bianca intorno alla testa. Il letto nel dipinto aveva una struttura in ferro, che non offriva alcun suggerimento di comfort, e le persiane scure alla finestra bloccavano la luce del sole, rendendo la scena complessiva così malinconia.

Quando Libby si avvicinò, Bryony iniziò a girare la testa, ma sembrò ricredersi e tornò a guardare dritto davanti a sé, chiudendo gli occhi come se soffrisse.

"Bryony, sono Libby." Posò una mano sulle coperte, preoccupata che anche un piccolo movimento potesse causare disagio e dolore a Bryony. "Non cercare di muoverti, non hai nemmeno bisogno di parlare. Mi siedo accanto a te per un po' e se vuoi addormentarti per me va bene." Cercò di parlare con tono tranquillo, qualsiasi cosa per sollevare lo spirito della giovane donna che aveva chiaramente sofferto, e stava ancora soffrendo.

"Grazie molte per essere venuta." Bryony parlò piano e lentamente, gli occhi chiusi. "Spero che non ti dispiaccia, ma è più facile se non ti guardo. Quando muovo la testa mi sembra che il mondo stia girando."

"Hai avuta una brutta botta in testa. Ma i dottori sono davvero soddisfatti dei tuoi progressi. Ecco perché ti hanno spostato nel reparto."

"Non ricordo molto. La macchina... C'eri tu, me lo ricordo. Dopo è tutto sfocato."

"Va bene, davvero. Non pensarci ora. I dottori sanno cosa stanno facendo, sarai a posto in men che non si dica, vedrai."

"Ero così spaventata, Libby. Non riuscivo a fermare la macchina, ci ho provato, davvero l'ho fatto."

"Non hai niente di cui rimproverarti. C'era un problema con la macchina, non c'era niente che avresti potuto fare." Non era il momento di dire a Bryony che qualcuno aveva intenzione di farla schiantare. Qualcuno che voleva farla tacere ? Ma perché? E chi?

"Credi nel destino?"

Non era una domanda alla quale Libby era preparata, era qualcosa alla quale non aveva mai dedicato molto i suoi pensieri.

"Forse alla fine veniamo sempre puniti per le cose brutte che facciamo," continuò Bryony. "Ho fatto delle cose terribili. È giusto che sia punita."

"Ssh, ora. Non credo che tu possa aver fatto qualcosa di così grave da meritare di finire in ospedale. Questo è stato solo un terribile incidente. Non è davvero colpa tua."

"Non mi conosci, Libby. Se tu sapessi la verità su quello che ho fatto, su chi ho ferito. Dicono che le persone cattive vadano all'inferno quando muoiono, beh, che dire di un inferno in terra? Forse è questa la vera punizione." Quando finì di parlare Bryony mantenne la testa ferma sui cuscini, ma aprì gli occhi, il suo sguardo guizzò a destra e a sinistra come se temesse che qualcosa o qualcuno fosse in agguato nell'angolo della corsia, pronto a balzare fuori.

"Sei arrabbiata ed è comprensibile, ma in questo momento il tuo obiettivo deve essere quello di migliorare. Non importa nient'altro. Quanto ti sentirai pronta possiamo parlare di nuovo." Libby si alzò, sentendo di essere già rimasta troppo a lungo. La caposala aveva chiesto di mantenere Bryony calma, ma la conversazione fino a quel momento stava facendo esattamente l'opposto.

"Chi possiamo contattare per te?" disse Libby, quasi dimenticando uno dei motivi della sua visita. "Tua mamma o tuo papà? Un fratello o una sorella?"

"Non c'è nessuno." Un'affermazione priva di emozioni che lacerò il cuore di Libby.

"Non posso crederci. Ci deve essere qualcuno che sarà in pensiero per te."

Prima che Bryony potesse rispondere, percepì l'arrivo della caposala verso di lei, accompagnata dall'ispettore Cooper.

"Vado, ma tornerò, te lo prometto." Diede un leggera stretta alla mano di Bryony sperando di infonderle tutta la forza di cui avrebbe potuto aver bisogno per resistere alle domande del detective.

Passò accanto al detective, facendo un breve cenno del capo, e poi uscì nel corridoio, così sollevata che Janie fosse lì.

19

PER LA MAGGIOR PARTE del viaggio di ritorno, all'università, Libby rimase in silenzio. Janie poteva vedere che la sua amica era visibilmente sconvolta dalla sua visita al capezzale di Bryony e voleva darle lo spazio per elaborare ciò che era stato detto senza bombardarla di domande. Già ne aveva passate abbastanza nelle ultime ore.

Fu solo mentre si avvicinava al campus stesso che Janie si rese conto che nessuna delle due avevano mangiato qualcosa dopo la zuppa dell'ora del pranzo. Aveva sempre trovato difficile pensare lucidamente quando aveva fame; qualcosa per cui Greg la prendeva spesso in giro. Il pensiero di Greg la portò immediatamente a pensare a Michelle e le venne un improvviso e disperato desiderio di riabbracciare sua figlia, di sentirne il gorgoglio felice, di godersi il suo profumo di lavanda e rosa quando l'aveva appena lavata. Una sensazione di nostalgia la travolse, rapidamente sostituita da un senso di colpa. *Sono una madre prima di tutto. Cosa ci faccio qui quando dovrei essere a casa a prendermi cura di mia figlia?*

"Sembra incolpare sé stessa," disse Libby interrompendo i pensieri di Janie.

"Bryony?"

"Molto di quello che ha detto non aveva davvero senso. Parlava di punizione. Ha persino menzionato l'inferno e la dannazione. Era completamente fuori dalle mie capacità, Janie. Avresti dovuto parlarle tu, sei più brava in questo genere di cose."

A Janie sembrò strano pensare che Bryony si sentisse in colpa, quando lei stessa stava provando la stessa cosa.

"Non ti ha dato un indizio su cosa ha mai potuto fare per giustificare la punizione?"

Libby tacque di nuovo.

Avevano raggiunto il parcheggio dell'università. Janie si fermò in uno spazio e spense il motore.

"Ho davvero fame, e tu?" disse.

"Sento solo odore di candeggina è come se si fosse aggrappato a me, non riesco a liberarmene. Quindi, no, il pensiero del cibo non è allettante."

"Dimmi tu allora. Che ne dici di fare un giro per i giardini per un po'? C'è abbastanza vento da eliminare quegli odori e, si spera, ti schiarisca anche un po' le idee. Poi possiamo andare a dichiarare la nostra fame in cucina. So che non manca molto per la cena, ma mi andrebbe bene un panino in questo momento."

Libby sembrava disposta a lasciarsi guidare. Riuscì ad uscire da sola dall'auto stando attenta alle ferite che aveva ancora sulle braccia, e si mise al passo accanto a Janie.

"Non pensi che Bryony stesse dicendo che aveva qualcosa a che fare con la scomparsa di John vero?" disse Janie. "Voglio dire quando parlava di sensi di colpa. Potrebbe entrarci qualcosa?"

"Assolutamente, no." La risposta di Libby fu decisa. "Non riesco a vederla. Ha paura della sua stessa ombra. Riesci davvero a vederla pianificare la morte di John? No, non è così."

"Sembra che dovremo continuare con gli altri, per rinfrescare i loro ricordi di cosa sia successo nel passato."

"Perché dovrebbero dirci qualcosa? Ci vedono come un nemico. Almeno Clem lo fa. Soprattutto io. È convinta che io sia qui solo per scrivere un terribile articolo che metta in cattiva luce le donne che lottano per l'uguaglianza. Anche se, il motivo per cui immagina che io voglia fare una cosa del genere è per me un mistero."

"Non è tutto, però. Sai cosa stavo dicendo sul coinvolgimento di Clem nelle proteste contro il disarmo nucleare a Londra e Aldermaston, molte di quelle proteste non erano sempre pacifiche, vero? Se è così appassionata che la sua voce sia sentita potrebbe voler raccogliere consensi per qualcosa di grosso, forse anche un'irruzione in uno degli impianti nucleari."

"Ma sarebbe una follia. Una follia pericolosa." Libby rallentò il passo arrivando a fermarsi.

"Le persone fanno di tutto per raggiungere il loro obiettivo. Tutto quello che devono fare è convincersi di avere la ragione dalla loro parte."

"Quindi, una ipotesi è che Clem, abbia cercato di coinvolgere alcuni degli altri nel suo piano. Ma se stava progettando qualcosa di grosso, potrebbe essere il contrario, che stava cercando di tenere tutto nascosto e in qualche modo John e Bryony se ne sono accorti. È tutto possibile, ma pensiamo davvero che Clem sia capace di tentato omicidio? Non riesco proprio a pensarlo."

"Lo so, immagino che sto girando al buio. Ma tutto questo mi fa capire quanto sia incasinato il nostro mondo. Leggo le notizie, ma penso che sino ad ora non ho mai approfondito nulla su questo. So che negli ultimi anni i sostenitori del controllo per il disarmo nucleare hanno dedicato le proprie energie alle proteste contro la guerra del Vietnam e non posso dire di biasimarli. Migliaia di uomini americani mandati a morire, un'intera generazione. E sembra che non se ne veda ancora la fine."

"Mi sembra che tu sia pronta ad unirti a loro? Cosa farebbe Greg?"

"Se significa che possiamo raggiungere la pace, allora sì, sono d'accordo. Clem e Alison hanno ragione, dobbiamo difenderci dall'ingiustizia. Altrimenti, come andrà a finire, e in che tipo di mondo crescerà Michelle?"

"Sono d'accordo con tutto quello che stai dicendo, ma in questo momento dobbiamo concentrarci. Chi dovremmo affrontare per primo?"

"Parliamo con Alison. Sembra essere la più ragionevole tra loro.

Immagino che stia solo mantenendo la bocca chiusa per una sorta di lealtà sbagliata nei confronti di Clem. Ma prima facciamo un altro giro per i giardini, poi andiamo a chiedere un panino."

Dato che la giacca macchiata di sangue di Libby non era indossabile, era tornata ad indossare un gilet bordato di pelliccia sopra a una camicetta a maniche lunghe, cedendo persino a prendere in prestito una delle sciarpe di Janie da infilare nel colletto per difendersi dal freddo della prima serata.

Dopo un altro giro nel giardino si ritrovarono nel cortile fuori dalla cucina. Il cortile era vuoto, ma l'odore di cucina si diffondeva attraverso la porta semiaperta, attirandole all'interno.

"Salve," disse Janie, annunciando il loro arrivo, anche se stava salutando quella che sembrava essere una cucina vuota senza la presenza di un cuoco. Tuttavia, c'era già un senso di conforto mentre passavano dal freddo esterno al caldo.

Quella che doveva essere la porta di una dispensa era socchiusa, e ne uscì una donna bassa e tarchiata. Tre le sue braccia c'era una grande casseruola piena di mele cotte.

"Oh, mi avete fatto trasalire."

La donna chiuse la porta con un colpetto, dirigendosi verso un'area del piano di lavoro dove posò la casseruola, alcune delle mele caddero dal mucchio e rotolarono sul pavimento.

"Scusi, lasci che l'aiuti," disse Janie, chinandosi per raccogliere le mele consegnandole alla cuoca.

"Una delle partecipanti alla conferenza, vero? Veramente non dovreste essere qui." Fece un cenno verso Libby. "Sembra che siate state in guerra e da quanto ha detto Peter avete passato tutti dei brutti momenti. Io sono Marjorie, comunque."

"Ho incontrato Peter stamattina," disse Janie, chiedendosi brevemente come facesse a sapere degli eventi che si erano svolti. "Scusi dovremmo presentarci, io sono Janie e questa è la mia amica, Libby. Non volevamo interrompere il suo lavoro, ma ci chiedevamo se ci fosse la possibilità di avere un panino?" Fece una pausa e poi continuò. "Come dice lei è stata una giornata dura. Specialmente per Libby qui."

"Non puoi sbagliare con un panino allo zucchero. È quello che mi diceva sempre mia madre. Buono per l'energia, buono anche per sollevare lo spirito. Qualcosa di dolce in tempi di crisi, questo è il mio motto, motivo per cui ho deciso di preparare una torta di mele come regalo per tutti voi questa sera. La signorina Richmond ha detto che doveva essere frutta fresca per dessert, niente di particolare. Ma la torta di mele non è particolare, vero? E andrà giù molto meglio di una semplice mela o banana, non è così?"

Mentre parlava, Marjorie tolse il coperchio da un grande portapane smaltato, tolse una pagnotta affettata e imburrò quattro fette.

"Peter ha finito per oggi?" chiese Janie.

"No, no. Sta solo facendo una commissione per me. Tornerà in un batter d'occhio. La signora organizzatrice ci ha chiesto di ritardare la cena, con tutto quello che sta succedendo."

Con i panini zuccherati, preparati e presentati su due piatti, Janie e Libby si accontentarono di riposare e mangiarli senza ulteriori conversazioni. Mentre Janie prendeva il suo ultimo morso, sentì una corrente d'aria gelida intorno alle caviglie mentre Peter entrava dal cortile. Portava tra le braccia una pila di teglie da forno, che posò sui fornelli.

"Ciao di nuovo," disse Janie. "Marjorie è stata così gentile da prepararci un panino, qualcosa per farci andare avanti fino alla cena."

Marjorie si voltò per controllare le teglie, borbottando mentre le girava, come se si aspettasse di trovare da ridire su di loro. "C'è un ripostiglio in uno degli altri edifici. Per qualche ragione, le teglie sono finite lì. Dio solo sa perché, più che altro, chi ce le ha messe lì."

"Ho saputo dell'incidente," disse all'improvviso Peter. "La conducente sta bene?"

"Vuoi dire Bryony? Siamo appena tornati dall'ospedale," disse Janie. "Sta migliorando, nonostante il botto e ne avrà per un po'. Ma almeno ora è fuori dalla terapia intensiva, grazie al cielo."

"Sanno come è successo?" chiese Peter.

Istintivamente Janie sapeva che anche questo non era il momento di condividere molte informazioni con Peter. Se la polizia voleva includerlo, quando comunicava la verità su quanto accaduto a Bryony, dipendeva da loro.

"Allora ragazzo," intervenne Marjorie. "Non ha senso preoccuparsi per persone che nemmeno conosci. Ti innervosirai di nuovo."

Marjorie si rivolse a Janie. "È un po' sottosopra per tutto quello che sta succedendo là fuori. Continuo a dirgli di concentrarsi sulla cucina. Secondo me, nutrire le persone con cibi gustosi è il modo migliore per renderle felici. Se il paese fosse gestito da cuochi, saremmo in uno stato migliore, questo è sicuro." Fece una profonda risata, che finì con un rauco colpo di tosse.

"È solo che ho visto la donna uscire con la macchina," disse Peter, ignorando il consiglio di Marjorie. "Ero fuori a fare una pausa per una sigaretta." Non disse altro, ma Janie capì che aveva altro da aggiungere.

"Le hai parlato?" chiese Janie.

"La polizia mi ha detto che si era schiantata. Mi hanno chiesto di quel messaggio telefonico che avevo preso, ma non c'era niente che potessi dire loro. Te l'ho detto quando me l'hai chiesto." Lanciò un'occhiata a Janie. "Vorrei non aver mai preso quello stupido messaggio."

Janie non riusciva a capire se Peter fosse ottuso o se fosse sinceramente a disagio nel trovarsi al centro di una indagine di polizia.

"Ora, io e Peter abbiamo da fare, quindi se a voi due non dispiace..." Marjorie indicò la porta.

"Si, certo," disse Janie. "Non vogliamo ritardare l'infornata della torta di mele." Sorrise a Peter, prima di aggiungere, "Probabilmente ci vedremo dopo, a cena?"

Peter annuì e ancora una volta Janie ebbe la sensazione che volesse dire qualcosa.

"Ci saremo anche domani. La polizia non vuole che torniamo a casa finché non avrà qualche altra risposta alle loro domande. Quindi, ogni volta che hai voglia di fare due chiacchiere..."

Janie non aspettò una risposta, ma seguì Libby attraverso la porta e fuori nel cortile dove aveva appena iniziato a piovere.

20

Con l'orario di cena ritardato, c'era tempo per tornare nella loro stanza prima di cena, ma Janie sperava ancora nell'opportunità di interrogare Alison su Bryony.

Se un comportamento passato avesse portato Bryony a credere di meritare di essere punita, sarebbe sicuramente preferibile all'alternativa; che Bryony potesse essere in qualche modo responsabile della scomparsa di John.

La pioggia cadeva incessante costringendo Janie e Libby a rifugiarsi sotto la tettoia, che copriva i gradini d'ingresso, di Falmouth House. Pochi istanti dopo erano all'interno dell'area della reception. Alcuni degli altri partecipanti erano in giro, in piedi in gruppi di due o tre, immersi in una conversazione. Janie si chiese quanto sapessero degli eventi accaduti ed è stata sul punto di andare a parlare con loro. Ma a quale scopo? Era improbabile che avessero notato John nel poco tempo che l'intero gruppo era insieme nell'aula giovedì pomeriggio, figuriamoci essere in grado di contribuire con qualsiasi informazione utile sulla sua scomparsa. Sapeva che la polizia avrebbe interrogato tutti a prescindere, ma dubitava che sarebbe stato molto di aiuto per le indagini.

Invece indicò i posti che loro avevano usato prima. "Vuoi restare qui fino all'arrivo degli altri?"

"Quanto spesso dovresti prendere gli antidolorifici?" disse Janie, mentre Libby si accasciò sulla sedia di plastica.

"È già finito il loro effetto?"

"Come fanno a sapere dove andare?"

"Chi?"

"Gli antidolorifici. Non è che tu ne prendi uno diverso a seconda di dove si trova il dolore. È una pasticca che risolve tutto. A volte no. Come in questo momento direi che non sembra molto efficiente."

"Povera te. Allora il panino con lo zucchero non ti ha aiutato?"

"Questa camicetta a maniche lunghe sta peggiorando le cose, ma non è proprio il tempo per un top senza maniche, vero?"

Rimasero in silenzio per un po', fissando il cielo che si oscurava al calare del crepuscolo. Dopo qualche minuto sentirono uno spiffero di aria gelida mentre la porta principale si apriva ed entrava Alison. In piedi sull'ingresso si scrollò la pioggia dal cappotto.

"Piogge d'aprile, immagino," disse, pestando gli stivali sullo zerbino. "Forse dovremmo chiedere al rettore di procurarci delle pantofole, come hanno fatto a Milton Keynes."

"Siamo appena entrati di soppiatto in cucina e siamo riusciti a mendicare un panino," disse Janie.

"È sorprendente come le cattive notizie possono farti venire fame, non è vero?" disse Alison.

"Alison, siamo stati in ospedale. Libby ha parlato con Bryony e ad essere onesti, siamo davvero preoccupate per lei."

"È uscita dalla terapia intensiva?"

"Sì, è sempre monitorata, ma pensano che starà bene."

"Qualsiasi tipo di ferita alla testa è una preoccupazione. Immagino che siano preoccupati per una ricaduta?"

"È quello che ha detto a Libby, che ci preoccupa davvero."

Alison si era seduta accanto a Libby, ma ora si era alzata, voltandosi a guardare fuori dalle finestre schizzate dalla pioggia.

"Lei sta passando un brutto momento, dice che merita di essere punita," disse Janie. "Hai idea del perché dovrebbe sentirsi così in colpa?"

Alison fece un respiro profondo e si sedette di nuovo. Era come se stesse preparando una difesa, pur sapendo che le sue azioni erano imperdonabili.

"Devi capire che non volevamo che andasse a finire come è andata. Eravamo giovani, vedevamo il mondo in bianco e nero. Noi pensavamo che le nostre opinioni fossero giuste. A quell'età non pensavamo a niente, no?"

Era difficile indovinare a cosa alludesse Alison, quindi lasciarono che continuasse.

"Noi tre andavamo alla scuola secondaria moderna Ringwood da quando avevamo undici anni.

"Tu, Clem e Olivia?" chiese Janie.

Alison annuì. "È stato quando eravamo all'ultimo anno, a studiare per gli esami, che Bryony è entrata a far parte della scuola. All'inizio non avevamo niente a che fare con lei. Perché avremmo dovuto? Sin da allora Clem, già parlava apertamente delle sue opinioni politiche. Era davvero buffo, perché la maggior parte di noi era più interessata alla musica pop. I Beatles erano entrati in scena, anche gli Stones. Ma Clem aveva messo da parte tutto ciò e ci diceva che dovevamo preoccuparci della corruzione nel governo. La stampa era stata piena del Segretario di Stato per la guerra che aveva una relazione squallida con una donna di nome Christie Keeler. 'Il nostro governo ci sta mentendo,' diceva Clem. 'E quali altre bugie ci stanno dicendo?' Era così appassionata alle ingiustizie che aveva fatto infiammare alcune di noi. Aveva finito per riunire un gruppo attorno a sé nel parco giochi."

"E Bryony?" chiese Janie.

"Questo è il punto. Bryony aveva iniziato a seguire Clem in giro, assillandola costantemente per i suoi pensieri su ogni titolo della stampa. Si era fissata su Clem."

"Le interessava l'opinione di Clem. Non è una brutta cosa, sicuramente?" chiese Libby.

"A prima vista, no. Ma Clem non è una di quelle persone pazienti. E all'epoca non aveva tempo per i tirapiedi. Non si è trattenuta dal dire a Bryony di andarsene, è stato come guardare qualcuno che scaccia una mosca fastidiosa."

"E tu e Olivia?" chiese Janie.

"Lo devo ammettere. Noi la snobbavamo. Sapevamo poco del passato di Bryony, ma si poteva vedere dallo stato della sua uniforme, i suoi capelli unti, calzini sporchi, e scarpe rovinate, che la sua famiglia era povera. Non volevamo avere niente a che fare con lei."

"L'avete evitata pe il colore dei suoi calzini?" Libby si alzò, e Janie ebbe l'impressione che stesse per andarsene, tanto era disgustata dall' ammissione di Alison.

"Non ne vado fiera. Abbiamo agito in modo abominevole."

"Non capisco," Janie disse, la rabbia nella sua voce. "Sei un'insegnante, per l'amor del cielo. Devi sapere quanto possono essere dannose queste cose, il bullismo, prendersela con i vulnerabili, per un'anima timida come Bryony il dolore sarà stato profondo. Non c'è da stupirsi che abbia ancora paura della propria ombra. Ed avete continuato ad evitare Bryony per tutti questi anni. Dovresti vergognarti."

"Non si trattava solo di Clem che la respingeva, era più complicato di così."

"Quanto può essere complicato?" disse Janie. "E Bryony che è venuta qui, dopo tutti questi anni, è perché vuole ancora l'approvazione di Clem?"

"Non so perché sia venuta questo fine settimana. Davvero, non lo so."

"E non avete avuto più contatti con lei da quando avete lasciato la scuola?" chiese Janie.

Janie aspettò una risposta, studiando l'espressione di Alison per capire quale potesse essere la risposta.

"Bryony ha lasciato la scuola prima di noi. Non ha frequentato l'ultimo anno."

Lo sguardo costantemente mutevole di Alison faceva pensare che si sentisse a disagio per quello che sarebbe successo dopo.

"Doveva andarsene. Era incinta"

La dichiarazione era sospesa nell'aria tra di loro. Fu Libby a rompere per prima il silenzio.

"Bryony ha un figlio?"

"Ha avuto un figlio," continuò Alison, "Aveva quindici anni, non le sarebbe mai stato permesso di tenerlo."

"È stato adottato?" chiese Libby.

"Non abbiamo avuto contatti con lei dopo che se n'è andata. I nostri genitori si sarebbero indignati se avessero saputo che avevamo qualcosa a che fare con qualcuno che aveva un figlio illegittimo. Non è passato molto tempo da quando le giovani donne incinta venivano ancora rinchiuse in manicomi come punizione. Incarcerate a vita."

"Mio Dio. E Clem, lotta per i diritti delle donne, per l'uguaglianza, ed è pronta ad evitare qualcuno che è l'esempio perfetto di chi è stato trattato ingiustamente, che ha bisogno di aiuto. L'ipocrisia mi lascia senza parole," disse Libby.

"Clem non intende essere scortese. Per lei è importante rimanere concentrati. Vuole dedicarsi alla politica a tempo pieno."

"Non mi è chiaro cosa pensare di questa concezione," disse Janie.

"E stai immaginando che Bryony creda di dover essere punita perché ha avuto un bambino senza marito?" disse Libby. "Alison, tu sai chi è il padre?"

"Non c'è davvero nient'altro che posso dirvi. Nessuno di noi voleva che Bryony soffrisse come ha fatto lei. Mi dispiace per lei, davvero. È come se una nuvola nera l'avesse seguita per tutta la vita e non la lasciasse neanche ora."

21

ALISON AVEVA APPENA FINITO di parlare, quando la porta principale si aprì, di nuovo, ed entrarono gli altri membri del gruppo di Clem. Prima Will, fradicio, i suoi capelli gocciolavano sul poncho; apparentemente imperturbato dall'acquazzone. Poi Clem, il suo berretto aveva fatto un lavoro decente nel mantenere i suoi capelli abbastanza asciutti. Si tolse il basco, scuotendo le gocce di pioggia sul pavimento, prima di rimettersi il basco umido. Anche il maglione che aveva indossato dal primo pomeriggio non era andato male, la spessa lana di Aran dissipava l'acqua, proteggendo Clem con la stessa efficacia con cui il vello originale doveva aver protetto le pecore.

Infine, Olivia, il cui impermeabile in PVC giallo sole, cappello abbinato e stivali l'avevano tenuta la più asciutta di tutte. Libby immaginò che l'abito fosse di Mary Quant o simile. Fuori dal budget di Libby, ma questo non le avrebbe impedito di aggiungerlo alla sua lista dei desideri.

"Mi chiedo se il menù di stasera assomiglierà a cibo commestibile," disse Olivia, guardando il fango che era su uno dei suoi stivali. "Oh, questo tempo. Davvero, prima la polizia ci lasca andare a casa, e meglio è."

"E pensi che a casa non pioverà? Forse speri che ci sia una sorta di essere divino che ti guarda dall'alto, proteggendoti da tutto ciò che potrebbe rovinare la tua comoda vita." Libby era ancora agitata per tutto quello che Alison aveva detto loro su Bryony.

Avrebbe voluto non avere più niente a che fare con nessuno di loro. L'ammissione di colpa di Alison per il modo in cui avevano trattato Bryony sembrava abbastanza sincera, ma a parole era facile. Il pomeriggio prima, quando il gruppo si era riunito per la prima volta, Alison aveva avuto la possibilità di tendere una mano amica a Bryony, ma aveva scelto di non fare nulla. E Clem era così accecata nel sostenere le sue amate cause che non si rendeva conto di come il suo modo di trattare Bryony stesse annullando le cause in cui sembrava credere. Uguaglianza. Sorellanza.

Poi c'era Olivia. Perché si era presa la briga di presentarsi al fine settimana? Forse per sfoggiare il suo vasto e costoso guardaroba? In poco più di ventiquattr'ore Libby aveva visto Olivia in tre abiti diversi, uno più elegante dell'altro.

Quando presero i loro soliti posti nel refettorio, Olivia era proprio di fronte a Libby, offrendo l'occasione perfetta per interrogarla. Aspettò che Olivia la guardasse direttamente e poi disse: "Ti sei sempre interessata ai diritti delle donne?"

"Come qualsiasi donna. Perché?"

"Hai ragione, mi aspetto che la maggior parte delle donne dica di volere che le cose migliorino, ma non sono sicura che sarei abbastanza coraggiosa da partecipare a una marcia di protesta. E tu? Ti sei unita a Clem, e Alison nelle loro marce?"

"A mio marito non sarebbe piaciuto."

"Davvero, perché?"

Olivia borbottò, spezzando via una briciola immaginaria dal tavolo. "Non vorrebbe che mi mettessi in mostra."

"Tuo marito ha frequentato la stessa scuola di John? È così che si sono conosciuti?"

"Roger non ha frequentato una scuola statale ha avuto un'istruzione privata."

"Famigli ricca, allora?"

"La sua famiglia era benestante. La parola ricco è super valutata, non pensi?"

Olivia sperava chiaramente di mantenere il sopravvento nella rissa verbale.

"Immagino che le vostre famiglie frequentassero gli stessi circoli sociali? È così che vi siete conosciuti?"

"Non capisco quale sia il tuo interesse per mio marito, ma posso dirti che sono fortunata ad essere sua moglie. È intelligente ed è estremamente bello."

"È vero," aggiunse Alison. "Ho incontrato Roger solo una volta, al matrimonio di John ed Helena. Era il testimone di John, vero Olivia? Fatti dello stesso stampo, è così che si dice, vero? Onestamente a vederli fianco a fianco in chiesa sembrava come se fossero fratelli."

"E non hai idea di quale siano i rapporti di affari tra tuo marito e John? Non te l'ha mai detto una volta; non l'hai mai chiesto?"

"La famiglia di Roger possiede proprietà commerciali, non solo qui a Brighton, ma in tutto il paese. Questo è tutto quello che so."

"Hai contattato tuo marito, Olivia?" Janie si unì alla conversazione. "Sicuramente vale la pena di una telefonata per vedere se ha sentito John?"

Olivia lanciò un'occhiataccia a Janie, poi si rivolse agli altri come se sperasse in un sostegno. "Non so perché pensi di avere il diritto di suggerire quando devo chiamare mio marito. Non sai niente di me, non sai niente di mio marito. Forse ti farà piacere sapere che è stato Roger a suggerirmi di venire via per questo fine settimana, ha pensato che sarebbe stato stimolante, oltre a darmi la possibilità di ritrovarmi con gli amici. La sua unica preoccupazione è la mia felicità."

"Ah, sì. Amici." Libby disse esplicitamente. "Posso vedere che gruppo stretto siete tutti. Alison ci ha detto quanto siete stati solidali con Bryony quando eravate tutti a scuola insieme, quanto siete stati gentili quando lei ha attraversato momenti difficili."

Il sarcasmo non passò inosservato e portò Clem a dire. "Qualsiasi problema che Bryony ha dovuto sopportare se lo è procurata da sola."

"Da quello che ci ha detto Alison sembra che la vita familiare di

Bryony fosse già abbastanza difficile. Lei ha cercato il tuo appoggio, Clem. Chiaramente ti ammirava per le tue opinioni schiette. Pensava che tu potessi mostrarle come dare una svolta alla sua vita. Invece era come se lei non fosse altro che un granello di sporco sulla tua scarpa, lì solo per essere spazzato via?"

"Lei fece le sue scelte sbagliate," disse Clem.

"Sappiamo della gravidanza. Ce l'ha detto Alison. Ma non ci vogliono due persone per fare un bambino? Il padre non dovrebbe assumersi almeno metà della colpa?" Libby continuò "E siete sicuri che nessuno di voi sappia chi sia il padre? Dovete aver visto con chi si frequentava."

"Non ho alcun interesse per la vita amorosa di Bryony, non allora e certamente non ora." L'affermazione di Clem arrivò rapida e ferma.

"E non interessa il motivo per il quale qualcuno dovrebbe tentare di ucciderla? Inoltre, perché dovrebbero decidere di farlo durante la vostra preziosa conferenza?"

"Spetta alla polizia indagare, non a me, o a nessuno di noi, arrampicarsi sugli specchi e fare supposizioni casuali. Tu e la tua amica bibliotecaria qui onestamente pensate di poter fare un lavoro migliore di investigatori esperti? Vi suggerisco di non ficcare il naso negli affari degli altri e in questioni che in realtà non vi riguardano."

La porta della cucina si spalancò, mentre Peter e Marjorie portavano due grandi piatti di terracotta, lo sfrigolio dell'arrosto di carne in scatola e l'aroma carnoso catturarono l'attenzione di tutti e posero bruscamente fine alla conversazione. Seguì il silenzio, a parte Libby che tamburellava con le dita sul tavolo, il che sembrò infastidire Olivia quasi quanto le accuse verbali con cui l'aveva attaccata pochi istanti prima. A uno a uno si avvicinarono al banco di servizio, tendendo un piatto per un cucchiaio di arrosto e un altro di verdure primaverili. Per prendere una bottiglia di Ketchup, Libby fu l'ultima a tornare al tavolo.

"Sai ognuno di noi ha la responsabilità di fare il possibile per aiutare la polizia," disse. "E se questo significa fare domande imbarazzanti, è quello che io e Janie continueremo a fare. Se vuoi rispondere, è una tua scelta. Ma l'ispettore Cooper non sarà così generoso. Vorrà delle risposte e se non le riceve penserà che tu abbia qualcosa da nascondere. Hai qualcosa da nascondere, Olivia?"

Questa volta fu Alison a intervenire. "Olivia sarà più che felice di aiutare la polizia, vero, Olivia?" Le fece un gran sorriso mentre le porgeva la bottiglia di ketchup.

"Certo," disse Olivia, la sua espressione turbata contraddiceva le sue parole.

La cena continuò con quasi nessuna conversazione, ognuno tenendo per sé i propri pensieri. Fu solo quando Peter si avvicinò al loro tavolo per ritirare i piatti che Janie parlò.

"Grazie mille, Peter. Era delizioso ed esattamene quello di cui noi tutti necessitavamo. Puoi dire grazie a Marjorie? E c'è stata promessa una torta di mele per dessert, vero? Mentre gli passava il piatto, lo trattenne per un momento più del necessario, catturando il suo sguardo. "È una giornata lunga per te, vero? A preparare la colazione e ancora qui a riordinare dopo cena. Abiti qui vicino?"

"Oh no, signora. Sto negli alloggi degli studenti a Park Village, Block A, piano terra."

"Lo stesso nostro isolato, anche se siamo al primo piano, camera 8. Questo ci rende vicini. Ti auguriamo una serata riposante una volta che avrai finito il tuo turno."

Gli altri avevano assistito allo scambio di parole e, mentre Peter si ritirava, tenendo in equilibrio piatti e posate con la maestria di un giocoliere da circo, Clem chiese, "Di cosa si trattava?"

"Solo per essere amichevole," disse Janie, sperando silenziosamente che Peter avesse capito il suo messaggio che, se e quando avesse voluto parlare, lei sarebbe stata pronta ad ascoltare.

22

Finire in anticipo un venerdì era raramente un'opzione per il Detective Investigatore Cooper, come del resto, per qualsiasi membro della sua squadra. La vita familiare doveva essere messa da parte quando c'era un caso in corso, il ché era quasi sempre.

Aveva incaricato la sua squadra di scoprire di più sui rapporti commerciali della famiglia Bramber e ora sembrava che l'agente Armstrong avesse informazioni che desiderava condividere. Armstrong era come un cucciolo eccitabile, desideroso di compiacere il suo padrone. L'entusiasmo andava bene, ma Cooper gli ricordava costantemente l'importanza della scrupolosità, non fare supposizioni. Le indagini avrebbero avuto successo solo se fossero state basate su prove, altrimenti una volta che il caso fosse arrivato in tribunale non avrebbero avuto alcuna possibilità di ottenere un procedimento giudiziario. Gli avvocati della difesa avevano l'abilità di distorcere i fatti, suggestionando la giuria in modo che il nero diventava bianco. Molte volte Cooper aveva lasciato il tribunale frustrato per aver visto un uomo o una donna chiaramente colpevoli uscire liberi. Lui e il suo team potevano aver trascorso settimane, persino mesi, a raccogliere prove presentando quello che sembrava un caso a tenuta stagna, solo per apprendere che un testimone chiave dell'accusa non era più disposto a testimoniare o aveva cambiato completamente la sua dichiarazione. In alcune di quelle occasioni Cooper aveva preso seriamente in considerazione l'idea di abbandonare la polizia. Ma cos'altro avrebbe potuto fare? Aveva sempre e solo voluto fare il poliziotto e con vent'anni passati e almeno altrettanti che aveva davanti, trovare un altro tipo di carriera, in questa fase della sua vita, non era una possibilità.

No, l'importante era essere rigoroso nel suo approccio e assicurarsi che i giovani come Armstrong mantenessero gli stessi rigorosi standard.

"Hai delle informazioni per me, vero sergente?"

Armstrong si librava sulla soglia dell'ufficio di Cooper, con in mano un taccuino, che continuava a guardare dall'alto in basso come se fosse un copione che stava tentando di imparare.

"Mi ha chiesto di approfondire sui rapporti di affari del signor Bramber, signore."

"Sì, è vero, sergente. Ed è quello che ha fatto vero?"

"Sì, signore."

"Non stare lì fermo. Aggiorniamo la squadra, va bene?"

Cooper accompagnò Armstrong nell'ufficio principale, dove solo altri due ufficiali erano ancora ai loro posti. L'agente Williams, impegnata a battere a macchina i suoi appunti precedenti, e Fulbright, un sergente investigativo con molti anni alle spalle, ma nessuno desiderio di promozione. Con solo pochi anni prima di poter andare in pensione, Kenny Fulbright non nascondeva il suo desiderio prevalente di una vita tranquilla. Avrebbe fatto il minimo richiesto, avrebbe tenuto la testa bassa e non vedeva l'ora di andare in pensione, avrebbe potuto fare i lavoretti nel suo tanto amato appezzamento e godersi il gioco occasionale di bocce e freccette.

"Ascoltate voi due," disse Cooper. "Armstrong ha delle informazioni per noi. Passo a te la parola Armstrong. Vieni qui e raccontaci cosa hai scoperto." Fece cenno ad Armstrong di mettersi accanto al tabellone informativo, mentre si sedeva accanto a Williams. Che, con il suo capo a fianco, si sedette un po' più dritta. Cooper si appoggiò allo schienale della sedia, allungò le gambe e fece cenno ad Armstrong di iniziare.

"Grazie, signore. Il fatto è che la famiglia Bramber è ben nota nel mondo imprenditoriale in Brighton. Il signor Bramber senior ha gestito per anni uno dei più grandi cinodromi di levrieri della zona, e poi qualche anno fa ha iniziato ad aprire diversi punti di scommesse, sulla strada principale."

"Dopo la nuova legge sulle scommesse, è giusto, non è vero?"

"Sì, signore. Della legalizzazione dei negozi di scommesse è stato Bramber uno dei primi a cogliere l'opportunità. Sembra che siano estremamente redditizi."

"Redditizi? A dire poco," ironizzò Cooper. "Guadagneranno più di tutti noi messi insieme. Ricordatevi le mie parole, non vedrete mai un allibratore povero. Ma un sacco di giocatori poveri, eh?"

Armstrong esitò prima di continuare, incerto se il suo capo aveva altro da aggiungere.

"Continui sergente. Vogliamo sapere l'importanza di questo per i due casi su cui stiamo investigando."

"Sì signore, scusi signore." Armstrong guardò il suo taccuino e continuò. "Negli ultimi anni John Bramber è stato responsabile della gestione di tre negozi di scommesse di suo padre nel centro della città. Sono stato in ognuno di loro, oggi e ho chiacchierato in modo informale con alcuni degli scommettitori, così come con lo staff. Il personale ha detto che John Bramber è un buon capo, anche se lo vedono raramente. Si vede di tanto in tanto ma soprattutto gli lascia la loro autonomia. Ho provato a parlare con alcuni degli scommettitori, ma la maggior parte era restia a parlare con me."

"Non c'è da stupirsi, eh? C'è una buona probabilità che qualcuno che gironzola per un negozio di scommesse il venerdì pomeriggio provenga dalla parte sbagliata della legge, se capisci cosa intendo. Voglio dire, non stanno lavorando vero?"

"Potrebbero essere turnisti, signore?" Williams disse la sua idea.

"Giusta osservazione, suppongo. Prendono i loro salari e vanno direttamente in una sala scommesse per perderne la maggior parte?" L'opinione di Cooper sui giocatori d'azzardo era chiara. "E niente di più pertinente ai due incidenti?" Fece un cenno con la mano verso Armstrong, come per congedarlo, alzandosi dal suo posto per indicare che la riunione era finita.

"Oh no, signore." Armstrong aveva ritrovato la sua voce sicura, che fino a quel momento si era nascosta nell'ombra. "Il tizio che gestisce uno dei negozi, un certo signor Joseph Cartwright, mi ha detto che qualche settimana fa c'era stato un bel trambusto. "

"Un trambusto, eh?"

"Il signor Bramber stava facendo una delle sue visite. Era arrivato proprio mentre uno dei clienti era nel bel mezzo di una ardente lite con il signor Cartwright. Questo cliente era un cliente abituale, sempre in negozio e perdeva molto di più di quanto avesse mai vinto."

"Cosa vi ho detto sui giocatori d'azzardo? Ogni volta è la stessa storia. Sperano sempre che un'ultima scommessa sarà quella vincente."

Armstrong continuò. "Il signor Cartwright ha detto che questo particolare cliente lo stava accusando di manipolare i risultati, trattenere le vincite che riteneva gli fossero dovute e intascarsele. Sembra che il tizio sia del posto, e si dice che sua moglie se ne sia andata di recente, portando con sé i suoi due figli. Si parla anche che lui sia stato sfrattato per mancato pagamento dell'affitto."

"Una storia spiacevole, davvero, ma purtroppo non insolita."

Williams e Fulbright non avevano ancora espresso la loro opinione continuando ad ascoltare attentamente.

"Il signor Cartwright ha detto che l'uomo è diventato violento, ha preso uno sgabello e lo ha sbattuto sul pavimento. Proprio in quel momento, era entrato il signor Bramber e lui aveva affrontato il cliente, e una volta che il tizio si era reso conto che Bramber era il proprietario, aveva scatenato tutta la sua rabbia nei suoi confronti, dicendo cose come 'mi hai rovinato la vita' e 'ti restituirò tutto un giorno.' Armstrong fece di nuovo riferimento al suo taccuino, leggendo le parole così come le aveva scritte.

"E tu pensi che questo cliente possa aver dato seguito alla sua minaccia?" disse Cooper.

"È possibile, signore, sì." Il dubbio si insinuò nel tono di Armstrong. Forse le cose non erano così chiare come potevano sembrare quando aveva preso gli appunti.

"E hai il nome di quest'uomo? Il suo indirizzo?"

"È un certo signor Thomas Yardley. Conosciuto localmente come Old Tommy."

"Un indirizzo?"

"No signore, non ho un indirizzo. Ma è molto conosciuto, quindi non dovrebbe essere difficile rintracciarlo."

"Allora, questo è il tuo compito per questa mattina. Williams ed io torneremo all'università per interrogare il signor Torrance e la signor Blythe. Incontriamoci qui domai all'ora di pranzo e vediamo se le nostre indagini ci hanno portato qualche passo avanti."

"Sì signore, grazie signore." Armstrong si avvicinò al suo posto, ma Cooper allungò una mano per fermarlo. "Quanto è credibile questo tipo Cartwright? Ti è passato per la mente che potrebbe essersi inventato tutto? È ugualmente possibile che Cartwright nutra rancore nei confronti del suo capo. Oppure potrebbe essere che Cartwright sia il problema e Bramber l'abbia scoperto. Ricorda, sergente, non possiamo fare supposizioni su nulla di tutto ciò. Sappiamo tutti che le persone mentono per coprire le proprie tracce. Sta a noi determinare chi sta mentendo, e la cosa più importante, è perché. Pensa al movente. Potrebbe essere il denaro. Potrebbe anche essere qualcos'altro."

Era ora per la squadra di tornare alle proprie case e famiglie per quel poco che restava della serata. Mentre infilava la chiave nella porta di casa, Cooper sentì il latrato di benvenuto di Barney. Come sempre al suo ritorno dal lavoro lo spaniel era seduto accanto alle pantofole del suo padrone.

"Sei tu, amore?" gridò sua moglie dalla cucina. "Latte caldo? O qualcosa di più forte?"

"Un sorso di brandy nel latte dovrebbe bastare."

Infilato i piedi nelle pantofole e appesa la giacca, andò in salotto, seguito da Barney che saltò sul divano accanto a lui.

"Giornata lunga," disse Audrey, mentre posava una tazza accanto a suo marito.

"Domani ce ne sarà un'altra altrettanto lunga."

"Metto su un po' di musica, va bene?"

A Mozart era affidato il compito di placare le preoccupazioni dell'ispettore investigativo, mentre accarezzava la testa del suo spaniel di dieci anni e cercava di non pensare agli uomini d'affari scomparsi o agli incidenti automobilistici, solo per poche ore.

23

QUANDO SI SVEGLIARONO, QUEL sabato mattina, era improbabile che Libby si sarebbe potuta lamentare del russare di Janie, dato che Janie era certa di aver dormito a malapena. Ogni mezz'ora circa, per tutta la notte, si girava e controllava la sveglia da viaggio che aveva portato con sé, desiderando che il sonno arrivasse. Venerdì pomeriggio, aveva telefonato di nuovo a suo padre e le aveva detto che ora Michelle stava bene. Non le era sfuggita l'esitazione nella sua voce.

"Cosa intendi con ora? È stata male?"

"È stata un po' sofferente. Jessica pensa che probabilmente siano i suoi denti."

"È troppo piccola per mettere i denti, papà. Sei sicuro che non abbia il raffreddore? Jessica le ha misurato la temperatura?"

"Sta davvero bene, tesoro. Te lo direi se ci fosse qualcosa di cui preoccuparsi."

Le rassicurazioni di suo padre non erano bastate a placare gli scrupoli che provava. *Cosa sto facendo qui? Dovrei stare a casa con mia figlia, senza preoccuparmi di un gruppo di sconosciuti con cui ho poco in comune e che non vogliono nemmeno il mio aiuto.*

Inoltre, a tarda sera, avevano bussato alla porta della loro camera da letto. Janie aveva aperto la porta, non sapendo chi potesse essere.

Peter era lì, le sue guance si arrossavano mentre sembrava lottare per formare le sue prime parole. Aveva atteso, incuriosita da quello che avrebbe potuto dire. Era stato partecipe di entrambi gli eventi. Primo, prendendo il messaggio telefonico di Helena Bramber, poi menzionando di aver visto Bryony allontanarsi. Era solo uno spettatore interessato, c'erano collegamenti tra Peter e gli altri nel gruppo? Sembrava improbabile, ma Janie aveva appreso dalle recenti indagini che era saggio non sottovalutare scenari improbabili. Tuttavia, sperava ardentemente che in questa occasione le sue prime impressioni sul giovane fossero corrette. Voleva cancellarlo dalla sua lista immaginaria di sospetti, fiduciosa della sua innocenza per qualsiasi crimine.

C'era anche Libby che sfogliava casualmente una rivista, alzando lo sguardo di tanto in tanto. Non era questo il momento di pressare il giovane. Se aveva intenzione di parlare con loro, avrebbe dovuto farlo con i suoi tempi.

"Volevo spiegare. Il fatto è che l'ho riconosciuta," disse infine Peter.

"Chi hai riconosciuto?"

"La donna che ha avuto l'incidente con la macchina. Bryony."

Janie si era ricomposta, assumendo un'espressione del viso come se non fosse stato detto nulla fuori dall'ordinario, non volendo che Peter si chiudesse prima che lei potesse capire completamente quello che stava cercando di dire.

"Sono cresciuto in orfanotrofio," aveva continuato Peter. "Fino all'anno scorso ho vissuto all'orfanotrofio di Claremont Mount. Eravamo una trentina che vivevamo in una grande vecchia casa, dormendo in dormitori, ragazzi in uno, ragazze in un altro. Ero lì da molto giovane, ma alcuni dei ragazzi andavano e venivano. Comunque giovedì', prima di cena, ero fuori a fumare una sigaretta e ho visto uscire Bryony. Allora non ci ho fatto molto caso, ma più tardi, quando ho portato il cibo per la cena, l'ho vista di nuovo. Ed è stato allora che ho capito."

La sua spiegazione era confusa come se Peter stesse riordinando i ricordi mentre li raccontava.

"L'ho riconosciuta."

"Eravate nello stesso orfanotrofio?" chiese Janie.

"Lei ha, quanto, sette anni più di me? Ma io la ricordo. Avevo forse sei anni quando si è trasferita a Claremont. È rimasta solo un anno penso. Devono averla trasferita per qualche motivo, ma è sicuramente lei, ne sono sicuro."

"Quando l'hai vista fuori, le hai parlato?"

"No. È stato solo quando l'ho vista, più tardi, nel refettorio che ne sono stato certo. Ma cosa le avrei potuto dire comunque? Non è che abbiamo piacevoli ricordi da condividere. Probabilmente lo odiava quanto me."

"Hai avuto la sensazione che l'abbia riconosciuto?"

"Ne dubito. Dopotutto sono passati dieci anni."

I pensieri di Janie tornarono al racconto di Olivia di aver visto qualcuno discutere con John vicino al vicolo che portava alla cucina. Potrebbe esser stato Peter? Ma perché avrebbe voluto che succedesse qualcosa di male a Bryony ? Entrambi avevano sofferto difficoltà, crescendo al di fuori di una famiglia amorevole, insicuri del loro posto nel mondo. Non creerebbe una sorta di complicità, tra due anime perdute, che si scagliano contro le ingiustizie che hanno dato loro un inizio di vita così difficile?

E poi, come se leggesse i pensieri di Janie, Peter aveva spiegato il vero motivo della sua visita nella loro stanza. "Il fatto è che hai detto che aiuti a rintracciare le persone scomparse. Voglio sapere chi sono i miei genitori, dove sono e perché mi hanno affidato all'orfanotrofio."

Il primo pensiero di Janie fu di impotenza. Poteva aver contribuito a rintracciare una persona scomparsa in passato, ma rintracciare i genitori di Peter sarebbe stata un'impresa enorme. Aveva le capacità di affrontare un simile compito?

"Cosa ti hanno detto a Claremont Mount? Sono stati in grado di fornirti delle informazioni?"

"Prima di partire, ho chiesto alla coppia responsabile se potevano darmi i miei documenti. Devono avere dei documenti, no?"

Per tutto il tempo in cui parlava si guardava intorno nella stanza, non verso qualcosa di specifico, ma con uno sguardo che si spostava costantemente. Era come se i suoi occhi seguissero i suoi pensieri attraverso un labirinto di svolte nascoste a destra e a sinistra.

Libby aveva abbandonato la sua rivista per ascoltare lo sfogo di Peter. Scelse di unirsi alla conversazione. "I tuoi genitori potrebbero non voler essere trovati, Peter. Ci hai pensato?"

Nel frattempo, Janie stava immaginando come doveva essere stato per la madre di Peter. Suo figlio le era stato portato via, come sembrava che le fosse stato tolto quello a Bryony? O sono stati separati per un altro motivo? Malattia o morte? Un contrasto così netto tra l'infanzia incerta che Peter aveva vissuto e la sicurezza che sapeva che Michelle provava, essendo assistita dai suoi genitori, suo nonno e sua zia.

"Non so cosa suggerire, Peter. Potrebbe essere possibile trovare i tuoi genitori. Dovemmo contattare le autorità competenti, capire cosa dice la legge al riguardo."

"Cosa intendi?"

"Potrebbe darsi che tu non abbia alcun diritto legale sull'informazione, ma davvero non lo so."

"Nessun diritto legale di sapere chi sono i miei genitori?"

"Dovremmo coinvolgere Clem nel caso," disse Libby, quasi scherzando. "Non accetterebbe un no come risposta."

"Peter, lascia fare a me, ti prometto che ci penserò e poi potremmo parlarne di nuovo."

Osservò Peter mentre percorreva il pianerottolo e scendeva le scale per andare alla sua stanza al piano terra. Non aveva bisogno di vedere il suo viso per leggere le sue emozioni, con la testa china e le spalle piegate in avanti, ecco un giovane che stava sopportando una tristezza che non avrebbe mai dovuto provare.

Nessuna meraviglia che il sonno fosse sfuggito a Janie.

Il sabato mattina era spuntato con la promessa di una perfetta giornata primaverile. Il vento e la pioggia che li avevano ostacolati per tutto il venerdì si erano allontanati per essere sostituti da un tepore che fece desiderare a Janie di indugiare mentre si dirigevano verso

Falmer House. Mentre girava il viso verso il sole, poteva sentire le sue spalle rilassarsi, la sua mente schiarirsi.

Ma una volta dentro il refettorio si trovò di fronte alla sedia vuota di John, facendo svanire ogni luminosità che sentiva. Anche le sue speranze per il fine settimana, l'aspettativa che quel periodo le avrebbe dato il tempo di pensare al suo futuro, erano svanite. Ora tutto quello che poteva sperare era che John fosse al sicuro e tornasse al gruppo, e una risposta per qualunque cosa avesse causato lo schianto di Bryony. Quindi Janie sarebbe potuta tornare a casa da Michelle e Greg, lasciandosi alle spalle pensieri di crimini, misteri, persino gli studi universitari.

Gli altri erano già seduti, con piatti di pane tostato che venivano passati in giro e quello che sembrava un normale chiacchiericcio. Ma un ascolto più attento aveva rivelato un argomento tutt'altro che normale. Sembrava che si stesse elaborando un piano, con Clem che spiegava i parametri e gli altri che mormoravano di essere d'accordo.

"Ho sempre detto che la polizia non ha il diritto di tenerci qui. Ho parlato con i miei colleghi, gli altri leader dei sottogruppi, e li ho inseriti nel programma. Siamo d'accordo che non abbiamo altra scelta che fermare e riprogrammare. Farò sapere a tutti le nuove date." Clem si tolse le briciole di toast dalle dita e si allungò sul tavolo per prendere la marmellata.

"Cosa ci siamo perse?" disse Janie, versandosi una tazza di tè dalla caraffa formato famiglia messa al centro del tavolo.

"Clem sta spiegando che non è opportuno continuare con la conferenza, visto tutto quello che è successo. Dopo colazione ce ne andiamo tutti a casa." Fu Alison a dare una spiegazione.

"Potrebbe essere necessario aspettare che la polizia ci dica che possiamo andare."

"Tutte cose senza senso," disse Olivia. "Abbiamo già detto loro quello che sappiamo, che è esattamente niente. Clem ha ragione, è ora che ce ne andiamo a casa, lasciando che la polizia faccia il suo lavoro. Voi due avete un interesse eccessivo per la scomparsa di John, ma questo non vi dà il diritto di farci domande e di certo non vuol dire che dobbiamo darvi delle risposte." Quando terminò il suo discorso, prese fiato e si guardò intorno, quasi come se si aspettasse un applauso.

"Siamo tutti preoccupati per John e Bryony," disse Alison. "Ma è come ha detto Olivia, faremo perdere del tempo alla polizia solo se facessimo supposizioni casuali sui motivi alla base di entrambi gli eventi. Meglio andare a casa e aspettare notizie."

Libby non era ancora entrata nella conversazione, ma ora si era alzata avvicinandosi a Clem, una presenza vicina che doveva aggiungere peso alle sue parole.

"Tutti voi, mi stupite. Quindi, è così vero? Siete tutti felici di tornare alle vostre comode vite senza avere un pensiero per quello che è successo a John e Bryony. Mi aspettavo che almeno uno di voi andasse a farle visita, per mostrare un po' di interessamento per lei. Era la vostra compagna di scuola, per carità. Tu, Clem. Eri qualcuno che lei ammirava. E Alison, hai detto tu stessa che ti sentivi in colpa per come l'avevate trattata. Non è questo il momento di fare ammenda? Se la sua vita è andata male fino a questo momento, ora è ancora peggio per lei. Solo Dio sa quanto tempo starà in ospedale, o quanto bene si riprenderà. Will, dici che tu e John avete avuto un litigio e che sei tornato in Inghilterra per riparare i rapporti. Sicuramente un buon modo per farlo sarebbe quello di aiutare la polizia con le loro indagini."

"Ma l'abbiamo già fatto," disse Will. "Ho trovato il suo portafogli, no? C'è una possibilità che potrebbe aver dato loro una pista. E se la sua scomparsa ha qualcosa a che fare con i suoi affari, allora non posso dirgli niente. Non so niente di quello che ha fatto negli ultimi cinque anni. Non sono nemmeno stato in questo paese," disse con voce appassionata.

"E poi arriviamo a Olivia," continuò Libby. "Evitando ogni volta la polizia. Un minuto dici che hai assistito a una discussione tra John e una persona senza volto. Ma quando viene vagliato l'argomento dici che potrebbe essere stato un frutto della tua immaginazione. Quale è delle due, Olivia?"

"Si, quale era, signora Blythe?" La solida voce di Cooper li fece voltare tutti verso la porta, dove si trovava il detective, accanto all'agente Williams. "Sono lieto di trovarvi tutti qui. Abbiamo finito la colazione, vero? Forse la signora Blythe potrebbe seguirci nella zona ingresso e possiamo fare una chiacchierata veloce indisturbati, eh?"

Se le circostanze non fossero state così gravi, Janie avrebbe potuto ridere ad alta voce vedendo l'espressione di Olivia, che somigliava a una gazzella spaventata.

Il detective rimase sulla soglia aperta in attesa. Sembrava che ci sarebbe stato uno scontro. Olivia teneva lo sguardo fisso sul piatto della colazione nonostante, fino a quel momento, avesse appena toccato la fetta di pane tostato imburrato che aveva accuratamente preparato.

"Se potesse muoversi, per favore, signora Blythe," disse Cooper, e a quel punto Olivia si alzò e si diresse verso il detective come in un sogno.

"È stato penoso da guardare," disse Janie, una volta che Olivia e la polizia avevano lasciato il refettorio. "Non si rende conto che più elude le sue domande, più lui penserà che abbia qualcosa da nascondere?" La sua domanda era rivolta a chiunque volesse rispondere, e Alison se ne fece carico.

"Devi capire Olivia. Sotto quella facciata è davvero molto insicura di sé stessa. Era lo stesso a scuola e nel corso degli anni sembra che abbia perfezionato il suo modo di recitare."

"Oh, non rimarrò qui ad ascoltare un'altra storia sulle sofferenze da tempo di Olivia," disse Clem, spingendo via il piatto e lasciando rapidamente il refettorio.

"È sempre stato questo il tuo ruolo, Alison? Calmare le acque?" disse Libby. "Direi che Clem è fortunata ad averti come amica."

Con un'espressione che alterava l'aspetto di Alison da insegnante sicura di sé a timida scolaretta, Janie aspettò la spiegazione che sentiva sarebbe arrivata.

"Clem ha questo modo di fare," disse Alison. "È appassionata, risoluta, e questo attrae le persone che potrebbero non essere così forti nelle loro convinzioni. A scuola Olivia era presa da Clem come lo era Bryony. La differenza era che Olivia proveniva da una famiglia benestante e il resto di noi no. Ben presto si rese conto che vantarsi di essere ricca non l'avrebbe portata da nessuna parte con Clem. Anzi, il contrario. Clem ha rinunciato a lungo ai beni materiali."

"E il maglione di seconda mano è un promemoria per chiunque possa pensarla diversamente?" disse Libby.

"Te l'ho già detto che ci siamo allontanate quando abbiamo lasciato la scuola," continuò Alison, ignorando l'osservazione di Libby. "Ho incontrato di nuovo Clem solo quando mi sono unita a una protesta contro il nucleare."

"E Olivia?" chiese Janie.

"Sembra che Olivia abbia scritto di tanto in tanto a Clem negli ultimi anni."

"Per dire cosa?"

"Forse sperava di dare un senso alla sua vita? Non ne sono sicura. Ma quando Clem ha deciso di organizzare questo fine settimana, ne ha parlato con Olivia, senza immaginare che sarebbe venuta. Non pensavamo che si sarebbe adattata ad un alloggio per studenti. Sembra che ci siamo sbagliate; è affascinata da Clem come non lo è mai stata"

"Quello che faccio fatica a capire è perché Clem avrebbe invitato Bryony?"

"Non l'ha fatto, in qualche modo Bryony ne è venuta a conoscenza, non sappiamo come."

Fino a quel momento Will era rimasto in silenzio. Janie si era quasi dimenticata di lui che era lì, ma poi Will parlò.

"John l'ha detto a Bryony."

La sua affermazione attirò l'attenzione di tutti.

"John l'ha detto a Bryony?" Sembrava che anche Alison fosse sorpresa.

"Non ne conosco i dettagli, ma sì. Quando siamo arrivati giovedì e ho visto Bryony, ho chiesto informazioni a John. Ha detto che le aveva raccontato del fine settimana, pensava che sarebbe stato uno scherzo fargli rivedere i suoi vecchi amici."

Era una chicca di informazioni che suggeriva a Janie di dover guardare in una direzione diversa, una che fino a quel momento non aveva considerato, una che aveva un sentore, potesse portare a una conclusione scomoda.

24

QUALUNQUE COSA COOPER AVESSE tirato fuori a Olivia, al suo ritorno al refettorio sembrava rilassata e impassibile. Will fu chiamato per rispondere alle domande, lasciando sole Alison, Janie e Libby, ancora al tavolo della colazione.

"Tutto OK?" chiese Alison a Olivia.

"Sì, perché non dovrebbe esserlo?"

"Questo significa che possiamo andare a casa? L'ispettore Cooper ha detto che eravamo libere di andare?"

"Non c'è motivo per restare qui. Non c'è altro che possiamo fare, vero? Ne ho abbastanza di tutto, davvero. Non vedo l'ora di tornare a casa con una buona tazza di tè e il mio letto."

"Hai guidato fino a qui, Olivia?" chiese Janie.

"Telefonerò a mio marito. Mi ha accompagnato lui e sarà qui in men che non si dica."

"Anche io sto andando a telefonare a casa," disse Janie. "Potremmo andare insieme alla cabina telefonica se vuoi, Olivia?"

"Vengo anche io," disse Alison "Io e Clem siamo venute insieme; quindi, vado a vedere a che ora vuole partire."

Facendo un cenno di saluto, a Will, mentre attraversavano l'area della reception, si diressero verso il Park Village.

Libby e Alison si diressero verso il blocco studentesco mentre

Olivia e Janie aspettavano vicino alla cabina telefonica.

"Non ci metterò molto, ci vediamo su," aveva gridato Janie a Libby. Poi si era rivolta a Olivia. "Usa prima tu il telefono, io potrei metterci un po'."

Un muretto di mattoni correva tutt'intorno al cortile centrale fino alla casa dello studente, fornendo il posto perfetto per Janie per sedersi per un po', il viso rivolto verso il sole. Sebbene fosse vicina per poter sentire Olivia parlare al telefono, i suoi pensieri erano altrove. Entro poche ore sarebbe tornata a casa, a prendere Michelle da suo padre, rassicurandosi che sua figlia stesse bene. Probabilmente Greg sarebbe stato all'allenamento di football. Poteva fargli una sorpresa al suo ritorno. Forse avrebbe preparato il suo tè preferito del sabato; uova, fagioli, e patatine. Più tardi quella sera, si sarebbero sistemati insieme sul divano, con Michelle rannicchiata tra loro per la sua poppata notturna. Con gli occhi chiusi e il calore sul viso, Janie si stava per addormentare. Ma poi Olivia era accanto a lei.

"Roger non c'è. Ho dovuto lasciare un massaggio in segreteria." L'irritazione era evidente.

"Oh, certo, non si sarà aspettato che tu chiamassi. È sabato oggi. Che cosa fa di solito il sabato mattina?"

"Non è questo il punto. Cosa dovrei fare adesso? Voi state tutti tornando a casa ed io sono bloccata qui da sola finché non riesco a contattarlo. Davvero è troppo." Pulì con la mano, sfiorandola, la sommità del muretto prima di sedersi accanto a Janie.

"Vivi lontano? Clem e Alison potrebbero darti un passaggio?"

"Penso di sì."

"Il fine settimana non è stato bello per nessuno di noi, non ti sembra?"

"Suppongo che tu stia pensando che sono patetica." Il tono di Olivia era di sconfitta, come se fosse arrivato il momento per lei di abbassare la guardia.

"Nessuno pensa che tu sia patetica."

"Clem sì, l'ha sempre fatto."

"Clem non ha tutte le risposte, sai, Olivia. Lei non è che sia sempre nel giusto."

"L'ho sempre ammirata sai. La gente potrebbe dire che sono stata fortunata, avendo avuto tutto su un piatto d'argento, senza mai dover lottare per un lavoro, per uno stipendio decente. Ma in realtà non è così semplice."

"Niente lo è mai."

"Tu e Libby avete fegato. Libby sta lasciando il segno nel giornalismo, il che non può essere facile per una donna. E tu, anche se sei una madre, stai ancora andando avanti, ritagliandoti una vita indipendente."

"Hmm." Difficilmente riusciva a commentare la vita di Olivia quando era così incerta sulla propria, con dubbi che avevano tenuto sveglia Janie per tutta la notte. Tuttavia, Olivia sembrava essere in una modalità ricettiva. "Non è mai troppo tardi, lo sai. Ci sono un numero qualsiasi di carriere che potresti perseguire. Hai un cervello, sembra un peccato sprecarlo. Cosa ti piace fare? Cosa ti appassiona?"

"A mio marito non piacerebbe che lavorassi. Gli piace la cena in tavola quando torna a casa."

"Andiamo, Olivia, non è certo un motivo. Ci sono molti lavori part-time. È tempo di essere coraggiosi. Potresti scoprire che tuo marito ti ammirerebbe per questo."

"Posso dirti una cosa che non ho mai detto a nessuno?" Olivia fece un respiro profondo, come se non fosse ancora pronta a parlare ad alta voce qualunque cosa avesse considerato di condividere con Janie.

"Il tuo segreto è al sicuro con me." Janie accarezzò la gamba di Olivia, un gesto amichevole che sorprese Olivia. Il guscio protettivo che aveva mantenuto intorno a sé mostrava sottili crepe.

"Sono solitaria." Una pausa, poi un altro respiro profondo. "Ecco, l'ho detto."

"Ma non ti piace stare in compagnia con tuo marito?"

"Lavora sempre, fino a tarda notte, a volte anche nel fine settimana. E quando è a casa, è al telefono a parlare di lavoro o con la testa tra le scartoffie. Raramente abbiamo una conversazione e, in verità, non credo che nemmeno gli piaccio."

"Sono sicura che non sia vero." Era un tentativo di rassicurazione.

"Ecco perché sono venuta per questo fine settimana. Avevo questa ridicola idea che incontrando di nuovo Alison e Clem avremmo potuto riaccendere la nostra amicizia. Ma ora mi rendo conto che non mi hanno mai considerata un'amica, solo una seccatura."

Janie voleva offrire qualche briciola di conforto a Olivia sebbene Alison avesse confermato che le paure di Olivia erano vere. L'amicizia non era mai esistita ed era improbabile che ci fosse ora o nel futuro.

"Sii onesta con loro. Abbassa quelle difese e mostragli chi sei veramente."

"Non so chi sono veramente. Ho finto per così tanto tempo che ho perso la reale versione di me stessa."

"Hai detto che tuo marito era felice che tu venissi a questo fine settimana. Probabilmente ha visto che eri infelice ed ha pensato che ti avrebbe fatto bene ritrovarti con i vecchi amici."

"Mio marito era stufo di vedere la mia faccia triste, questa è la verità. Chi vuole qualcuno che va in giro tutto il giorno con la faccia avvilita? Nemmeno io sceglierei di passare del tempo con me se potessi evitarlo."

Janie aveva esaurito le idee. Abbassò lo sguardo sull'orologio sperando di far capire che la conversazione era giunta al termine, almeno per il momento.

"Devo telefonare a casa, Olivia. Perché non vedi se riesci a trovare un passaggio con Clem, o riprova con tuo marito dopo che avrò finito con il telefono?"

Janie guardò Olivia entrare negli alloggi degli studenti, sentendo di aver fatto poco per tirarle su il morale. Ma ora la sua attenzione, mentre componeva il numero di suo padre, era sulla telefonata che le avrebbe tirato sul il morale, ansiosa di sentire la sua voce rassicurante.

"Papà, sono io. "

"È bello sentire la tua voce, tesoro. Stai bene?"

"Michelle sta meglio?"

"Sta benissimo. Un po' di irritazione da dentizione che le fa venire la febbre, tutto qui. Tutto sistemato con un po' di gel lenitivo. Tua zia Jessica ha tutto sotto controllo. Non ti sei preoccupata, vero?"

"Sai come sono."

"Lo so, ti conosco. E che mi dici di quell'uomo scomparso e della povera ragazza in ospedale? Altre novità?"

Dette a suo padre un riassunto di quel poco che si sapeva.

"Ti dirò di più questo pomeriggio perché torno a casa."

"Così presto? Pensavo che non finisse fino a domenica?"

"Con tutto quello che è successo, l'organizzatrice ha deciso di finire prima. Difficilmente possiamo godere di dibattiti costruttivi mentre tutti sono preoccupati per John e Bryony. Papà, Greg sta bene? Non me lo hai nominato quando ho chiamato ieri sera."

"Sta benissimo, amore. È venuto a cena, ha gustato uno dei piatti italiani speciali di tua zia. Lasagne. Aspetta di averne fatto un assaggio. Qualcosa di davvero speciale. Si è offerto di dormire da noi nel caso Michelle fosse stata insofferente durante la notte, ma l'abbiamo spedito a casa. Stamattina ha l'allenamento di football, quindi doveva essere fresco per quello. Comunque, come ho detto, tua zia adora ogni minuto che trascorre con tua figlia. Non si stanca mai di lei."

"OK papà, ci vediamo presto. Dai a Michelle un grande abbraccio da parte mia."

"Janie, la polizia sta facendo progressi? Hai la sensazione che siano più vicini a capire cosa è successo o perché?"

"Se l'hanno fatto, non l'hanno condiviso con me. Ma qualcosa che ho sentito stamattina mi ha fatto pensare. Una connessione, che non avevo pensato prima d'ora e, che potrebbe portare da qualche parte..."

"Se hai bisogno di restare, se pensi di poter aiutare non preoccuparti per noi perché stiamo bene davvero."

Janie sperava che suo padre avesse sentito i suoi baci mentre finivano i soldi. Forse non era ancora il momento di tornare a casa.

25

Tornando alla stazione di polizia, pronto per la riunione dell'ora di pranzo. Cooper sperava che le indagini della sua squadra si fossero rivelate più utili delle sue.

Non si aspettava che le domande che aveva posto a Olivia Blythe offrissero molto che non sapesse già e aveva ragione. Le sue risposte monosillabiche lo avevano lasciato a chiedersi sé stesse facendo ostruzionismo o se non avesse davvero nulla di utile per contribuire. Aveva continuato ad essere vaga sul presunto litigio tra John Bramber e un'altra persona. Se fosse successo, non poteva o non voleva condividere ciò che aveva visto, il che era irritante perché rappresentava l'unico indizio tangibile.

Se ciò che era stato detto ad Armstrong, era corretto e uno scommettitore disilluso aveva affrontato John Bramber in una delle sue sale scommesse, minacciandolo, forse l'uomo aveva rintracciato Bramber e aveva messo in atto la minaccia. C'erano troppo incognite. Se Armstrong fosse riuscito a rintracciare Old Tommy, c'era la possibilità che potessero portare avanti le indagini.

Due poliziotti investigativi erano andati all'università per parlare con gli altri partecipanti, così come con gli altri organizzatori, senza che nulla di utile fosse emerso dalle loro indagini.

Cooper aveva anche parlato di nuovo con Will Torrance.

Nemmeno con molto piacere. Sebbene avesse fornito dettagli utili sulle relazioni tra la maggior parte del gruppo, ad eccezione di Libby Frobisher e Janie Juke. Molto spesso in casi passati, Cooper aveva capito che il colpevole era qualcuno nell'immediata cerchia della vittima. Uno di famiglia o un amico. Ma questa volta non si capiva molto il motivo. Will Torrance sembrava essere l'unico che avrebbe potuto volere che Bramber finisse fuori strada. Aveva detto apertamente di essere stato innamorato della moglie di Bramber, anche se anni fa. Ma non c'era nulla che indicasse che Torrance voleva che Bryony Sandwell finisse male. Era lontano da questo, sembrava sinceramente preoccupato per lei. Inoltre, si era rivelato un ragazzo premuroso, anche se Cooper sapeva quanto fossero intelligenti i criminali quando si trattava di mascherare la verità.

Il breve tempo che aveva trascorso con la signorina Sandwell, in ospedale il pomeriggio precedente, si era rivelato altrettanto inutile. Non riusciva a pensare a un motivo per cui qualcuno volesse farle del male. Di certo non sembrava essere il tipo di persona che avrebbe attirato dei nemici. Anche se Cooper sapeva che era pericoloso fare supposizioni su qualcuno. Una cosa strana che lo aveva colpito nel momento in cui stava per andarsene. Lei gli aveva afferrato la mano. "Me lo direte quando troverete John vero?" aveva detto. Sembrava chiaramente una supplica, ma non una che si potesse incasellare. Era basata sulla speranza che Bramber sarebbe stato trovato sano e salvo, o che una volta scoperto il corpo di Bramber la pista avrebbe potuto portare a lei? I criminali più astuti erano spesso quelli che volevano essere scoperti, per ricevere complimenti per la complessità dei loro crimini. Un pensiero spaventoso, ma poteva essere che la signorina Sandwell avesse armeggiato con i propri freni immaginando che avrebbe messo qualcun altro al centro delle attenzioni, dimostrando così la sua innocenza?

La squadra era pronta e in attesa, ognuno di loro alzò lo sguardo quando entrò. Erano un bel gruppo, desiderosi di sapere i risultati. Ma questo si stava rivelando un caso frustrante. Erano passati quasi due giorni da quando era arrivata la telefonata per la scomparsa di John Bramber e, da allora nessuna vera pista. Con l'incidente di Bryony Sandwell che si era verificato così dopo poco, Cooper aveva provato un senso di disagio. Bramber proveniva da un mondo di affari, i soldi potevano facilmente portare a un crimine, ma la giovane donna veniva dall'estremo opposto aveva poco o niente. Quale era la connessione fra loro? Se Cooper avesse potuto stabilirlo, forse avrebbe fatto un passo avanti verso la risoluzione di entrambi i crimini.

"Armstrong, cos'hai per noi? C'è qualcosa di più su questo personaggio di Old Tommy?" Cooper era in piedi nella parte anteriore della stanza, un pennarello in mano, pronto ad aggiungere qualcosa sulla bacheca informativa.

"Sì e no, signore. Ho parlato con il Old Tommy. È un caso piuttosto triste. L'ho trovato alla fine, in un monolocale. Era terribilmente squallido, signore. Tutte e quattro le parteti sporche di umidità, la carta da parati piena di muffa e il davanzale di legno così marcio che avrei potuto infilarci un dito nei buchi. Old Tommy ha aperto la porta, ma non appena sono entrato si è buttato di nuovo sul letto, come se riuscisse a malapena a stare in piedi. Diverse bottiglie di whisky vuote giacevano sul pavimento, accanto a un piatto smaltato, con sopra un pasticcio di maiale mezzo mangiato. Era messo male, signore."

"Ubriaco?"

"Molto. Così tanto che riusciva a malapena a dire una frase, almeno niente che fosse comprensibile. Gli ho chiesto dell'incidente nel negozio scommesse. Gli ho chiesto di Bramber, ma ha detto che non riusciva a ricordare nulla. Ad essere onesti, penso che beva durane la giornata, sperando che l'alcol lo porti a una sorta di oblio."

Cooper poteva vedere che Armstrong era rimasto scosso da ciò che aveva visto e sentito, forse non gli era ancora successo di vedere il lato più squallido della vita a Brighton.

"Immagino che questo ti faccia pensare che non possa essere il nostro uomo? Che non sarebbe riuscito a stare in piedi abbastanza a lungo da andare all'università, a dare la caccia a Bramber. E certamente nessun legame che potresti stabilire con Byrony Sandwell?"

"No, signore. Proprio nessuno."

"Sembra che siamo tornati al punto di partenza, vero? Pensiamo che valga la pena guardare di nuovo il personale del negozio di scommesse? E se esaminiamo i conti di ciascuno dei tre negozi? Se riusciamo a stabilire che qualcuno rubi, questo potrebbe darci il nostro movente?" Cooper si avvicinò a Kenny Fulbright, che fino a quel momento aveva giocherellato con due graffette, piegandole e distendendole. "Kenny, ti ho chiesto di metterti in contatto con Bramber senior. Ne è uscito qualcosa?"

Fulbright lasciò cadere le graffette e aprì il taccuino. "Non è un uomo piacevole."

"Non mi interessa sapere se vuoi essere suo amico, Kenny. Cos'ha da dire su suo figlio." Cooper non aveva nascosto la sua irritazione.

"Non aveva voglia di dire niente. Ha parlato come se stessimo cercando di accusare suo figlio di qualcosa, piuttosto che aiutarlo a trovarlo. Abbastanza strano in realtà. Ha detto che suo figlio si sarebbe ripresentato con i suoi tempi e che se avessimo continuato a curiosare nei suoi affari, ci avrebbe parlato solo tramite il suo avvocato."

"Una grande preoccupazione paterna."

"Hai avuto la sensazione che Bramber senior avesse qualcosa da nascondere?" chiese Williams.

"Lui si è arricchito con il gioco d'azzardo, certamente avrà fatto qualcosa da nascondere," disse Cooper. "Ma pensiamo che abbia fatto qualcosa per danneggiare suo figlio? Che ne pensi, Kenny?"

Kenny Fulbright non era abituato a sentirsi chiedere un'opinione. Gli ci vollero un paio di secondi prima che rispondesse. "Ci sarebbero altri modi per punire suo figlio, se decidesse di farlo. Se pensava che suo figlio avesse in qualche modo deluso l'azienda di famiglia, poteva toglierli i negozi di scommesse, presentarlo come un fallito."

"OK, abbastanza giusto. Qualcuno ha altre idee?"

"Clem Richmond," disse Armstrong.

"Sì, cosa sai di lei?"

"Ci ha chiesto di ricontrollare i registri della polizia per vedere se fosse già schedata. Sembra che un anno fa sia stata coinvolta in una marcia di protesta del Comitato Antinucleare. Alcuni manifestanti hanno litigato e la signorina Richmond era tra loro. I poliziotti in uniforme erano a portata di mano. Hanno dovuto interrompere la rissa e la signorina Richmond è stata una delle tante a ricevere un avvertimento ufficiale."

"Esatto, si, ha senso. Quindi l'incontro della signorina Richmond con i nostri colleghi l'ha lasciata con una decisa antipatia nei nostri confronti, eh? Qualche altra cosa?"

"Signore," Williams sollevò il taccuino, per richiamare l'attenzione del suo capo e del resto della squadra. "Che ne dite di ripensarci dimenticando del tutto il punto di vista degli affari? Dopotutto, i due incidenti sono avvenuti all'università o nelle vicinanze. Non dovemmo concentrarci sul gruppo di discussione? Deve esserci un collegamento tra John Bramber e Bryony Sandwell che li ha portati entrambi a essere presi di mira. Ci sono altri quattro membri di quel gruppo che si conoscono. Penso che sia lì che dovemmo cercare."

"OK, cosa ne pensate voi altri? Qualcuno è d'accordo con Williams?"

Armstrong fu il primo a rispondere. "Pippa ha ragione, il nostro obiettivo deve essere quel gruppo, Dobbiamo chiuderli in una morsa, non ci possono prendere in giro."

"Signore, abbiamo due persone all'interno che potrebbero rivelarsi utili. La signora Juke e la signorina Frobisher si sono già offerte di aiutare. C'è la possibilità che alcuni degli altri si apriranno a loro, più di come lo farebbero con noi."

"Mi piace la tua idea, Williams. Non c'è niente di male a perseguirla come strategia, niente di male," disse Cooper. "Il che significa che dovremmo tenere unito il gruppo ancora per un po'. Una volta che si sono sciolti, avremmo perso la nostra occasione. Torniamo noi due a Falmer e fermiamoli prima che scompaiano."

Cooper si diresse verso l'ingresso del suo ufficio, segnalando che per il momento la riunione era terminata. Ma Kenny Fulbright aveva altri piani. Sentendosi ancora fiducioso dal suo precedente scambio di idee con il suo capo si alzò. "C'è un altro punto di vista che potremmo perseguire."

Tutti gli occhi si voltarono verso di lui, costringendolo a sedersi e fermarsi prima di continuare.

"E quale sarebbe...?" Cooper lanciò la domanda a Fulbright senza guardarlo.

"La signora Blythe."

"Faresti meglio a chiarire il punto, Fulbright. Abbiamo già detto che torneremo a interrogare di nuovo il gruppo, inclusa l'evasiva signora Blythe."

"Un altro punto di vista, signore. Il marito della signora Blythe ha stabilito rapporti d'affari con il signor Bramber. Forse ne sa più di quello che sta dicendo. E lei potrebbe essere la connessione."

"Capisco dove vuoi arrivare Kenny," disse Williams. "Stai pensando che Olivia Blythe potrebbe essere la persona che collega John Bramber e Bryony Sandwell."

"Bene, sì. Vale la pena dare un'occhiata." Cooper poteva essere stato grato per l'intervento di Kenny, allo stesso modo poteva esserne strato infastidito. Era un punto di vista che Cooper aveva già preso in considerazione, anche se non l'aveva espresso. Se lo avesse detto ora, sarebbe sembrato che si stava semplicemente prendendo il merito delle idee di Fulbright. Decise di non aggiungere altro, lasciando che Williams raccogliesse il taccuino e la borsa e lo seguisse fuori dalla stazione di polizia.

26

C'ERA VOLUTA UN PO' di persuasione per convincere Will a rivedere Helena e ancora più incoraggiamento per accettare che Janie e Libby lo accompagnassero.

"Non devi entrare se preferisci di no," gli aveva detto Janie.

"Deciderò quando sarò lì." Era stata la risposta immediata di Will, non dicendo altro a titolo di spiegazione.

Avevano lasciato l'università senza sapere se gli altri avrebbero continuato a frequentarla o se erano determinati a tornare a casa. In precedenza Olivia aveva fatto un altro tentativo, infruttuoso di contattare suo marito, ma sembrava riluttante ad accettare l'offerta di un passaggio da Clem.

Un acquazzone primaverile era comparso dal nulla, fermandosi subito dopo come era iniziato, ma lasciando un cielo cupo che rispecchiava l'umore di Janie. Era come se fosse attaccata a un pezzo di elastico che prima la tirava in direzione di casa, solo per riportarla di nuovo verso Falmer. Con il lento flusso di informazioni che era riuscita a districare, soprattutto da Alison stava cominciando a formarsi un quadro della situazione. Il centro di quella situazione si concentrava su un periodo, sei o setta anni prima, quando il gruppo era a scuola insieme. Un evento di allora stava ancora ripercuotendosi fino ai giorni nostri. Ne era sicura.

Clem e Olivia non erano disposte a condividere nulla con Janie o Libby. Clem aveva chiaramente sviluppato un'antipatia nei loro confronti, risentita per la loro interferenza . Che fosse una scusa utile, un modo per coprire qualcosa di più minaccioso, era impossibile da dirlo. Olivia era più difficile da capire. Gran parte del suo comportamento sembrava essere nient'altro che una recita. Ma sotto la spavalderia era chiaro che Olivia era fragile. Aveva ammesso di essere sola, ma oltre a questo non sembrava esserci nulla nel suo carattere che potesse portarla a commettere atti così violenti.

Janie sperava di chiarire il quadro convincendo Will a presentarle ad Helena. Facevano tutti parte dello stesso gruppo ai tempi della scuola. Sicuramente poteva offrire qualche spunto sulle loro amicizie adolescenziali, qualcosa che avrebbe potuto suggerire le ragioni dei recenti eventi.

Will era stato tranquillo durante il viaggio, così come Libby. Janie si era offerta di guidare, con Libby che rimaneva decisa a non guidare mai più. Con il silenzio dei passeggeri, il cigolio incessante dei tergicristalli creava un ritmo tutto suo. Ma quando raggiunsero il limite di Barcombe Woods, la pioggia era diminuita e poi era cessata del tutto, permettendo a Janie di spegnere i tergicristalli.

"Grazie al cielo," disse, più a sé stessa che ai suoi compagni di viaggio. "Quel rumore mi stava facendo impazzire. Libby, quando siamo a casa assicurati di comprare delle nuove spazzole tergicristallo, sono così consumate che fanno a malapena il lavoro che dovrebbero."

Il loro alito caldo entrava in conflitto con l'aria umida all'esterno, facendo appannare i finestrini. Janie abbassò un po' il finestrino. Forse era stata l'aria fresca che si diffondeva nell'auto a suscitare la conversazione dei suoi passeggeri perché il momento successivo avevano iniziato a parlare entrambi contemporaneamente.

"Sei cresciuto qui," aveva detto Libby, mentre allo stesso tempo Will aveva detto "Siamo appena passati davanti alla mia vecchia casa."

Tacquero di nuovo mentre percorrevano Sayers Lane e proseguivano verso la casa dei Bramber, facendosi gradualmente strada attraverso la tenuta moderna.

"Caspita, quindi questo è l'aspetto di un posto per ricchi, vero?" disse Libby.

Ogni casa che incontravano era progettata individualmente, alcune con fantasiosi portici, che si ispiravano all'architettura romana o greca, altre modellate su uno stile Tudor, con travi decorative, sulla facciata, nera su sfondo bianco. I giardini anteriori professionalmente curati vantavano fioriture di ogni colore, prati ben curati e sentieri ben bordati.

"Non ti ringrazierei per nessuno di loro, anche se me lo regalassi," disse Will. "Queste sono abitazioni, non case. Secondo me."

"Devi ammirare il design però, alcune di queste sono davvero sbalorditive. Immagina come sono dentro," disse Libby.

"Non dovrai immaginarlo a lungo, ecco la casa di John." Will indicò la proprietà all'estremità opposta del vicolo cieco, lasciando che Janie si fermasse sull'ampio vialetto di fronte al doppio garage.

"Potrebbe anche non essere in casa," disse Will.

"Sembra come se speri che non lo sia." Libby alzò lo sguardo verso l'imponente facciata della casa dei Bramber, le sue ferite momentaneamente dimenticate.

"Se andassimo da sole?" Janie spense il motore e si voltò a guardare Will. "In un certo senso potrebbe essere più semplice."

Lui sembrava indeciso, dandosi il tempo di pensare per un suo coinvolgimento.

"Andiamo," disse Libby, prendendo l'iniziativa. "Puoi sempre unirti a noi più tardi." Senza aspettare una risposta, Libby fece strada lungo il sentiero principale, seguita da Janie.

"Dobbiamo andarci piano." Janie posò una mano sulla spalla di Libby, impedendole di suonare il campanello. "Per prima cosa non ci conosce, inoltre sarà ancora alla disperata ricerca di notizie su John."

Helena doveva averli visti arrivare, infatti, erano appena davanti alla porta quando questa si aprì e, per la prima volta si trovarono faccia a faccia con la donna che aveva spezzato il cuore di Will. Non era truccata il che non sorprendeva. Una donna preoccupata per suo marito difficilmente passava il tempo guardandosi allo specchio, pavoneggiandosi.

"Oh," fu il suo saluto iniziale.

Era impossibile sapere se la sua espressione denotasse sorpresa o ansia.

"Signora Bramber, ci scusi, lei non ci conosce, ma siamo state al convegno universitario con suo marito." Janie cercò di studiare la reazione sul volto di Helena. Il cambiamento era stato impercettibile, lieve distensione della fronte, l'inizio di un sorriso educato che metteva in mostra le fossette. Era facile capire perché Will si fosse innamorato di quella bellezza, che anche adesso avrebbe potuto abbellire la copertina di qualsiasi rivista.

"Fareste meglio ad entrare." Helena fece strada lungo l'ampio corridoio fino alla zona giorno a open space. Passarono diversi istanti prima che qualcuno parlasse. L'attenzione di Libby era concentrata sul design degli interni, i colori accattivanti, i mobili che aveva visto solo sulle riviste. Janie invece, stava notando le due tazze di caffè vuote.

"Non è un buon momento per me," disse Helena, guardano le tazzine di caffè, ma senza fare alcun gesto per toglierle. "Non capisco perché siete venute o come mi avete trovata."

"Scusi," disse Janie. "Avremmo dovuto spiegarglielo. Will è qui con noi. È in macchina."

"Will?"

Janie poteva vedere emozioni contrastanti nell'espressione di Helena, ma sicuramente non doveva essere una sorpresa. Qui c'era una donna il cui marito era improvvisamente scomparso, la cui macchina era stata trovata contro un albero. Ore dopo si presenta una vecchia fiamma, qualcuno che non vedeva da anni, ed ora due perfette sconosciute erano nel suo soggiorno.

"Signora Bramber, Helena" iniziò Janie. "Vogliamo solo aiutare. Lei era a scuola con gli altri del gruppo; Olivia, Alison e Clem. Conoscevate tutti John e Will da allora, anche Bryony."

Un piccolo lampo di panico attraversò gli occhi di Helena, panico che sembrò in grado di controllare rapidamente.

"Bryony?"

"Bryony Sandwell. Non so se la polizia glielo ha detto, ma ieri Bryony ha avuto un terribile incidente. Era alla conferenza con noi, con John. Sappiamo che eravate tutti a scuola insieme. Quindi stavamo solo pensando, con Bryony presa di mira così subito dopo la scomparsa di John, in qualche modo le due cose potrebbero essere collegate. Forse il collegamento riguarda anni fa, quando eravate tutti amici." Le parole di Janie svanirono. Stava sparando al buio.

"Non eravamo tutti amici."

La dichiarazione di Helena confermò ciò che Alison le aveva detto. Per diversi motivi Olivia e Bryony erano state tenute fuori dal gruppo, ma Alison non aveva chiarito come si inserisse Helena nel gruppo di amici. Era affascinata anche lei dalle opinioni schiette di Clem, o era solo l'amore di John e Will che aveva creato un tenue legame di Helena con gli altri?

"Bryony sta bene?" C'era qualcosa di indefinito nella domanda di Helena che Janie non riusciva a percepirlo.

"È stata fortunata. L'incidente avrebbe potuto ucciderla." Libby faticava ancora a tenere sotto controllo le sue emozioni ogni volta che doveva ricordare l'evento. "Io ero li. Sono stata io a tirarla fuori dai rottami."

"È stata una cosa coraggiosa da fare," disse Helena. "Anche lei si è ferita?"

La camicetta a maniche lunghe continuava a nascondere le ferite peggiori di Libby, lasciando vedere solo i due cerotti sulla parte posteriore della sua mano destra.

"Qualche graffio, tutto qui. Helena, ha un' idea di chi potrebbe voler fare del male a suo marito o a Bryony? È successo qualcosa allora, quando eravate tutti adolescenti? Qualcuno che potrebbe ancora serbare rancore?"

Helena si spostò sul lungo divano accanto alla portafinestra e si sedette facendo cenno a Libby e Janie di fare lo stesso. La luce proveniente dall'estero era più grigia che chiara, e proiettava un'ombra screziata attraverso la stanza. Lo sfondo dietro al divano era un dipinto di arte astratta a tutta altezza. Spesse bande viola, gialle e arancioni, che creavano un netto contrasto con la semplicità del vestito di Helena, seta cangiante grigia che luccicava mentre si muoveva.

"State cercando nel posto sbagliato," disse infine Helena.

"Dove dovremmo cercare?" chiese Janie.

"Fidatevi di me, è meglio che non vi immischiate."

Erano state in presenza di Helena solo una decina di minuti, durante i quali lei aveva guardato ripetutamente l'orologio da polso e ora lo guardava di nuovo.

"Deve andare da qualche parte? Forse la stiamo trattenendo?" chiese Janie.

Helena scosse la testa e guardò verso la portafinestra. "Non posso aiutarvi," disse infine.

"Non può o non vuole? Sicuramente vorrà sapere cos'è successo a suo marito. Se c'è qualcosa, qualsiasi cosa, può dircelo..." Anche mentre parlava Janie immaginava che difficilmente avrebbe ricevuto una risposta utile.

"Vorrei che ve ne andaste ora." Helena si alzò, andò alla porta e aspettò.

"Noi non ci arrenderemo, Helena. Continueremo a fare il possibile per aiutarla a riportare John sano e salvo da lei," disse Janie una volta raggiunta la porta.

"Come vi ho detto, state sprecando il vostro tempo."

Pochi istanti dopo erano di nuovo in macchina, con Helena in piedi sulla porta a guardare mentre Janie usciva dal vialetto.

"È andata proprio bene," disse Janie, senza poter camuffare la sua delusione.

"Non vi ha potuto aiutare?" chiese Will, voltandosi a guardare dal finestrino di dietro mentre Helena rientrava in casa.

"Per qualche inspiegabile ragione non ha voluto aiutare."

"Deve essere confusa quanto noi. Peggio ancora. È suo marito che è scomparso ricordatelo."

"È più di questo. Ci ha praticamente messo in guardia." Janie stava ancora determinando le implicazioni di ciò che Helena aveva detto, così come le sue reazioni.

Accese il motore, guardando nello specchietto retrovisore prima di allontanarsi. Mentre lo faceva, notò che Will stava ancora guardando fuori dal finestrino posteriore. Con la sua attenzione altrove, sussurrò a Libby. "Hai visto il livido?"

"Quale livido?" disse Libby.

"Quello che aveva al polso accanto all'orologio. Continuava a guardarlo immagino che le facesse davvero male."

"Pensi che potrebbe essere importante?"

"Potrebbe essere qualcosa, o potrebbe essere niente. Ma ho un presentimento e ora dobbiamo sperare che ci capiti qualcosa che dimostri che è giusto."

27

L'ispettore Cooper ed il Sergente Williams erano in viaggio verso Falmer quando arrivò la chiamata alla radio.

"Hanno trovato un cadavere, signore." Era Armstrong che aveva ricevuto il rapporto. La telefonata era arrivata, poco dopo le tredici, da qualcuno che aveva rifiutato di dare un nome.

"Cosa sappiamo, Armstrong? È Bramber?"

"Niente di confermato, signore. Una persona anonima ha detto di aver individuato un cadavere ai piedi del Ditchling Beacon. I nostri uomini sono sulla scena. Devo partecipare?"

"Ora ci dirigiamo lì. Siamo a quindici minuti al massimo."

Essendo uno dei posti più alti del South Downs, Ditchling Beacon era un'area molto frequentata da escursionisti e amanti del picnic. A poche miglia a nord di Brighton forniva un gradito contrasto con la città rumorosa e popolata. Un tempo fortezza collinare dell'età del ferro, la parete settentrionale del Beacon era la più ripida e offriva viste sul South Down in tutte le direzioni. L'unico accesso stradale alla vetta era attraverso la ripida e stretta Beacon Road. C'erano stati molti incidenti stradali nel corso degli anni, molti in cui le vittime avevano subito ferite che cambiavano la vita, altri in cui avevano perso la vita. Il bivio tra Sayers Lane e Beacon Road era stato recentemente designato come punto critico per gli incidenti. Ma per quanto ne sapeva Cooper, nessuno aveva mai perso la vita cadendo dal Beacon.

Mentre affrontava l'ultimo tratto di Beacon Road, Cooper vide davanti a sé due auto della polizia ed un'ambulanza. Parcheggiato sull'argine erboso accanto alla strada, scese dall'auto, seguito da Williams.

"Cosa abbiamo?" chiese al giovane poliziotto che gli si era avvicinato. "Il corpo non è stato spostato, spero?"

"No, signore. Maschio bianco, sui venticinque anni, ben vestito. Il patologo pensa che la morte sia il risultato di una frattura al collo."

Fu una breve ma ripida discesa lungo il pendio per raggiungere Max Admiral, il patologo della polizia. Cooper aveva lavorato con Max per diversi anni e si era abituato ai suoi modi monosillabici. Un forense di solito concentrato sul lavoro da svolgere, significava che Max aveva poca pazienza per domande sciocche o conversazioni banali.

"Max," Cooper fece un cenno di saluto.

"Frattura della cervicale superiore. Altro dopo l'autopsia."

"Qualunque cosa che possa fornire l'identificazione?

Max si rivolse all'agente in uniforme. "Puoi controllargli le tasche, agente. Non muovere nient'altro, il fotografo deve ancora fare il suo lavoro."

Il corpo dell'uomo era sul fianco destro, entrambe le gambe piegate ed entrambe le braccia tese. L'ipotesi di Cooper era che, non fosse solo il collo dell'uomo a essere rotto, almeno uno o più dei suoi arti avevano sofferto nella caduta. Cooper si fermò vicino al corpo e guardò in su per la collina verso il parcheggio, immaginando come sarebbe potuto accadere l'incidente. Il terreno sotto i piedi era scivoloso a causa della forte pioggia che c'era stata.

"Una caduta o un suicidio?" chiese a Max.

"Come ho detto. Altro dopo l'autopsia."

L'agente in uniforme finì di controllare le quattro tasche dell'uomo, due nella giacca, due nei pantaloni.

"Niente qui signore."

"Niente portafoglio?"

"No, signore."

Se fosse John Bramber, non sarebbe sorprendente che non ci fosse il portafoglio. Il suo portafoglio era stato trovato a Barcombe Woods. Cosa potrebbe essere successo qui? Quando lo schianto nel bosco non lo ha ucciso, è stato portato qui per finirlo?

"La foto, Williams." Cooper si rivolse all'agente, che era completamente concentrata sulla scena, i suoi occhi perlustravano l'area circostante.

Fece scivolare la mano nella tasca superiore, tirando fuori una piccola fotografia in bianco e nero. Mentre stavano lasciando la casa dei Bramber, il giorno prima, Cooper aveva chiesto a Helena Bramber una foto di suo marito. Fu solo quando era uscita dalla stanza per andare a prendere l'istantanea che lui notò che non c'erano fotografie incorniciate in mostra di loro due. Non necessariamente insolito, alcune persone sceglievano di non guardare le loro foto. In verità gli veniva in mente ora, che ce n'era solo una nel suo salotto, scattata il giorno del suo matrimonio. La signora Bramber aveva consegnato la foto con le scuse. "È l'unica che riesco a trovare in questo momento, va bene?"

In quel momento, Cooper aveva sperato di non averne bisogno, che John Bramber si sarebbe presentato di sua spontanea volontà. Ma ora guardando il corpo che giaceva a poca distanza, era irritato con sé stesso. La foto era stata prodotta da una di quelle cabine fotografiche self-service ed era al massimo sgranata. Helena Bramber aveva detto che era stata scattata alcuni anni prima. 'Quando aveva i capelli lunghi,' aveva dato come spiegazione. Cooper immaginò che l'acconciatura del giovane fosse modellata su alcuni dei gruppi rock o pop che erano venuti alla ribalta negli ultimi tempi. Rumore senza melodia era stata la reazione di Cooper quando aveva sentito la musica. Sentirò Mozart ogni giorno.

Max era inginocchiato accanto al corpo quando Cooper gli diede la foto.

"Che pensi, Max? È lui? Il tizio in questa foto è scomparso da giovedì sera. Vive nelle vicinanze. Devo dare la cattiva notizia a sua moglie?"

Max si tolse gli occhiali dalla montatura metallica e studiò la foto. Poi con precisione mosse leggermente il corpo per vedere meglio il suo volto. Mentre lo faceva, Cooper notò come un lato del viso dell'uomo fosse coperto di sangue, forse da un'ampia ferita sulla sua tempia. La foto in bianco e nero forniva pochi indizi, tranne che John Bramber aveva i capelli scuri, così come la vittima che giaceva di fronte a lui.

"Non posso dirlo con certezza," disse Max, restituendo la foto. "I parenti stretti dovranno identificarlo. Se mi lasci fare il mio lavoro."

"Quando avrai qualcosa per me?"

"Alle 17,00."

"Ora passiamo alla parte peggiore di questo lavoro," disse Cooper, rivolgendosi a Williams. Tornando sui loro passi andarono alla macchina. Cooper contattò via radio Armstrong confermando che per ora avrebbero considerato la morte sospetta.

"Avviseremo la signora Bramber della situazione e le chiederemo se può identificare il cadavere."

"Sì, signore. Significa che il caso è chiuso?" disse Armstrong.

"Hai dimenticato la signorina Sandwell, vero? È tutt'altro che chiuso, direi. Anche se la caduta di Bramber fosse un incidente, dobbiamo stabilire come è andato da Barcombe Woods a Ditchling Beacon senza la sua macchina. Un po' lontano per camminare, non credi?"

"Sì, signore. Devo continuare a vedere cos'altro posso scoprire in merito agli affari del signor Bramber?"

"Dai un'occhiata più da vicino a Roger Blythe. Sappiamo che i due avevano legami d'affari. Se riesci a stabilirne i dettagli, potrebbero rivelarsi utili."

I dieci minuti di macchina fino alla casa dei Bramber non offrirono a Cooper molto tempo per riflettere sul suo approccio. Il suo mantra di non fare mai supposizioni era in prima linea nella sua mente dopo questa ultima scoperta. Era stato trovato, il corpo di un uomo, corrispondente alla descrizione John Bramber in termini di età, colore dei capelli, ma poco più di questo. Aveva bisogno di preparare la moglie dell'uomo alla notizia peggiore, che suo marito era morto. Pur mantenendo la possibilità che il corpo non fosse di John Bramber. E se non era John allora chi? Ciò lascerebbe Cooper con una morte sospetta su cui indagare, pure sapendo poco o nulla della vittima. Inoltre se questo non era il corpo di John Bramber, dov'era il proprietario del negozio di scommesse? C'era ancora un altro corpo da trovare?

Mentre entrava con l'auto nel vialetto di casa Bramber, Cooper notò un minimo movimento della tendina di voile che pendeva dalla finestra. Un attimo dopo Helena Bramber stava venendo verso di lui, entrambe le mani aggrappate saldamente al sottile scialle di lana che le avvolgeva le spalle.

"Ha notizie?" Chiese in modo tale che Cooper immaginò che volesse che la risposta fosse negativa. Il vecchio detto secondo cui niente nuove buone nuove non poteva mai essere più vero in quel momento.

"Vogliamo entrare?" Cooper fece un passo indietro, permettendo a Helena di entrare lentamente in casa. Williams si tenne a qualche passo dietro di lui, chiudendo la porta una volta che furono tutti in corridoio. Ci fu un attimo di esitazione quando Helena sembrò incerta se trasferirsi in soggiorno o restare nel corridoio. Come fai a scegliere quando temi di sentire la peggiore notizia possibile, che rimarrà con te per sempre?

"Sediamoci tutti eh?" Cooper si avvicinò a Helena, prendendo la decisione per lei, conducendoli tutti in soggiorno. Lui e Williams sedevano fianco a fianco su un divano, mentre Helena era in piedi accanto alla portafinestra, voltando loro le spalle.

"L'ha trovato?" disse lei. Un dato di fatto che attendeva solo conferma.

"Signora Bramber, abbiamo trovato il cadavere di un uomo a Ditchling Beacon."

La Williams, in seguito, raccontò ad Armstrong che mentre guardava Helena cadere a terra, era come guardare uno di quei burattini di legno con cui aveva giocato da bambina. Quando i fili venivano lasciati andare, le gambe si piegavano sotto il burattino, come se la vita fosse uscita da loro.

Senza chiedere, Cooper andò in cucina e prese un bicchiere d'acqua. Quando tornò, Williams aveva aiutato Helena a mettersi seduta, appoggiata alla poltrona.

"Ecco, beva un sorso."

Helena prese il bicchiere con una mano, usando l'altra per stabilizzare il tremolio.

"Si prenda il suo tempo," disse Cooper, aspettando il momento in cui sentiva che Helena poteva dare la prossima informazione che aveva bisogno di condividere con lei.

Dopo qualche sorso d'acqua, lei posò il bicchiere sul tavolino e si alzò, lisciandosi il vestito come se così facendo stesse lisciando giù le sue emozioni.

"Il fatto è, signora Bramber. Non possiamo essere certi che il corpo che abbiamo trovato sia suo marito. La foto che ci ha dato..."

"Ha bisogno che lo identifichi?"

Cooper annuì, chiedendosi se sarebbe mai arrivato il giorno in cui fare una simile richiesta a un parente in lutto non gli avrebbe fatto chiudere lo stomaco.

"Quando si sentirà pronta."

Era un dilemma. Avrebbe voluto dare tempo a Helena Bramber, per riprendersi dallo shock della notizia che aveva dovuto darle, tempo di prepararsi per quello che potrebbe essere l'ultimo addio al marito. Ma qualsiasi ritardo era un ritardo per le indagini. Voleva risposte e lui le voleva adesso.

"Non sarò mai pronta," disse infine, avviandosi verso la porta.

Mente la seguivano fuori, Cooper notò un uomo di una proprietà vicina che falciava il suo prato.

"Almeno non è un'auto della polizia," disse Helena, guardando il vicino. "In un batter d'occhio ci sarebbero notizie di un arresto in giro per la tenuta. Qualcosa che non accetterebbero mai." Lei fece una risata sommessa. "Oh, cielo, no. Un criminale in mezzo a loro, che altro può accadere."

"Non è il più amichevole della comunità?" chiese Cooper.

"Non è una comunità, ispettore detective. Un gruppo di persone che pensano di avercela fatta, che pensano che la ricchezza superi tutto."

Non aveva potuto mascherare l'amarezza nel suo tono.

Durante i dieci minuti di viaggio verso la stazione di polizia, Cooper preparò mentalmente un elenco di compiti. Una volta che il corpo era stato identificato e Max avete determinato se la morte era stato il risultato di un incidente, suicidio o qualcosa di più sinistro, Cooper avrebbe dovuto riunire la sua squadra. Il verdetto di Max dell'autopsia avrebbe dettato il percorso dell'indagine. Se John Bramber fosse accidentalmente caduto mortalmente, c'era ancora da chiedersi come fosse arrivato a Ditchling Beacon senza la macchina. Lo stesso valeva per il suicidio, anche se allora la domanda sarebbe stata cosa avrebbe potuto portare Bramber a una depressione tale da indurlo a togliersi la vita. Da quello che avevano detto i membri del gruppo di discussione non c'era nulla nei suoi modi, quel giovedì sera, che indicasse fosse depresso o preoccupato. La terza possibilità, che qualcun altro fosse presente, causando la morte dell'uomo, in questo caso dovrebbe richiedere alla squadra di scavare più a fondo. Chi e perché? Sicuramente il movente era la chiave. Allo stesso tempo, qualcuno aveva causato l'incidente della signorina Sandwell. La stessa persona? O la tempistica dei due eventi non era altro che una coincidenza?

Parcheggiò al suo solito posto. Williams conosceva la procedura. Recentemente avevano lavorato insieme su un altro caso. Un vagabondo era stato trovato morto in uno dei vicoli del centro di Brighton. Williams aveva rintracciato un altro senzatetto, che si era offerto di fare l'identificazione. Le sue reazioni erano state perfette, calmo, composto. Proprio quello che servirebbe di nuovo in questa occasione.

Cooper camminava dietro mentre Williams conduceva Helena verso l'obitorio, conducendola in una piccola stanza con una vetrata da dove poteva vedere il corpo.

"Mi dispiace ma mi sento svenire," Helena disse in un tono così dispiaciuto che Cooper avrebbe voluto poter interrompere la procedura lì per lì.

"Va bene, davvero," disse Williams, facendo accomodare Helena

su una sedia. "Non c'è fretta, prenda il suo tempo. Ecco, beva un po'
d'acqua." Passò a Helena un bicchiere di carta che aveva riempito
da un distributore d'acqua. Ne bevve qualche sorso, poi lo restituì
all'agente.

"Grazie. Ora sto bene. Possiamo continuare."

L'addetto all'obitorio era in piedi accanto al corpo, che era su un
tavolo coperto da un lenzuolo bianco. Quando Cooper annuì, lui
tirò indietro il lenzuolo per scoprire il volto dell'uomo.

"No, buon Dio, no," furono le parole di Helena, quando ancora
una volta le sue gambe si piegarono sotto di lei e cadeva a terra.

Williams le fu subito accanto, la sua mano sulla spalla e dopo un
momento un braccio l'aiutò ad alzarsi.

"Mi dispiace, signora Bramber," disse Cooper, "Ma abbiamo
bisogno della sua conferma...questo è suo marito, il signor John
Bramber?"

"John? No, non è John. Non è mio marito."

28

Se Janie avesse saputo degli eventi che si stavano svolgendo dentro e intorno a Ditchling Beacon, avrebbe potuto affrontare la sua visita all'ospedale con uno stato d'animo diverso.

Aveva deciso di andare a trovare Bryony da sola, cosa di cui Libby era lieta. Lo shock di assistere allo schianto di Bryony si riaffacciava in continuo nella mente di Libby e, vedere la vulnerabilità della giovane donna sdraiata nel letto d'ospedale, non avrebbe fatto che peggiorare le cose.

Nel reparto, era di turno la stessa infermiera, quando Janie arrivò. Durante la loro precedente visita Libby era stata autorizzata a parlare con Bryony, lasciando Janie nel corridoio. Teneva le dita incrociate dietro la schiena mentre si avvicinava alla caposala, che era alla postazione infermieristica a parlare con una giovane infermiera. Janie aspettò una pausa nella loro conversazione.

"È possibile fare visita alla signorina Sandwell?"

"E lei chi è?" Lo sguardo d'acciaio della caposala fece sentire Janie come una scolaretta impacciata.

"Un'amica. Stono stata qui ieri con un'altra amica della signorina Sandwell. Quella che era presente sul luogo dell'incidente." Si chiese quanto altro avrebbe dovuto dire e se qualcosa di tutto ciò avrebbe fatto la differenza per il risultato.

"Una breve visita e la paziente non deve assolutamente agitarsi. C'è stata la polizia qui che le ha fatto ogni sorta di domande povera ragazza. Ha bisogno di riposo, non di interrogatorio."

Janie non era sicura se le parole fossero un avvertimento o semplicemente un commento; quindi, si trattenne dal rispondere e aspettò.

"Vai. Dieci minuti al massimo."

Mentre camminava verso il letto di Bryony si rese conto di non aver portato niente con sé. Uva, fiori, una rivista, qualcosa che potrebbe portare un momento di allegria. Ma poi, guardando Bryony, che giaceva immobile, con gli occhi chiusi, la pelle pallida quasi quanto il lenzuolo. Janie rifletté che probabilmente la cosa che più la poteva rallegrare, sarebbe stata scoprire perché Bryony era stata presa di mira e poi portare il colpevole alla giustizia.

"Bryony, ciao. Sono Janie. Sono venuta solo per vedere come stai."

Bryony aprì gli occhi, guardando verso Janie mentre teneva la testa ferma sul cuscino. Come se anche quello fosse scomodo, e chiuse di nuovo gli occhi.

"Grazie per essere venuta. Ma ti dispiace se non ti guardo? Mi fa ancora così male la testa."

"Libby ti saluta."

"Libby, sì. È stata ferita gravemente? È stata così coraggiosa a tirarmi fuori dalla macchina. Non riesco a ricordare tutto, solo frammenti, flashback. Ero così spaventata, Janie."

"Libby sta bene, non devi preoccuparti per lei. Il tuo compito è concentrarti per migliorare."

Janie rifletté sul fatto che Bryony poteva essere l'unica persona disposta o in grado di rispondere alle domane alle quali era necessario dare delle risposte, ma era davvero il momento giusto? Forse avrebbe dovuto aspettare che Bryony si fosse sentita più in forze, fuori pericolo. Eppure se la teoria di Janie fosse giusta, ottenere risposte ora poteva evitare un'altra tragedia.

"Per tutta la vita ho preso decisioni sbagliate." Sembrava che non ci sarebbe stato bisogno di fare domane, tutto ciò che Janie doveva fare era ascoltare.

"Credo che i mie genitori sapessero che sarei stata cattiva, ecco perché si sono sbarazzati di me," continuò Bryony. "Vedi sono cresciuta in orfanotrofio, tre diverse case per bambini, ognuna distruttiva per le persone, come l'ultima. Ma la scuola era diversa, offriva un mondo in cui potevo essere qualcun altro. Nel periodo scolastico desideravo ardentemente che arrivasse il lunedì mattina. Forse se fossi rimasta alla Longley Comp le cose sarebbero andate diversamene."

"Longley Comp?"

"La prima scuola secondaria che ho frequentato. Stavo andando così bene, ero la prima della classe nella maggior parte delle materie, poi sono stata accusata di furto. Non ero colpevole e sapevo chi era stato, ma non avevo modo di provarlo. Quindi quando hanno trovato i soldi nel mio armadietto, ero fuori di me. La coppia che gestiva la casa-famiglia mi ha difeso, devo riconoscerglielo. Dissero che non avevo mai fatto niente del genere e che avrei dovuto avere una seconda possibilità. Ma il preside della scuola decise che non potevo rimanere lì, così mi trasferirono alla Ringwood."

"La stessa scuola di Clem e Alison."

"L'ho odiata fin dal primo giorno, non conoscevo nessuno. Gli amici che avevo erano a Longley Comp. Così, durante la pausa pranzo, mi sedevo da sola nel parco giochi. Ma poi ho iniziato ad ascoltare Clem. Era solita fare questi discorsi; c'era sempre una folla raccolta intorno a lei. Era fonte d'ispirazione, ci fece pensare di avere il potere di essere chiunque noi volessimo essere. Non avevo mai sentito parlare nessuno di quelle cose prima."

"Volevi saperne di più?"

"Ero solita frequentarla, farle domande, cercare di capire. Suppongo di essere stata piuttosto fastidiosa."

Bryony smise di parlare e Janie ebbe l'impressione che stese rivivendo quel periodo, faticando, per svelare come l'adolescente piena di speranza che era stata allora, fosse diventata la donna che era adesso; incerta, carica di sensi di colpa.

Poi Bryony continuò. "John e Will erano soliti sedersi sul muretto fuori dalla nostra scuola. Erano lì quasi tutti i pomeriggi quando uscivamo. Certo, sapevano a malapena che esistevo."

"È stato allora che Will ha incontrato Helena?"

"Will ed Helena, sì. È stato davvero stupido, ma mi sono posta una prova, come una sfida. Suppongo di aver pensato che se fossi riuscita a farmi notare da John, avrei attirato l'attenzione di Clem. Renderla gelosa."

"Clem e John?" Questo non era qualcosa che Janie si aspetta di sentire.

"Clem, Olivia, persino Alison. Avevano tutti occhi per John. Clem in particolare, era infatuata. Più la ignorava, più lei lo desiderava."

"Lo sapeva?"

"Oh, lo sapeva bene. Era un gioco di potere per lui. Un gioco. Ed io ero abbastanza pazza da credere che avrei potuto attirarlo, far credere a Clem che fossi qualcuno da considerare. Che se John mi avesse notato, allora..."

Janie aveva indovinato come era andata a finire, ma voleva che Bryony lo spiegasse con parole sue.

"Mi sono praticamente consegnata a John su un piatto d'argento. Suppongo che lui non poteva credere alla sua fortuna."

"E avevi quattordici anni?"

"Quindici quando ho scoperto di essere incinta."

"Buon Dio, Bryony, poverina. E John era il padre?"

"Oh, lui ha negato. Mi disse che ero una ragazzina sciocca e se l'avessi detto a qualcuno che lui era il padre non mi avrebbero mai creduto. 'Dai, chi mai immaginerebbe che ti avrei voluto quando posso avere qualsia ragazza che desidero?' È quello che mi disse."

"L'hai detto a qualcuno?"

Bryony fece per scuotere la tesata ma si fermò, aprendo invece gli occhi. "Aveva ragione. Nessuno mi avrebbe creduto. Ero già stata etichettata come bugiarda dall'episodio del furto e sai come si dice, niente fumo senza fuoco. Ma tre mesi dopo non c'era modo di nasconderlo. La coppia di responsabili della casa mi organizzarono di andare da qualche parte per avere il bambino."

"Hai dovuto lasciare la scuola?"

"Non ho mai detto agli altri perché me ne andavo, ma sono sicura che l'abbiano indovinato."

"E il tuo bambino?"

"Una figlia. Ho trascorso solo sei settimane con lei e poi mi è stata tolta."

"Oh Bryony, non riesco ad immaginare quanto deve essere stato doloroso per te." In effetti Janie poteva immaginarlo, forse anche troppo bene. In quel momento desiderava di essere a casa dalla sua bambina, per stringerla forte e non lasciarla mai.

"Ho partorito in una casa-famiglia, e la donna che gestiva il posto ha organizzato l'adozione. È stato davvero un periodo cupo per tutte noi ragazze. Quando si presentavano i futuri genitori, ci tenevano fuori dai piedi, dicendoci di restare nelle nostre stanze. Quindi sapevamo che ci sarebbe stato un giorno, in cui qualcuno avrebbe perso il proprio figlio per sempre. C'era una sorta di cameratismo tra di noi. Ci sostenevamo a vicenda, sapendo che alla fine sarebbe stato il nostro turno di avere il cuore spezzato. Una ragazza tentò il suicidio il giorno dopo che avevano preso il suo bambino. Un 'altra è scappata, forse pensava di poter ritrovare il suo piccolo. Chi lo sa? Ma si, finalmente arrivò il giorno in cui è stato il mio turno. Non mi è stato permesso di salutarla e non ho idea di dove sia adesso. L'ho chiamata Rose, ma potrebbero averle cambiato il nome, chissà? Suppongo che si dice , quello che si fa ritorna? I miei genitori mi hanno scaricato e mia figlia probabilmente pensa che io l'abbia scaricata. Più di ogni altra cosa avrei voluto tenerla. Mi sarei assicurata di essere la migliore madre che un bambino potesse desiderare."

Janie stava lottando per impedire alle lacrime di cadere. Mentre ascoltava ciò che Bryony aveva dovuto sopportare, era come se lo stesse vivendo insieme a lei.

"E John?"

"Se l'è cavata senza problemi. Sposato con Helena, ha avuto una vita fantastica."

"Ed è stato John a suggerirti di venire questo fine settimana?"

"Dal giorno in cui mi hanno portato via la mia bambina ho

giurato che l'avrei affrontato. Ma mi ci è voluto fino ad ora per raccogliere il coraggio. Non è stato difficile rintracciarlo. Gli ho scritto tramite uno dei suoi negozi di scommesse, mantenendo il tono della lettera spensierata. Dicendogli che era tutta acqua passata, vecchie ferite dimenticate. Gli ho detto che sarebbe stato bello rivederci lui. Mi ha risposto e mi ha raccontato di questo fine settimana. Ma non sono stupida, ora so che per lui era tutto un gioco. Aveva pensato di farsi una risata a mie spese, sapendo che gli altri sarebbero stati tutti qui, sapendo che mi sarei trovata in difficoltà."

"E giovedì era la prima volta che lo vedevi da quando avevi avuto tua figlia?"

"Non sono sicura di cosa mi aspettassi di provare. Rabbia, tristezza, rimpianto? A prima vista, forse tutti quelli. Lui non è cambiato affatto, sempre pieno di autostima. Suppongo che sia quello che deriva dall'avere alle spalle una famiglia benestante." Lei esitò, poi continuò. "Comunque, ho aspettato la pausa prima di cena e l'ho seguito fuori."

"E l'hai visto salire in macchina?"

"Era in piedi accanto alla sua macchina. Ho capito che quello era il momento in cui dovevo dire qualcosa. Non avevo davvero pianificato nulla di tutto ciò, ma in quel momento volevo fargli capire cosa aveva fatto, come aveva contribuito a distruggere la mia vita. Probabilmente speravo che si scusasse, o almeno in qualche segno di rimorso."

"L'hai affrontato?"

"Gli ho detto che avrei fatto sapere a tutti la verità. Renderò la tua vita miserabile come tu hai reso la mia, è quello che gli ho detto. Lui ha solamente riso. Mi ha detto che non avevo prove. 'La gente penserà che sei una donna patetica ancora disperata per stare con la gente. Non ti vogliono, non lo vedi? Ed io non ti voglio, non ti ho mai voluto.' Queste sono state le sue parole. Aveva tutte le carte in mano. Non avevo niente. Questo è come mi ha fatto sempre sentire, una nullità."

"Così crudele," disse Janie sottovoce. Si chiese cosa penserà Libby quando saprà la verità su John Bramber.

"Ha iniziato a salire in macchina. Ed è allora che ho capito di avere un asso nella manica. Gli ho urlato contro, gli ho detto che l'avrei detto a sua moglie, la sua preziosa Helena. Questo ha attirato la sua attenzione. È venuto verso di me. È stato allora che gli ho ricordato la sua voglia. È in alto sulla parte interna della coscia, vicino all'inguine. È improbabile che qualcuno lo sappia a meno che non lo abbia visto da vicino, per così dire. Ed è allora che è impazzito. Mi ha afferrato per le spalle e mi ha scosso molto forte. Ho pensato che stesse per menarmi. All'improvviso mi ha lasciato. Ci siamo trovati faccia a faccia e quindi mi ha detto, 'Sarà peggio per te se pensi che ti porterà da qualche parte. Ma qualcosa mi dice che sarai la perdente. Di nuovo. Vedi, John Bramber vince sempre.'"

Janie non era certa che la polizia avesse detto a Bryony della vera causa del suo incidente d'auto. Ma ore le era abbastanza chiaro chi aveva tagliato i freni e perché. John Bramber lo intendeva come un avvertimento per Bryony, o peggio ancora, aveva sperato di farla tacere per sempre.

"E l'hai visto salire in macchina e andarsene?"

"No, l'ho lasciato lì in piedi nel parcheggio, ma immagino che se ne sia andato poco dopo. E poi quella sera non è tornato." Fece una pausa e all'inizio Janie si chiese se non avesse più energia per continuare il suo racconto. Ma poi disse, "giovedì sera ho bussato alla porta della tua camera."

"Eri tu? Libby pensava di aver sentito qualcuno."

"Entrambe sembravate così gentili, immaginavo che sareste state entrambe comprensive. Volevo parlarti di John, della discussione, ma poi ho perso il coraggio. Probabilmente pensi come gli altri, che tutto quello che è successo è colpa mia. È quello che penso anch'io."

"Oh no, Bryony. Noi non lo pensiamo affatto. Sei stata coraggiosa ad affrontare John in quel modo. È un vero peccato che tu non sia riuscita a confidarti con noi."

Il pensiero fugace di Janie, era ciò che si sarebbe potuto evitare, se solo Bryony avesse bussato più forte alla porta, se avesse potuto condividere le sue paure su John, sulla sua rabbia e le sue accuse.

Il trauma e le ferite che Bryony stava subendo ora sarebbero state evitate?

"Comunque, ci ho pensato tutta la notte. E il giorno dopo ho deciso di mantenere la mia promessa. Stavo andando a parlare con Helena Bramber, per raccontarle tutto di me e John, quando ho avuto l'incidente. Ma non è stato un incidente, vero Janie? John ha cercato di uccidermi, vero?"

La sua voce era diventata sempre più fioca, come se tutta la spiegazione avesse preso l'ultima delle sue energie.

"Vedi, avevo ragione su quello che ho detto a Libby ieri. Sono una persona cattiva, merito tutto quello che mi è successo. Se non avessi tentato John in una relazione con me, niente di tutto questo sarebbe successo. È colpa mia, Janie. Tutto questo."

29

J ANIE NON AVEVA IN mente un secondo fine quando fece la telefonata all'ispettore investigativo Cooper. Non si trattava di una gara, una corsa per essere i primi a giungere a una conclusione del caso. L'importante ora era stanare il colpevole e assicurarlo alla giustizia.

"Ispettore investigativo, ho scoperto una cosa. Potrebbe essere d'aiuto per spiegare la scomparsa di John Bramber."

Era stata messa direttamente in contatto con Cooper, che era appena tornato dall'obitorio. A Williams e Armstrong era stato affidato il compito di accompagnare Helena Bramber a casa, con l'ordine di restare con lei. Era chiaro cosa stavano aspettando.

"Farebbe meglio a venire in stazione, ci sono stati degli sviluppi," le aveva detto.

Poco dopo la telefonata, Janie era seduta nell'ufficio di Cooper ripassando mentalmente tutto ciò che Bryony le aveva detto. Cooper era nell'ufficio centrale e parlava con un altro membro della sua squadra, ma poi entrò e le strinse la mano.

"Signora Juke," disse sedendosi.

"Ispettore, sono appena tornata dall'ospedale. Ho parlato con Bryony Sandwell e penso che vorrà sentire cosa mi ha detto."

Cooper annuì e Janie non seppe dire se era pronto ad ascoltare o se c'era qualcosa che voleva prima condividere con lei.

"La signorina Sandwell. Si continui," disse alla fine.

"Bryony ha avuto un figlio quando aveva solo quindici anni. John Bramber era il padre."

"Ah."

"John ha rifiutato completamente Bryony, ha negato ogni responsabilità. Bryony ha avuto una vita terribile, ispettore.

"Sì."

Janie esitò, chiedendosi sé stesse dicendo al detective qualcosa che già sapeva. Tuttavia continuò.

"Lo ha contattato di recente, pensando di poter sollevare nuovamente la questione del bambino. John le ha suggerito di venire alla conferenza questo fine settimana ed è stato allora che ha deciso di affrontarlo. Ha minacciato di smascherarlo, di dire a tutti la verità; che aveva generato suo figlio quando lei aveva solo quindici anni. In particolare ha minacciato di dirlo a sua moglie."

"E a sua volta John Bramber ha minacciato la signorina Sandwell?"

"Sì, signore, esattamente."

"E lei crede che John Bramber abbia manomesso i freni dell'auto della signorina Sandwell per farla schiantare, per farla stare zitta?"

"Sembra incredibile che possa aver fatto una cosa del genere, ma sì, questo è quello che penso sia successo."

"Mmm." Il detective spinse da parte alcune carte sulla scrivania, come se così facendo si schiarisse le idee. "Il fatto è, signora Juke, che abbiamo trovato un cadavere a Ditchling Beacon."

Janie non sapeva cosa fosse lo 'sviluppo' ma certamente non si aspettava questo.

"John Bramber?"

"No."

Il silenzio nell''ufficio era rotto solo dal suono ripetitivo di una macchina da scrivere da qualche parte nell'ufficio principale.

"Allora chi?" disse Janie faticando a far tornare i suoi pensieri.

"Roger Blythe." Cooper lasciò cadere le parole, senza aggiungere nulla di spiegazione.

"Il marito di Olivia? Non capisco."

"Il fatto è, signora Juke che mi ha portato l'ultimo pezzo del puzzle e per questo le sono estremamene grato."

"Io?"

"Mi lasci ricostruire la scena. La signora Bramber ha confermato alcune delle cose che sto per dirle. Il resto è supposizione, ma la mia ipotesi è che siamo il più vicino possibile alla verità fino a quando non avremo una conferma assoluta."

Allontanò la sedia dalla scrivania, si girò e allungò le gambe. Era una posa rilassata che contraddiceva gli eventi che stava per raccontare.

"John Bramber è perdutamente innamorato di sua moglie, lo è sempre stato. Ma di recente ha notato che il suo comportamento nei suoi confronti stava cambiando. Diventa sospettoso. Decide di tenderle una trappola. Dice a sua moglie che andrà via per il fine settimana a una conferenza sui diritti delle donne. Ironico eh? Nel tardo pomeriggio di giovedì lascia l'università guida la macchina nel bosco e va a sbattere contro un albero."

"Di proposito?"

"Di proposito, sì. Ha una bicicletta nel retro della macchina e la usa per andare a casa in bicicletta, dopo aver lasciato cadere il portafoglio vuoto nel bosco."

"Vuole che la gente creda che abbia avuto un incidente, che lui è stato vittima di un'aggressione, di una rapina?"

"Assolutamente. Perché se sono preoccupati per lui non lo saranno probabilmente per la sua vittima programmata."

"Roger Blythe?"

"Pensiamo che si sia nascosto da qualche parte. Forse è rimasto con i suoi genitori con un pretesto o altro, chissà? Ha scelto di aspettare fino al giorno successivo prima di fare la sua mossa. Ha aspettato fino a quando non è stato certo di scoprire il signor Blythe e sua moglie insieme. Non siamo ancora riusciti a capire molto dalla signora Bramber, quindi non conosciamo i dettagli, ma sappiamo che c'è stata una violenta colluttazione."

"Il livido sul polso di Helena?

"Attenta, oltre che intuitiva. Mi congratulo con lei, signora Juke, se questo non sembra troppo paternalistico."

Cooper era a suo agio ora, forse grato, non solo di avere un pubblico ricettivo, ma soprattutto di essere giunto alla conclusione di un'indagine impegnativa.

"Ma l'auto di John era nel bosco. Come ha portato Roger a Ditchling Beacon?"

"Una delle macchine del signor Bramber è nel bosco. Avrà notato che ha un garage doppio. Una macchina per lui, una per sua moglie. Immaginiamo che abbia caricato il signor Blythe nell'auto di sua moglie e l'abbia portato a Beacon. Non possiamo essere certi se intendesse ucciderlo o solo spaventarlo. L'autopsia ha dimostrato che c'erano diverse contusioni al torace, più probabilmente per i pugni pesanti che per la caduta, ma è stata la caduta ad ucciderlo. Collo rotto."

Fu solo quando il detective fece una pausa che Janie si rese conto di aver trattenuto il respiro. Anche adesso sembrava inimmaginabile che qualcuno scegliesse di togliere la vita a un'altra persona.

"Così tanto odio," disse.

"Oh, no, signora Juke, non odio. Sta considerando possibili motivi, come ho fatto io. Soldi, rapporti di affari loschi, disuguaglianze sociali e dedizione focosa alle cause politiche. Ma c'è una notevole omissione nel nostro elenco di possibilità. Amore. I sentimenti appassionati di un uomo per sua moglie"

"E stava preparando la morte di Bryony? Per farla tacete per sempre?"

"Per proteggere la sua relazione. Sì, naturalmente."

"Non è certo amore, però, vero?"

"Come lo descriverebbe?"

"Proprietà. Possesso. Eppure ,ciò che dovrebbe essere davvero, il matrimonio sono uomini e donne insieme, in equilibrio, il che supporta praticamente ciò che Clem ci ha detto."

"Non potrei essere più d'accordo."

Cooper si alzò, facendo capire che la conversazione doveva finire per il momento.

"Le sono davvero molto grato, signora Juke. La signorina Sandwell sentiva di potersi aprire con lei. Avremmo potuto faticare per raggiungere lo stesso livello di sincerità attraverso le nostre domande. Ha avuto un ruolo importante."

"Non è ancora finita però, vero?"

"Dobbiamo trovare il signor Bramber e dobbiamo trovarlo in fretta. È un uomo disperato ha dimostrato di essere disposto a tutto pur di raggiungere i suoi obiettivi."

"Pensa che Helena sia in pericolo?"

"Se credi che qualcosa ti appartenga, la prima cosa che fai è eliminare tutte le minacce a quella proprietà. Ma se poi ti rendi conto che nonostante tutto quello che hai fatto non sarà mai veramente tua, meglio distruggerla del tutto."

Il viaggio di ritorno di Janie a Falmer le diede il tempo di pensare. La morte di Roger era stata una tragedia. Si chiese come Olivia avrebbe preso la notizia. Roger aveva incoraggiato Olivia ad andare via per il fine settimana, dando a lui ed Helena la possibilità di trascorrere più tempo in insieme, piuttosto che incontri strappati in segreto. Ma Olivia non aveva dato segni di sospettare che suo marito avesse una relazione. Era tutto così triste. Amori non corrisposti. Will amava Helena, perdendola per John. Clem, Olivia, Alison, puntavano tutti gli occhi su John, eppure Helena era l'unica per lui, ma alla fine Helena aveva altre idee. Lei amava Roger. E poi c'era la povera Bryony. Non è stato l'amore ad attirarla verso John, ma la disperata speranza di un'adolescente che qualcuno la notasse, la trattasse da pari a pari.

L'ispettore Cooper l'aveva ringraziata e per questo Janie era lieta. Anche se, avrebbe potuto fare i collegamenti prima, se non fosse stata distratta dai sensi di colpa. Le sue prime priorità sarebbero sempre state sua figlia e suo marito e le sembrava sbagliato essere lontana da loro, ma il suo ruolo nella risoluzione di questo caso le dava un senso di conferma. Era un conflitto dentro di sé che doveva ancora conciliare.

Aveva bisogno di telefonare a suo padre per aggiornarlo, ma prima

Libby doveva essere messa al corrente. Entrando nel parcheggio vide Libby fuori dal Park Village che stava parlando con Will. Premette il clacson per attirare la loro attenzione e aspettò che la raggiungessero.

"Non so da dove cominciare," disse uscendo dall'auto. "Il marito di Olivia è morto."

"Buon Dio," disse Libby "Come, dove?"

"E c'è ancora di peggio."

"Come può essere peggio di così?" disse Will.

"Sembra che John sia il responsabile."

"Non ha alcun senso. John è la vittima, non è vero?" La confusione di Libby si rispecchiava nell'espressione di Will.

"Andiamo dentro e vi dirò tutto." Janie fece strada nel refettorio ed aspettò che tutti fossero seduti prima di esporre tutto ciò che aveva scoperto nelle ultime ore.

"E la polizia crede che John sia vivo?" Libby stava lottando per tenere il passo con il drammatico cambiamento degli eventi.

"È vivo, va bene. Ma se metto le mani su di lui non lo sarà ancora per molto. Cercando di uccidere Bryony e spingendo Roger alla morte. Quell'uomo è un mostro. E adesso pensano che Helena sia in pericolo?" Will si alzò e si diresse verso la porta. "Devo andare da lei, qualcuno deve avvertirla."

"Calmati, Will." Janie gli prese il braccio, tirandolo via dalla porta. "La polizia se ne sta occupando. Non puoi farti coinvolgere."

"Sono coinvolto. Noi tutti lo siamo." Si sedette di nuovo e si prese la testa tra le mani. "Che disastro. Povera Olivia. Credi che avesse qualche sospetto su Roger ed Helena?"

"Sarebbe stato più facile se fossero stati tutti ancora qui. Almeno Olivia non sarebbe stata da sola quando le è stata data la terribile notizia."

"Sono andate via appena tu sei uscita per andare da Bryony," disse Libby. "Alison è venuta a salutarmi e mi ha dato il loro indirizzo nel caso vogliamo contattarle." Prese un pezzo di carta dalla tasca del corpetto e lo porse a Janie. "Mi chiedo se Clem e Alison sosterranno Olivia una volta che scopriranno cos'è successo. Loro dicono che la beneficenza inizia in famiglia. È un peccato che Clem non possa impegnarsi così tanto nel sostenere i suoi amici come fa per la lotta per i diritti delle donne. Pensavamo che avremmo trascorso qualche giorno di relax lontano da casa, godendoci conversazioni intelligenti tra persone che la pensano allo stesso modo. Invece abbiamo finito per incontrare un assassino. E pensare che immaginavo che io e lui potessimo diventare amici. Questa è la dimostrazione di quanto io sia inguaribile nel giudicare le persone." Si girò verso Janie che evitò il suo sguardo. Non era il momento per dire te l'avevo detto.

"Cosa facciamo adesso?" chiese Will. "Ho davvero bisogno di sapere che Helena stia bene . Non sopporto l'idea che le succeda qualcosa di brutto. Può non essere irreprensibile, ma non merita di essere punita. Non possiamo fare a meno di innamorarci di chi ci piace."

"La polizia spera di trovare John? Hanno qualche indizio su dove potrebbe nascondersi?" disse Libby.

"Dobbiamo lasciar fare alla polizia e fidarci di loro per ottenere il risultato giusto, Will. Ho detto all'ispettore Cooper che avremmo aspettato qui all'università finché non avremmo avuto sue notizie. Sono fiduciosa che avremo notizie entro questa sera."

"Buone notizie, spero," disse Libby. "Non lo sopporterei altrimenti."

30

L'agente Williams aveva sempre cercato di rimanere obiettiva quando si trattava di lavoro. L'emozione intorbida le acque. Anche così facendo, alcuni dei casi su cui aveva lavorato, avevano messo alla prova la sua determinazione. E questo era uno di loro. Vedere Helena Bramber cadere a terra mentre l'addetto all'obitorio tirava indietro il lenzuolo avrebbe sfidato chiunque a rimane impassibile. La tensione nella piccola stanza laterale era palpabile. Non si sapeva se Helena avesse previsto che il cadavere sarebbe stato quello del suo amante. Proprio mentre si preparava alla peggiore delle notizie, forse nutriva anche una flebile speranza che fosse suo marito ad essere morto. Che Roger Blythe fosse riuscito a vincere nella lotta che doveva essersi verificata da qualche parte vicino alla cima del Ditchling Beacon.

I due uomini - John Bramber e Roger Blythe - erano così simili nell'aspetto, nell'altezza e nel colore dei capelli. Avrebbero potuto facilmente essere fratelli. Invece pur essendo soci in affari erano nemici. Tutto per amore di una donna.

Cooper aveva incaricato Williams e Armstrong di accompagnare Helena a casa. Williams era consapevole del fatto che, era insolito che a un agente venisse assegnata la responsabilità che le aveva dato l'ispettore Cooper. Aveva sempre messo in chiaro che desiderava imparare e, che quando fosse stato il momento avrebbe voluto sostenere gli esami di sergente e trasferirsi alla sala operativa. L'ispettore Cooper aveva detto che l'avrebbe sostenuta, sembrava fidarsi del suo giudizio, sebbene lei fosse ben consapevole di quanta esperienza doveva ancora accumulare.

Questa fase successiva dell'indagine era stato un esempio calzante. Ai due ufficiali era stato detto di restare con Helena, ma di non farsi vedere. Il pensiero era che a un certo punto Bramber sarebbe tornato a casa da sua moglie per reclamare il suo premio - o riprenderselo - a seconda del proprio punto di vista.

Non ci fu nessuna conversazione durante il viaggio in macchina verso casa Bramber. Non era il momento per parole frivole, e nemmeno per ulteriori interrogatori. Williams percepiva che Armstrong aveva delle domande , era giovane desideroso, ansioso di capire la mente criminale. Era stato inserito rapidamente nella polizia investigativa, quindi, aveva trascorso poco tempo a lavorare a quel ritmo. Non era nemmeno sicura che Armstrong fosse stato mai coinvolto in un caso di omicidio ammesso che si rivelasse tale.

L'auto rallentò, a quel punto Helena stava per parlare.

"Sì, OK," disse Williams. "Andiamo a parcheggiare due strade più in là, meglio non rendere la nostra presenza troppo evidente."

Era difficile capire cosa stesse pensando Helena Bramber, cosa stesse provando. Doveva aver capito che la polizia stava aspettando che arrivasse suo marito, che stavano preparando una trappola, con lei come esca. Aveva ancora un po' di lealtà nei suoi confronti? Avrebbe provato ad avvertirlo, o sperava che sarebbe stato catturato e punito con la pena massima – omicidio?

Una volta all'interno della casa, William fece cenno ad Armstrong di fare una rapida ricognizione in tutte le stanze. Bramber poteva essere già arrivato e poteva essersi nascosto aspettando il ritorno di sua moglie.

Pochi minuti dopo Armstrong ritornò. "Niente," disse.

"Meglio controllare nel garage," disse Williams.

Si presumeva che Bramber avesse portato Roger Blythe a Ditchling Beacon con l'auto di sua moglie. Se il garage era vuoto, Bramber poteva essere ovunque. Se voleva sfuggire alla cattura sarebbe stato abbastanza facile, andare forse a nord, e forse anche all'estero. Se così fosse ritracciarlo sarebbe stato quasi impossibile. Ma stavano tutti puntando sul presupposto che Bramber non sarebbe stato in grado di abbandonare il suo unico vero amore – Helena. Qualsiasi cosa aveva fatto fino a quel momento - pianificare la sua presunta scomparsa, organizzare l'incidente di Bryony, uccidere Roger Blythe – era come se avesse spianato la strada a Helena. Forse, rifletté Williams, Bramber sperava, nella sua mente contorta, che in qualche modo potesse convincerla ad amarlo di nuovo.

"Preparo il caffè, va bene?" C'era qualcosa di così normale nel tono di Helena. Era come se Williams fosse entrata nella casa sbagliata. Non un posto dove un'altra tragedia era imminente, ma dove gli amici potevano sedersi tutti insieme per una serata confortevole.

Williams seguì Helena in cucina. Quando Williams aveva accompagnato il suo capo nella prima visita, aveva notato l'aspetto quasi clinico della cucina. Piani di lavoro luccicanti si estendevano per tutta la lunghezza di una parete, con niente in mostra tranne un bollitore elettrico e una brocca di ceramica colorata, con un mazzo di tulipani cremisi. I tulipani pendevano come se percepissero la tristezza del momento.

Helena fece scivolare fuori un vassoio da uno stretto spazio tra gli armadi a muro e cominciò a sistemarlo con le tazze, una zuccheriera e una brocca di crema, posandolo sul bancone della colazione.

"Vogliamo prendere dei biscotti?"

Sembrava come se stesse vivendo in un sogno.

"Lasci fare a me e si sieda," disse Williams. "Non vogliamo cadere di nuovo, vero?"

Helena si appollaiò su uno degli sgabelli tenendo le mani sul banco per la colazione ispezionandole mentre parlava.

"Io lo amavo, lo sa."

"Roger?"

"Mio marito. Quando ci siamo sposati pensavo di essere la ragazza più fortunata del mondo. Tutte erano innamorate di John Bramber e lui aveva scelto me."

Williams rimase in silenzio distogliendo lo sguardo da lei per darle lo spazio di aprirsi.

"Quello a cui non ero preparata era l'intensa gelosia. La prima volta che mi ha accusato è stato durante la nostra luna di miele. Due settimane a Palma di Maiorca in uno splendido albergo che si affacciava proprio sulla baia. I panorami erano indescrivibilmente belli."

Guardò in lontananza come se ogni fibra del suo essere desiderasse di essere di nuovo lì. In piedi sul balcone, a guardare il Mediterraneo, con tutto ciò che era accaduto da allora svanito nell'etere.

"La prima sera abbiamo cenato nel ristorante dell'hotel, allestito all'aperto sulla terrazza. L'atmosfera era rilassata, gioiosa. E durante tutto il pasto un paio di uomini del posto, fratelli credo, hanno suonato la chitarra spagnola. La musica era perfetta, così orecchiabile e ben eseguita. Certo ho applaudito insieme a tutti gli altri e probabilmente ho sorriso loro un paio di volte. Ma quando siamo tornati nella nostra stanza, John mi si è rivoltato contro. Mi ha accusato di flirtare e poi è stato come se avesse perso tutto il senso della realtà e mi ha davvero ferita."

"Era violento con lei?"

"L'ho fatta passare per un'aberrazione da ubriaco. Entrambi avevamo bevuto molto."

"Ma è successo di nuovo?"

Helena annuì. "La volta successiva non aveva bevuto. Le cose andavano così che avevo paura di guardare un uomo o di parlare con qualcuno. E ogni volta era attento a farmi male dove non si vedeva."

Si scostò i capelli dal viso rivelando lividi sbiaditi tutti intorno all'attaccatura dei capelli.

"E Roger?"

"Lui e John erano soci in affari, ma anche amici, almeno allora erano amici. Roger era il testimone di John. Quindi, Roger era spesso qui a parlare di qualche affare problemi o altro. Preparavo dei panini per entrambi poi mi allontanavo. Ma prima di andarsene Roger mi cercava sempre, per ringraziarmi del pranzo o della cena. Era così gentile."

"E siete diventati amici?"

"Conoscevo sua moglie, Olivia, dai tempi della scuola. Ci eravamo perse di vista il che è stato strano perché vivevamo ancora tutti nella stessa zona. Comunque un sabato mattina John stava facendo una delle sue visite regolari alle sue negozi di scommesse, e io avevo una mattinata libera. Ho deciso di fare shopping nei Lanes ed ho incontrato Roger. Ha proposto un caffè e questo fu tutto. Era un così bravo ascoltatore, immagino di essere stata pronta per sfogarmi di tutto. Era furioso quando ha scoperto come John mi aveva trattato ed ero terrorizzata che potesse affrontarlo. Così lo convinsi che avevo tutto sotto controllo. Ovviamente non era vero. Ma se John avesse scoperto che avevo detto a qualcuno la verità sul suo comportamento, la sua rabbia, le accuse ingiustificate, sapevo solo che mi avrebbe punito. E avevo ragione, non è vero?"

"Da quanto tempo lei e Roger avevate una relazione?"

"All'inizio ci siamo solo incontrati per un caffè, ogni tanto. Mi faceva ridere, mi ha fatto sentire di nuovo giovane e libera. Avevo dimenticato come fosse sentirsi felici."

"La sua amicizia con Roger Blythe si è trasformata in qualcosa di più?"

Helena si avvicinò alle portefinestre che si aprivano sul giardino sul retro. Williams seguì il suo sguardo, ammirando lo splendore delle aiuole fiorite. Le rocce intorno ad un piccolo stagno di pesci. I Bramber avevano una vita che molti avrebbero invidiato, eppure al centro di tutto c'era l'amarezza. La perfezione apparente non era altro che una facciata.

"Povero Roger." Helena si strinse le braccia intorno al corpo, come se cercasse di contenere la sua disperazione. "E la povera Olivia. Non volevamo farle del male. Se c'è qualcuno da incolpare sono io. Ho commesso un errore dopo l'altro."

"Signora Bramber, quale è stata la vera ragione per cui ha telefonato all'università venerdì mattina? Aveva la sensazione che suo marito sospettasse che lei avesse una relazione?"

Helena si strinse nelle spalle. "Si è comportato in modo strano nelle ultime settimane, è stato molto gentile con me. E poi di punto in bianco ha annunciato che andava a una conferenza all'università del Sussex. Suppongo di aver telefonato per vedere se era davvero lì."

"Ma la telefonata non è stata d'aiuto, vero? Non ne era ancora sicura."

"Ho combinato un tale pasticcio su tutto. Sa, quando ho rivisto Will, dopo così tanti anni, volevo dirgli scusa. Ho scelto l'uomo sbagliato. Will ed io, avremmo potuto essere qualcosa di speciale."

Il bollitore era pronto, ma Williams lo rimise a bollire ed in quel momento entrò in cucina Armstrong.

"Lui è qui. È fuori è appena arrivato."

Armstrong sembrava ansioso, come se fosse incerto sulla prossima mossa.

"Ne abbiamo discusso," disse Williams, sperando di infondere calma nel suo collega. "Io resto qui con Helena. Tu esci e vai a incontrarlo."

"E se ha un coltello o una pistola?"

"Non abbiamo motivo di sospettare che sarà armato."

"Speriamo di aver capito bene, o non arriverò al mio prossimo compleanno."

Non c'era modo di sapere come avrebbe reagito Helena, non solo alle possibili minacce del marito, ma nel momento in cui la fortuna di suo marito sarebbe finita.

William prese il braccio di Helena avvicinandola a sé portandole un dito alle labbra. Poi fu come se stessero entrambe trattenendo il respiro mentre ascoltavano John entrare in casa.

"Helena," la sua voce proveniva dal corridoio. "Mi dispiace per prima. Mi farò perdonare, te lo prometto."

Il rumore dei passi sul parquet segnalava che John si stesse muovendo lungo il corridoio, e poi nel soggiorno, dove trovò Armstrong. "Chi diavolo sei e cosa ci fai in casa mia?"

Helena aveva cerato di staccarsi da Williams, ma l'agente era riuscita a fermarla. Rimasero immobili e ascoltarono mentre la conversazione si svolgeva nella stanza accanto.

"Detective sergente Armstrong, ecco il mio distintivo di riconoscimento."

Williams rimase colpita. La voce di Armstrong era calma, misurata, qualcosa che era certa lui non stava provando.

"Te lo chiederò di nuovo. Che ci fai in casa mia?" disse Bramber.

"Credo che lei lo sappia, signore."

"Cosa dovrei sapere?"

"Abbiamo trovato il corpo di Roger Blythe a Ditchling Beacon."

"Roger? Beh è triste saperlo. È stato un suicidio?"

"Cosa glielo fa dire?"

"Ha avuto problemi di denaro, sperando che potessi aiutarlo. Immagino che avesse deciso che era ora di farla finita."

Williams avrebbe voluto vedere l'espressione di John Bramber. La calma del suo tono faceva pensare che gran parte di questo era stato preparato.

"Senti, sono qui per parlare con mia moglie. Dopo tutto questa è casa mia e ora chi mi hai informato su Roger, vorrei che te ne andassi."

Helena deve aver percepito che Williams aveva allentato la presa, così concentrata su ciò che stava accadendo nella stanza accanto. Helena scelse il momento giusto e si allontanò irrompendo nel soggiorno con Williams dietro di lei.

"È finita John," disse Helena. "La polizia lo sa. Sanno tutto."

"Ah, eccoti, dolcezza mia." John si lanciò verso Helena, ma Armstrong gli sbarrava la strada. Nello spazio di pochi secondi Armstrong aveva in qualche modo spinto a terra John Bramber. Lo teneva fermo con un ginocchio, Williams aveva girato le braccia di Bramber dietro la schiena e lo aveva ammanettato.

"Che diavolo stai facendo? Vedrai come andrà a finire. Vi denuncerò per arresto illegale."

In quel momento entrò nella stanza l'ispettore Cooper, in tempo per ascoltare lo sfogo di Bramber.

"Oh, non credo che accadrà, signor Bramber. Sembra che sia giunto il momento per lei di rinunciare alla finzione. Sappiamo del suo coinvolgimento nella morte del signor Roger Blythe e del tentato omicidio della signorina Bryony Sandwell."

"Oh John, non anche Bryony. Perché? Cosa può averti fatto per meritarselo?" Helena aveva teso le braccia verso il marito come per supplicare la verità.

Insieme Armstrong e Williams avevano messo Bramber, prima seduto e poi in piedi. Nonostante le manette sembrava fiducioso, ridendo in modo spavaldo.

"Cosa pensate che abbia fatto esattamente?"

"Noi non pensiamo che lei abbia fatto qualcosa, signor Bramber," disse Cooper. "Noi sappiamo che ha spinto alla morte Blythe. Questo è almeno un omicidio colposo, forse un omicidio. Poi abbiamo il tentato omicidio della signorina Bryony Sandwell. Stiamo ancora aspettando il verdetto del dottore, ma se la signorina Sandwell non sopravvive alle ferite, ci saranno due capi d'accusa per omicidio. Come le sembra?"

Cooper scrutò il viso di Bramber per una reazione. Passarono pochi secondi mentre tutti nella stanza avevano le proprie aspettative su cosa sarebbe successo dopo.

"Non avete prove, niente che regga in tribunale." La voce di Bramber era gelidamente calma.

I tre poliziotti sapevano che aveva ragione, c'erano poche prove concrete per condannare John Bramber. C'era l'ammissione di Bryony della discussione tra di loro, le sue minacce. Helena aveva testimoniato che venerdì sera tardi John aveva fatto irruzione in casa , costringendo Roger Blythe ad entrare in macchina e si era allontanato con lui. Ma tutto ciò non era sufficiente per convincere una giuria.

"Quando hai smesso di amarmi, Helena?" Alla fine John ruppe il silenzio "È stata tutta una finzione sin dall'inizio? Erano i miei soldi che amavi davvero, è così? E Roger, lo amavi? O era solo un passatempo diverso."

"Ti amavo così tanto, ma tu hai distrutto quell'amore con la tua gelosia. Non riuscivo a respirare, John. Sarei stata felice di vivere una vita più semplice, non si è trattato mai di soldi. Tutto questo," Helena osservò il soggiorno, "è solo roba, non significa niente. Forse se avessimo avuto un figlio..."

"Un bambino? Sì." John fece un improvviso movimento verso

Helena che fece scattare Armstrong che si mise davanti a lei proteggendola da qualunque cosa intendesse fare suo marito. "Lei stava per dirtelo, è quello che non potevo permettere."

"Chi mi avrebbe detto cosa?"

"Bryony."

"Cosa centra Bryony?"

"Mi ha detto che ero il padre di suo figlio."

"Oh ti prego no, John. Tu e Bryony? Quando?"

"Veramente non mi ricordo, una o due volte, forse. Che differenza fa? È venuta da me. Cosa avrei dovuto fare, rifiutarla?"

"Quando?"

"Stava sempre con il vostro gruppo, Clem, Alison e tutti gli altri. Non ti ricordi?"

"A scuola? Ma lei aveva un anno meno di noi? E lei se n'è andata alla fine del quarto anno, così, tu vuoi dire che aveva quindici anni? Per favore non mi dire che hai messo in cinta una quindicenne?"

"La sua parola contro la mia. Avrei potuto essere io, ma facilmente poteva essere stato qualcun altro, anche il tuo prezioso Will."

"E Bryony ti ha minacciato che intendeva dirmelo?"

"Non potevo permetterlo. Doveva essere messa a tacere."

La prima ammissione di colpa. Williams avrebbe voluto poter prendere il taccuino e scrivere tutto, parola per parola, ma qualsiasi gesto avrebbe spezzato il momento. Aspettò prevedendo le successive parole di Bramber.

"Hai distrutto la vita di quella ragazza," disse Helena.

"Tanto non è che avesse una vita importante che l'aspettava, non è così?"

Una volta pronunciate le parole fu come se si rendesse conto di quanto fossero dure. Come se, forse per la prima volta, nella sua vita si rendesse conto di come gli altri lo consideravano. Ma chiaramente c'era solo una persona di cui cercava la buona opinione. John Bramber desiderava ancora disperatamente che sua moglie lo vedesse sotto una luce positiva, voleva ancora la sua comprensione e in definitiva il suo amore.

"E Roger? Meritava di morire perché era gentile con me? Perché mi amava?"

"Tu sei mia moglie," John urlò. "Nessun altro ha il diritto di amarti, tu sei mia."

"Oh John. Tu non capisci, vero ? Non sono una tua proprietà. Né tua, e né di nessun' altro."

"Ma mi amerai di nuovo?" La rabbia ardente era scomparsa. Le sue parole ora erano di un ragazzo che si aggrappava alla ragazza dei suoi sogni.

"Devi dire tutto alla polizia, John. Ammetti quello che hai fatto, che tu hai spinto Roger per ucciderlo."

"Se dico la verità, allora mi perdonerai?"

"Non potrò mai perdonarti, John. Ma mi dispiace per te. Tanta distruzione; Roger, Bryony, Olivia e me. E la tua stessa vita. Sei finito John. È finita e non voglio vederti mai più."

31

FORSE L'ILLUMINAZIONE ESTERNA DI Falmer House non funzionava, o più probabilmente non era stata accesa. Poiché la conferenza sui diritti delle donne era l'unica presenza, prevista durante le vacanze di Pasqua, tutto era stato snellito. Riduzione del personale in cucina, riduzione della temperatura sui termostati del riscaldamento. Anche se in qualche modo l'oscurità sembrava appropriata mentre Janie, Libby e Will erano seduti sul muretto fuori dall'edificio principale commentando le notizie avute dalla stazione di polizia.

Will aveva risposto alla telefonata che confermava che il piano dell'ispettore Cooper aveva avuto successo. John Bramber si era presentato al suo indirizzo di casa ed era stato arrestato. Al di là di questo si sapeva poco per certo.

"Spereranno in un'ammissione di colpa," disse Janie. "C'erano poche o nessuna prova concreta per addossargli entrambi i crimini."

Will sembrava pensieroso mentre si arrotolava una sigaretta. "Dovevo capirlo che c'era qualcosa che non andava. Quando John mi ha detto che aveva suggerito a Bryony di venire per questo fine settimana. Ho pensato che fosse strano. Non aveva tempo per lei a scuola, nessuno di loro lo aveva. Se l'avessi contrastato forse avrei potuto impedirgli di fare quello che ha fatto. Se lo avessi sospettato gli sarei stato addosso almeno Bryony avrebbe potuto salvarsi.”

“Non puoi pensare così. Niente di tutto questo è colpa tua,” disse Janie.

C'era poco appetito per una cena preparata, quindi un piatto di panini e una scodella di patatine erano stati preparati frettolosamente, con la signora Blackmore che esprimeva la sua delusione per quel fine settimana finito in modo così brusco. “Si sta sprecando il cibo, ecco cosa non posso sopportare,” fu la sua affermazione.

Avevano mangiato i panini nel refettorio in silenzio, prima di portare la ciotola di patatine fuori con loro. Di tanto in tanto uno di loro si allungava per prendere una patatina.

“Lo sai, Will,” disse Libby. “Che non hai mai suonato la chitarra per noi, non vedevo l'ora di sentirti.”

“Non è proprio il momento giusto adesso, non ti pare?”

“Cosa pensi di fare? C'è una possibilità per te e Helena?”

Will fece una risatina ironica. “Credo che quella nave sia salpata. È così che si dice, vero? No, ritorno a Creta. Credo di potermi fare una bella vita laggiù. Mi sono fatto un sacco di amici, nel corso degli anni. Uno di loro gestisce un bar sulla spiaggia e sono sicuro che sarebbe felice che io lo aiutassi.”

“Giornate in spiaggia, notti in una piccola taverna. Sembra il paradiso,” disse Libby, stuzzicandosi il cerotto sul dorso della mano. “Vorresti non tornare mai più?”

“No, tutto questo mi ha aiutato in un modo strano. Mi ero aggrappato a un ricordo sfumato di rosa di quegli anni dell'adolescenza. Ora lo vedo per quello che era, solo un trampolino di lancio dalla giovinezza all'età adulta.”

“Immagino che siamo tutti vittime di eventi della nostra infanzia,” disse Janie con aria pensierosa. “No, lasciami rettificare, ‘vittima’ è la parola sbagliata.”

“Pensi che Olivia si senta una vittima?” disse Libby. “In un modo o nell'altro ha sicuramente sofferto. Mi chiedo se avesse sospettato della relazione.”

“Aveva detto che si sentiva sola anche all'interno del suo

matrimonio," disse Janie, chiedendosi cosa pensava Will di Olivia, quando erano tutti adolescenti e quanto sarebbe potuta cambiare da adulta. "Mi chiedo se la morte di Roger si rivelerà un punto di svolta per lei."

"Non ne sono sicura," disse Libby. "Per come la vedo io, i nostri caratteri sono praticamente delineati fin dall'infanzia e una volta che l'insicurezza si insinua è quasi impossibile da superarla."

"Non sono d'accordo." Will si alzò camminando avanti e indietro come per raccogliere i suoi pensieri, "Mi piace pensare che le esperienze della vita possano cambiarci, renderci più forti. Lo spero comunque."

"Stai pensando a Bryony, vero?" disse Janie.

"Sì, la sua vita ha seguito un corso particolare, una cosa terribile dopo l'altra. Ma dietro a tutto questo penso che lei sia una tosta, potrebbe capovolgere le cose. Ha solo bisogno di qualcuno che creda in lei, che le faccia capire che è possibile."

"Andremo a trovarla stasera mentre torniamo a casa," disse Janie. "Una volta che starà abbastanza bene da lasciare l'ospedale potremmo anche essere in grado di convincerla a trasferirsi a Tamarisk Bay. Ci sono sempre molti lavori in corso e potrei aiutarla a trovare un monolocale. In questo modo avrebbe noi come vicine e potremmo badare a lei."

"E tu Janie? Qualcosa di più chiaro su quello che vuoi?" Libby spiegò, rivolgendosi a Will, "Janie sta cercando di bilanciare le sue responsabilità con i suoi desideri." Poi strizzando l'occhio a Janie aggiunse, "a livello intellettuale, ovviamente, più che emotivo."

"In questo momento tutto quello che voglio è essere a casa con mio marito e mia figlia. Tutto il resto poi aspettare." Janie fece una pausa, guardando in lontananza. "Sapete, se solo Olivia ci avesse detto la verità su ciò che aveva visto, su quella discussione. Doveva aver visto che era Bryony che stava discutendo con John. Se fosse stata sincera, l'incidente di Bryony si sarebbe potuto evitare. Forse anche la morte di suo marito."

"Suppongo che pensasse di proteggere Bryony. Non voleva che fosse coinvolta nella scomparsa di John."

"Invece ha ottenuto il contrario, l'ha lasciata senza protezione. Quando li ha visti litigare sarebbe potuta intervenire affrontare John."

"Non l'avrebbe mai fatto. Probabilmente aveva ancora soggezione nei suoi confronti. Tutti l'avevano. Anche tu, ricordi?" disse Janie.

"Abbastanza stupida, lo so," disse Libby. "Ma in mia difesa ero sinceramente interessata a sapere del coinvolgimento di sua madre nella carovana della pace."

"Ho incontrato la mamma di John un paio di volte," disse Will. "Non mi è mai sembrata un'attivista."

"Olivia più di Clem?" disse Janie, strizzando l'occhio.

"Sì, sembra che il piano di John fin dall'inizio del fine settimana fosse quello di creare una falsa immagine di sé stesso, facendo capire che era sinceramente interessato all'uguaglianza per le donne. Invece faceva tutto parte di un piano per sorprendere Helena e Roger, per così dire." La voce di Will si affievolì. Poi tese la mano verso Janie. "Vado via ora, è stato davvero bello conoscervi entrambe, e in circostanze diverse, direi che è stato un piacere."

"Anche per noi, e buona fortuna per tutto, Will."

Lo guardarono salire in bicicletta e partire.

"Se dobbiamo passare in ospedale dovremmo andare." Libby disse con esitazione nella voce.

Janie non aveva bisogno di capire l'espressione sul viso della sua amica, era evidentemente di panico e paura.

"Va tutto bene Libby, guiderò io per andare a casa."

"Cosa devo fare, Janie? Devo guidare per lavoro. Ma il pensiero di sedermi al volante mi terrorizza ancora."

"Non pensarci adesso. Prenditi ancora qualche giorno di ferie. Mentre i tagli guariscono lo faranno anche i tuoi nervi vedrai. Una volta che sarai a casa con tua nonna tutto andrà a posto. Potremmo non essere state qui molto, ma abbiamo imparato abbastanza, in questo breve periodo, per vedere cosa bisogna fare. Hai l'occasione perfetta per usare la tua posizione di giornalista donna per difendere i diritti delle donne scuotere le istituzioni. Pensa solo alla differenza che potresti fare."

"Ora mi fai sembrare Clem."

"Non c'è niente di male nell'essere infervorati e appassionati al cambiamento. Lo devi a coloro che non sono abbastanza coraggiosi da alzarsi in piedi ed essere contati. Pensa a donne come Bryony costretta a lasciare suo figlio solo perché non è sposata e Helena intrappolata in un matrimonio con qualcuno che pensa che l'amore riguardi il controllo. Hai una voce, Libby. Usala. E se significa mettersi al volante di una macchina di tanto in tanto, è un piccolo prezzo da pagare, no?"

"Una cosa è certa. Se il mio capo viene a sapere dove sono stata questo fine settimana e si rende conto che ho avuto la possibilità di uno scoop di prima mano, nientemeno che un omicidio, si infurierà."

"Immagino che la stampa locale lo pubblicherà a tutta pagina lunedì."

"Però hai ragione. Non voglio più essere quel tipo di reporter. Non mi basta raccontare i fatti, a meno che questi non siano per smascherare le ingiustizie, la messa in discussione di come vanno le cose."

"Resterai al *The Observer*?"

"Lì ho una voce. Però ciò di cui ho davvero bisogno, è una rubrica settimanale, uno spazio editoriale in cui si possono evidenziare i problemi che ci riguardano tutti. Dovrò usare i miei poteri di persuasione, magari far notare come *The Observer* possa essere riconosciuto come un giornale che prende posizione sui temi sociali. Il fatto è che c'è disuguaglianza ovunque guardi. Famiglie che lavorano l'intera giornata, ma non hanno ancora abbastanza soldi per pagare le bollette, e altre che sono così ricche che non potrebbero mai spenderli tutti neanche in due vite."

"Credo che ci saranno sempre disuguaglianze. Non possiamo sperare di sradicarle tutte."

"Posso fare in modo che la mia missione sia provare, no? E hai ragione, se vuol dire mettersi al volante della mia vecchia Mini di tanto in tanto è un prezzo molto basso da pagare."

"Questa somiglia di più alla Libby Frobisher che ho imparato a conoscere e ad amare. Bene, passerò a salutare Peter prima di andare, poi sarò subito da te."

Mentre Libby tornava nella loro stanza per fare le valigie, Janie andò in cucina dove trovò Peter che puliva le superfici.

"Non volevo andarmene senza salutare."

"La polizia ha risolto il caso vero? Hanno trovato l'uomo?"

Mentre Janie ripercorreva gli eventi recenti, sembrava effettivamente, come se stesse leggendo ad alta voce una delle sue amate storie di Poirot. Eppure questi erano eventi che avevano cambiato per sempre la vita delle persone coinvolte.

"Allora l'uomo che cercavi non era una vittima?"

"Purtroppo era lui l'autore del reato," disse Janie.

"E sanno per certo che ha ucciso qualcuno? Non riesco ad immaginare quanto devi essere arrabbiato per levare la vita ad un uomo." Peter sembrava pensieroso. "Voglio dire a volte mi sento arrabbiato ma non potrei mai ferire qualcuno qualunque cosa abbia fatto."

"In verità, nessuno di noi sa cosa farebbe nella foga del momento," disse Janie ripensando ad alcune delle verità che aveva scoperto nell'ultimo anno. "Quando ci troviamo di fronte a una situazione in cui dobbiamo lasciare andare l'unica cosa che è importante per noi, questo può facilmente far oltrepassare il limite a qualcuno. Immagino che John Bramber abbia perso il controllo della realtà. Si era convinto che se avesse rimosso tutti gli ostacoli a quello che percepiva come il suo matrimonio perfetto, allora sarebbe andato tutto bene. Ma basta, Peter. Tu, cosa mi dici? Hai deciso cosa farai ora?"

"Spero di trovare un altro lavoro."

"E l'università? Potresti fare entrambe le cose, lo sai. Ci sono alcuni fantastici corsi serali che ti aiuterebbero ad entrare nel settore della ristorazione. Meglio ancora trova un datore di lavoro che ti mandi a fare i corsi. In questo modo imparerai i rudimenti e alla fine avrai un lavoro già pronto."

"E i miei genitori? Dovrei provare a cercarli?"

"Solo tu puoi rispondere a questa domanda."

"Se decido di provare, mi aiuterai?"

Janie era stata lontana dalla sua vita quotidiana solo per tre giorni. In quel periodo era stata coinvolta nello sbrogliare potenziali moventi, cercare prove, contestare i resoconti delle persone. Sia Bryony che Peter stavano cercando delle risposte; Bryony disperata per sapere cosa è successo a sua figlia, Peter desideroso di sapere la verità sui suoi genitori. Poteva aiutare uno di loro, o entrambi?

"Ecco il mio indirizzo. C'è un nuovo college vicino a dove viviamo. È una tua decisione, ma se decidi di venire a Tamarisk Bay devi venire a cercarmi."

La visita in ospedale era stata necessariamente breve. Bryony stava ancora lottando per rimanere sveglia per più di qualche minuto, ma la sua stretta sulla mano di Libby era un segnale incoraggiante. Era una combattente. Libby aveva scritto una breve lettera che fece scivolare nel cassetto accanto al letto di Bryony.

"Da parte di Janie e mia. Ti lasciamo i nostri indirizzi e aspetteremo tue notizie non appena starai abbastanza bene."

C'erano molte altre cose che Libby avrebbe voluto dire, ma faticava a trovare le parole giuste. John aveva fatto di Bryony una vittima. Non solo causando il suo incidente d'auto, ma anni prima quando era una ragazzina disperata per cercare di essere accettata, di essere amata. Lui le aveva fatto credere di non valere nulla. Libby era lì quando Bryony aveva rischiato di perdere la vita. Janie aveva ragione. Se Libby era venuta alla conferenza del fine settimana in cerca di uno scopo, ora ne aveva uno. Si sarebbe prefissata l'obiettivo di scovare il tipo di ingiustizie che avevano portato Bryony in una situazione così buia e le avrebbe fatte venire fuori alla luce.

Erano quasi le otto di sera, quando Janie entrò in casa sua.

"Greg." Chiamò suo marito solo una volta, rimanendo nel corridoio, ascoltando.

Poi lui era lì, scendeva dalle scale, con Michelle tra le braccia. Il dolce profumo di borotalco pervadeva l'aria e prima che Greg potesse dire una parola Janie li abbracciò entrambi.

"Oh, è così bello essere a casa," disse, la voce soffocata dalla coperta di sua figlia.

"Ha appena fatto il bagnetto."

"Papà ti ha detto che stavo tornando a casa?"

"Sono andato a prendere Michelle all'ora di pranzo. Non mi piace stare in casa quando lei non c'è."

"Mi siete mancati." Janie accoccolò il suo viso su quello della figlia. "E tu," disse, baciando il marito.

"Michelle non è l'unica persona che lascia un grande spazio vuoto; c'è un vuoto grande delle dimensioni di Janie nella mia vita quando non sei qui. E sono passati solo tre giorni." Greg sollevò in po' il mento di Janie in modo da poterla guardare negli occhi." Sai ho pensato molto a noi da quando sei uscita di qui giovedì."

"Anche io. Sono io che ho torto, Greg. Ora me ne rendo conto."

"Penso che ti dimentichi che siamo dalla stessa parte. Io voglio quello che vuoi tu, qualsiasi cosa ti renda felice. Devi sapere quanto sono orgoglioso di te per tutto quello che hai ottenuto nell'ultimo anno. Credo che il problema principale siano i tuoi dubbi su te stessa, non sei troppo sicura di quello che vuoi. Ma credo davvero che tu possa essere tutto ciò che vuoi essere e, qualunque cosa tu scelga, io ti sosterrò fino in fondo."

Entrarono nel salotto e si sedettero vicini sul divano con Michelle annidata tra di loro.

Janie prese la mano di Greg tra le sue mentre spiegava. "Sono stati tre giorni difficili per certi versi, ma stranamente sono serviti anche a chiarire le cose. La conferenza era incentrata sull'uguaglianza; eppure, tutt'intoro a me c'era disuguaglianza. Tra le sei persone, nel nostro gruppo di discussione c'erano invidia, pregiudizi e incomprensioni a tutti i livelli. Mi ha fatto capire che io e te abbiamo qualcosa di speciale. Siamo partner alla pari, ci amiamo e cosa altrettanto importante ci rispettiamo a vicenda. Di recente l'ho dato per scontato e voglio chiederti scusa."

"Non devi scusarti con me. Lo sai l'amore è… sai come i manifesti che compaiono ovunque? Bene, l'altro giorno ne ho visto uno che ci riguarda. L'amore è…non dover dire mai mi dispiace. Quindi dovremmo fare un patto."

Gli strinse la mano più forte. "Da quando sono partita giovedì, non vedevo l'ora che arrivasse questo momento, noi tre rannicchiati insieme. Noi tre in armonia. Hai ragione però. È la mia stessa insicurezza che è il vero problema. Ma sono tornata a casa piena di idee su cosa potrei fare, cosa mi piacerebbe fare. Forse studiare?"

"Come ti ho detto, qualunque cosa tu scelga ti sosterrò per tutto il tempo. Ricorda, da soli andiamo bene ma insieme siamo molto di più. Come il miglior pezzo di muratura, solido e resistente."

"Muratura? Questa mi è nuova."

"E questa piccolina è la malta che ci cementa insieme."

Entrambi abbassarono lo sguardo su Michelle che stava succhiando allegramente la sua coperta, ignara di tutto.

NOTE DELL'AUTORE

Durante le mie ricerche per *Una Notevole Omissione*, ho acquisito alcune interessanti informazioni sulla vita in Inghilterra all'inizio del 1970.

Il Movimento di Liberazione delle Donne si è creato alla fine degli anni '60 e tennero la loro prima conferenza, per diversi giorni, tra la fine di febbraio e l'inizio di marzo 1970 al Ruskin College, Università di Oxford. Ci furono circa seicento partecipanti, tra cui alcuni uomini, che, si dice ,fossero impegnati nel movimento, sperando in una maggiore uguaglianza sociale per le loro figlie. Nella prima conferenza l'attrezzatura di registrazione dovette essere presa in prestito. Non c'era il riscaldamento e i partecipanti sedevano con i loro cappotti. Tuttavia la conferenza è stata salutata come un grande successo e il movimento ha continuato a organizzare molti altri eventi negli anni successivi. La Sussex University non ha tenuto una delle conferenze, quindi quell'elemento del romanzo è puramente fittizio.

Tuttavia, l'Università del Sussex era diventata famosa per il radicalismo studentesco. Nel marzo 1970 duecento studenti occuparono l'edificio amministrativo per paura che l'università tenesse registri delle attività politiche degli studenti. Poi nel 1973 una folla di studenti impedì fisicamente al consigliere del governo degli Stati Uniti Samuel P. Huntington di tenere un discorso nel campus, a causa del suo coinvolgimento nella guerra del Vietnam, allo stesso modo quando il portavoce dell'ambasciata degli Stati Uniti, Robert Beers, aveva fatto visita agli studenti per tenere un discorso dal titolo 'Approfondimento sul Vietnam' tre studenti erano fuori dalla Falmer House e hanno gettato un secchio di vernice rossa sul diplomatico mentre se ne andava.

Inaugurata nel 1961 l'Università del Sussex è stata la prima università fondata nel Regno Unito dopo la Seconda guerra mondiale. (Anche la Keele University aveva rilasciato diplomi ma non ottenne lo status di università fino al 1962.) La Student Union dell'Università del Sussex è stata piuttosto attiva, organizzando eventi e concerti. Artisti come Pink Floyd, Jimi Hendrix e Chuck Berry si sono esibiti ripetutamente nella Sala Comune dell'Università, dando all'università una notorietà per il Rock and Roll. È anche vero, che una squadra dell'università del Sussex ha vinto l'University Challenge nel 1967 e nel 1969.

Sebbene nei decenni precedenti fossero stati compiuti grandi passi avanti verso una maggiore uguaglianza per le donne, c'era ancora molto da cambiare. Gli anni '60 in particolare hanno visto una giovane generazione scoprire la propria voce, ma c'era ancora un pregiudizio verso le donne impiegate nel settore della vendita al dettaglio, o come addette alle pulizie, infermiere o segretarie piuttosto che avere l'opportunità di intraprendere carriere che davano loro maggiori possibilità di sicurezza finanziaria. E nonostante le donne accedevano all'istruzione superiore in numero maggiore, quando le donne sono state in grado di superare il pregiudizio professionale sono sempre state pagate meno degli uomini per gli stessi lavori. Lo sciopero delle donne macchiniste di Dagenham citato in *Una Notevole Omissione* ha avuto luogo e ha contribuito a gettare le basi per il decreto di parità salariale del 1970.

Altri eventi che si sono svolti nel 1970 includono il primo riconoscimento assegnato alle vittime della talidomide, la continua devastazione della guerra del Vietnam, e il Concorde che ha effettuato il suo primo volo supersonico. Questo è stato anche l'anno prima che la sterlina fosse decimalizzata, il Decimal Day fu il 15 febbraio 1971, quando la Gran Bretagna disse addio a sterline, scellini e pence.

A distanza di più di cinquant'anni, dagli eventi raccontati in questa storia, alcuni direbbero che molto è cambiato in meglio e altri direbbero che le cose sono cambiate ma in peggio. Qualunque sia la vostra prospettiva, spero che questo viaggio indietro nel tempo vi sia piaciuto.

Mi assumo la responsabilità di eventuali errori, inclusioni o esclusioni nella narrazione, ricordando ai lettori che si tratta di un'opera di finzione e che eventuali somiglianze con individui sono puramente casuali.

È meraviglioso ricevere feedback dai lettori. Sarebbe bello ascoltare i tuoi aneddoti su quel periodo della nostra storia, sia dai ricordi personali, da ricordi di amici e familiari.

I commenti possono essere lasciati sul mio sito: **www.isabellamuir.com**

GRAZIE

L'IDEA INIZIALE PER QUESTA storia è nata da una conversazione molto interessante con il nostro buon amico, Ray. Mi ha fatto riflettere ed il risultato è Una Notevole Omissione! Quindi grazie, Ray.

E un enorme ringraziamento va alla collega autrice, Lexi Rees, che ha gentilmente letto la bozza del romanzo, fornendomi feedback e suggerimenti brillanti. Di conseguenza, questa versione finale di Una Notevole Omissione è decisamente migliorata. Anche, voglio dire mille grazie ad Anna e Loredana per tutte le ore che hanno passato nel tradurre questo libro.

E come sempre, il mio amore e i miei ringraziamenti vanno a mio marito, Al, per la sua pazienza e supporto. Nelle parole di una delle mie canzoni preferite, lui è 'il vento sotto le mie ali'.

Come lettore le tue parole fanno la differenza.

Le recensioni oneste dei miei libri aiutano gli altri lettori a trovarli. Come autore indipendente non ho il sostegno di un editore o di un team di pubblicisti. Non posso fare pubblicità in modo tradizionale, ma ho una cosa, ed è un gruppo di lettori coinvolti. Se ti è piaciuto questo libro, ti sarei molto grata se potessi dedicare solo cinque minuti per lasciare una recensione (breve quanto vuoi) su Goodreads o sui tuoi siti Web di recensioni di libri online preferiti,

gruppi di libri, blog e siti di social media.
Grazie.
www.isabellamuir.com

RIGUARDO L'AUTORE

Isabella Muir è affascinata dal passato, esplorando come vivevano le famiglie che hanno vissuto i decenni dagli anni '30 agli anni '60 e oltre. È autrice di due serie di gialli entrambi ambientati nel Sussex, nelle epoche iconiche degli anni '60 e '70, oltre a diverse novelle ambientate durante la Seconda guerra mondiale.

La ricerca di tutti gli aspetti della vita familiare nei decenni passati ha costituito il perfetto trampolino di lancio per le sue opere di narrativa. Isabella ha riscoperto il suo amore per la narrativa durante due anni felici lavorando e completando il suo Master in scrittura professionale e da allora ha pubblicato sette romanzi, sei novelle e due raccolte di racconti.

Il suo amore per l'Italia traspare da tutto il suo lavoro e, poiché è per metà italiana, è stata felice di portare tutti i suoi romanzi polizieschi tradotti per un pubblico italiano, che sono stati accolti molto bene.

Una Notevole Omissione è il quarto romanzo della serie ***Misteri nel Sussex*** di Isabella con protagonista una giovane bibliotecaria e investigatrice dilettante, Janie Juke. Ambientato tra la fine degli anni '60 e l'inizio degli anni '70 nell'immaginaria cittadina balneare di Tamarisk Bay, incontriamo Janie che si occupa della biblioteca mobile. È un'appassionata amante delle storie di Agatha Christie - in particolare di Hercule Poirot - usando tutto ciò che ha imparato dalla regina del Crimine per risolvere crimini e misteri. Oltre a quattro romanzi, ci sono sei racconti nella serie, che esplorano alcuni dei retroscena dei personaggi in Tamarisk Bay.

La sua seconda serie di **Crimini nel Sussex** protagonista un detective italiano in pensione, Giuseppe Bianchi. Il primo mistero di Giuseppe Bianchi - **Oltrepassare la Linea** – ci presenta Giuseppe il giorno in cui arriva nella tranquilla cittadina balneare di Bexhill-on-Sea. Nell'est Sussex, per trovare un cadavere sulla spiaggia e così inizia la storia. Nel secondo romanzo della serie, **Dopo la Tempesta**, troviamo Giuseppe che aiuta a vagliare, contemporaneamente alla devastazione, i tragici eventi lasciati alle spalle dalla tempesta.

Isabella pubblica regolarmene sul suo sito web: www.isabellamuir.com dove puoi anche trovare storie gratuite da scaricare.

LIBRI DELLO STESSO AUTORE

NUOVISSIMA SERIE DEI MISTERI NEL SUSSEX

Protagonista un detective italiano in pensione – Giuseppe Bianchi

VOLUME 1: OLTREPASSARE LA LINEA*

VOLUME 2: DOPO LA TEMPESTA*

LA PRIMA SERIE MISTERI NEL SUSSEX

Protagonista una giovane libraria dilettante - Janie Juke

VOLUME 1: LA BORSA RICAMATA*

VOLUME 2: OGGETTI SMARRITI*

VOLUME 3: IL CASO INVISIBILE*

VOLUME 4: UNA NOTEVOLE OMISSIONE

RACCONTI DELLA SERIE MISTERI NEL SUSSEX

La vita in tempo di guerra in Tamarisk Bay

DIVISI SI PERDE*

OLTRE LE CENERI*

SCELTE*

LA MIETITURA*

ASPETTANDO CHE RISPLENDA IL SOLE*

MAI ABBASTANZA*

Libri inglese dello stesso autore

BRAND NEW SUSSEX MYSTERY
Featuring retired Italian detective - Giuseppe Bianchi
BOOK 1: CROSSING THE LINE
BOOK 2: AFTER THE STORM

THE SUSSEX MYSTERY SERIES
Featuring young librarian and amateur sleuth - Janie Juke
BOOK 1: THE TAPESTRY BAG**
BOOK 2: LOST PROPERTY**
BOOK 3: THE INVISIBLE CASE**
BOOK 4: A NOTABLE OMISSION

THE SUSSEX CRIME MYSTERIES
A Janie Juke trilogy - box set

SUSSEX MYSTERY NOVELLAS
Featuring characters from the Janie Juke novels
DIVIDED WE FALL
MORE THAN ASHES
WAITING FOR SUNSHINE
THE HARVEST
CHOICES
NEVER ENOUGH

THE FORGOTTEN CHILDREN**
A story about a mother's search for her child

TWELVE AT CHRISTMAS
An anthology of twelve Christmas-themed short stories

IVORY VELLUM
An anthology of short stories

*Tutti i volumi sono disponibili anche in lingua originale - inglese
**Disponibile in audiobook solo lingua originale – inglese

www.isabellamuir.com